传世励志经典

U0607380

人间有味是清欢

蒙田励志文选

【法】蒙田（Michel de Montaigne） 著　杨 帆　唐 珍 译

中华工商联合出版社

图书在版编目（CIP）数据

人间有味是清欢：蒙田励志文选／（法）蒙田著；
杨帆，唐珍译. --北京：中华工商联合出版社，
2014.

ISBN 978-7-5158-1109-3

Ⅰ. ①人… Ⅱ. ①蒙… ②杨… ③唐… Ⅲ. ①随笔—
作品集—法国—中世纪 Ⅳ. ①I565.63

中国版本图书馆 CIP 数据核字（2014）第 225482 号

人间有味是清欢
——蒙田励志文选

作　　者：〔法〕蒙田（Michel de Montaigne）
译　　者：杨　帆　唐　珍
出 品 人：徐　潜
策划编辑：魏鸿鸣
责任编辑：林　立　崔红亮
封面设计：周　源
责任审读：郭敬梅
责任印制：迈致红
出版发行：中华工商联合出版社有限责任公司
印　　刷：天津旭丰源印刷有限公司
版　　次：2014 年 12 月第 1 版
印　　次：2023 年 4 月第 4 次印刷
开　　本：710mm×1020mm　1/16
字　　数：200 千字
印　　张：16.5
书　　号：ISBN 978-7-5158-1109-3
定　　价：59.80元

服务热线：010－58301130
销售热线：010－58302813
地址邮编：北京市西城区西环广场 A 座
　　　　　19－20 层，100044
http://www.chgslcbs.cn
E-mail：cicap1202@sina.com（营销中心）
E-mail：gslzbs@sina.com（总编室）

序

　　为了给《传世励志经典》写几句话，我翻阅了手边几种常见的古今中外圣贤大师关于人生的书，大致统计了一下，励志类的比例，确为首屈一指。其实古往今来，所有的成功者，他们的人生和他们所激赏的人生，不外是：有志者，事竟成。

　　励志是动宾结构的词，励是磨砺，志是志向，放在一起就是磨砺志向。所以说，励志不是简单的立志，是要像把刀放在石头上磨才能锋利一样，这个磨砺，也不是轻而易举地摩擦一下，而是要下力气的，对刀来说，不仅要把自身的锈磨掉，还要把多余的部分都要毫不留情地磨掉，这简直是一场磨难。所有绚丽的人生都是用艰难磨砺成的，砥砺生命放光华。可见，励志至少有三层意思：

　　一是立志。国人都崇拜的一本书叫《易经》，那里面有一句话说：天行健，君子以自强不息。这是一种天人合一的理念，它揭示了自然界和人类发展演化的基本规律，所以一切圣贤伟人无不遵循此道。当然，这里还有一个立什么样的志的问题，孔子说：士不可以不弘毅，任重而道远。古往今来，凡志士仁人立的都是天下家国之志。李白说：大丈夫必有四方之志，白居易有诗曰：丈夫贵兼济，岂独善一身，讲的都是这个道理。

二是励志。有了志向不一定就能成事，《礼记》里说：玉不琢，不成器。因为从理想到现实还有很大的距离。志向须在现实的困境中反复历练，不断考验才能变得坚韧弘毅，才能一步一个脚印地逐步实现。所以拿破仑说：真正之才智乃刚毅之志向。孟子则把天将降大任于斯人描述得如此艰难困苦。我们看看历代圣贤，从三大宗的创始人耶稣、默哈穆德、释迦牟尼到孔夫子、司马迁、孙中山，直至各行各业的精英，哪一个不是历经磨难终成大业，哪一个不是砥砺生命放射出人生的光芒。

三是守志。无论立志还是励志都不是一朝一夕、一蹴而就的，它贯穿了人的一生，无论生命之火是绚丽还是暗淡，都将到它熄灭的最后一刻。所以真正的有志者，一方面存矢志不渝之德，另一方面有不为穷变节、不为贱易志之气。像孟子说的那样：富贵不能淫、贫贱不能移、威武不能屈。明代有位首辅大臣叫刘吉，他说过：有志者立长志，无志者常立志，这话是很有道理的。

话说回来，励志并非粘贴在生命上的标签，而是融汇于人生中一点一滴的气蕴，最后成长为人的格调和气质，成就人生的梦想。不管你做哪一行，有志不论年少，无志空活百年。

这套《传世励志经典》共收辑了100部图书，包括传记、文集、选辑。为励志者满足心灵的渴望，有的像心灵鸡汤，营养而鲜美；有的就是萝卜白菜或粗茶淡饭，却是生命之必需。无论直接或间接，先贤们的追求和感悟，一定会给我们带来生命的惊喜。

徐　潜

2014 年 5 月 16 日

前　言

反复阅读一本有益的书，每一次都会给我们带来新的启示，《蒙田随笔》就是这样一本饶有兴味、经得起反复阅读的书。

蒙田是法国 16 世纪的一位法官，却被世界公认为思想家和哲人。他善于剖析自己，把自己看作一个"浅薄而没有意义的人"，他希望大家看到他"简单、自然、普通，不矫揉、不造作的处世方式"，简言之，就是自然地不加掩饰地流露自己的一切，包括优点和错误，成绩和挫折。正是因为这样的定位，他的随笔才让我们看到了一个充满人生磨难，却义无反顾、冷静判断人世、善待人生各种境遇的蒙田。

人生之路蜿蜒曲折，人生成长风风雨雨，小树靠修剪，人生需磨炼。蒙田从小受到良好教育，阅读大量书籍，善于旁征博引；加之他涉猎面广，注重观察日常琐事、传统习俗、职场生活、旅途见闻，并予以记录和分析，终于打造出一套丰富的生活哲理。他的人生总结备受国内外文人重视，代代相传，经历了几个世纪。他的《随笔》在我国也因其人文观念和语言价值的宝贵，经历过几代人的翻译。目前选择的《励志篇》，出自 2011 年中国华侨出版社出版的《蒙田随笔全集》，译者所采纳的原版本是法国专家 2002 年的修订本，全部采用现代法语，译成中文后更觉流畅耐读。请看至今仍旧熠熠生辉的警句：

"信任别人的善良，是我们自己善良的重要标志。"

"'运气'对我们不好也不坏：它只给我们原料和种子，我们的灵魂比它更强大。"

"幸福的人，不仅是别人感觉他幸福，更是相信自己幸福的人。在这个问题上，信仰才具有现实性和真实性。"

——《是祸是福多凭个人之见解》

"不管您的生命在哪里结束，它在那里都是完整的。生命的用处不在于时间，而在于如何使用。"

——《论哲学，即学习死亡》

"如果我们的思想不能通过学习变得更有规矩，如果我们不能培养更健全的判断力，我宁可让学生花时间去打球，起码可以让他的身体变得更加灵巧。"

——《论学究气》

"我们缺乏美、健康、智慧、道德，以及其他同类的主要品质，在必要的东西齐备之后，我们才谈得上锦上添花。"

"任何讲名誉的人都宁可放弃名誉，也不会放弃良心。"

——《论荣誉》

"必须拥有一个战胜灾难的办法，谙熟生活规律，有坚定信仰的心灵，还要提醒心灵精心研究、严加训练才能对付它们。"

"我的哲学存在于行动，存在于本能和现实的习惯，并不在幻想之中。"

"快乐是一种不存野心的优点，无需增加名声的价值，就已经够丰富了，而且它更器重默默无闻。一个只热衷于辨别酒和调料口味的年轻人，该遭鞭笞。"

——《论维吉尔的诗》

不言而喻，时代的进展和变迁并没有泯灭蒙田思想中的闪光点。加之他几乎在每篇中涉及名人警句、故事和周围的所见所闻，不仅为这些励志的名言增加了说服力，而且更易于我们领悟其中的哲理。

译　者

目 录

论闲逸

我们看见未经开垦的土地，如果土质肥沃富饶，必定长满了数不胜数的野草和害草，为了变废为利，必须改造这些土地，让它们养育某些对我们有用的种子。我们看见女人生下一个个畸形儿，为了培养良好和正常的一代，必须为她们注入另外的种子。我们的思想也是这样。如果我们不能让它专注于确定的具有强制性和约束性的内容，那么，它会完全放纵自己，在想象力的广阔原野上迷失自己：

比如在一个铜盘里，波动的水面反映出阳光或者皓白的月光，光线四射，穿过空气，直抵富丽堂皇的穹顶。（维吉尔）

在纷乱的反光中，可以出现各种各样疯狂和谵妄的形象：

他们制造种种离奇古怪的东西，就像患者的梦幻。（贺拉斯）

没有既定目标的灵魂容易迷失。常言道，无所不在即无所在。

四海为家者实无家。（马尔西亚勒）

我最近回家了，只要可能，我决心不再理会种种杂事，离群索居，以度余生。我觉得，如果想善待自己的头脑，最好是让它充分闲适地与自己对话，停顿下来，幽闭起来。我原来希望，我的头脑会随着时间推移而变得更加沉着冷静、更加成熟，可以从此更容易地做到这一点。但是，我发现：

闲逸只能分散人的精神。（卢甘）

相反，骑一匹脱缰的马，会给自己带来百倍的忧虑，甚至超过操心别人的事。它毫无次序、毫无目的地制造无数离奇和异常的怪物，为了方便静观它们的荒谬和怪异，我开始把它们记录下来，希望随着时间的推移让自己倍感羞愧。

论口才的急与慢

任何人不可能事事只受恩惠。（拉博埃西）

我们见到，比如在口才方面，有人说话流利，应对自如，如一般人所说"才思敏捷"，仿佛他们随时都有所准备一样；另外一些人说起话来慢条斯理，总要等想好了考虑好了才说出口来。在我们这个时代里，嘴巴是讲道者和律师的主要谋生手段，好像告诫贵妇人如何运动，如何做身体练习，以展现她们最美的体态。如果要我同样地对雄辩术中这两种不同的优点说点看法，我认为口才慢的似乎比较适合做讲道者，有急口才的人比较适合做律师。因为，前者的工作可以有充分的时间进行准备，然后，他就顺水推舟，不停顿地连贯地说下去，而给予律师发挥口才的机会在任何时候都可能是一种抗辩，对方出其不意的回答往往令他转移话题，于是，他必须立即采取新的行动方向。

然而，克雷芒教皇和弗朗索瓦国王在马赛会晤，发生了相反的事例：在律师席上干了一辈子，享有极高声誉的波瓦耶殿下，负责向教皇致辞，他做了长时间的准备和考虑，甚至有人说演讲的稿子是在巴黎准备好后才带去的。可是，就在发表演说的当天，教皇担心这篇讲话会冒犯在座的其他国家的大使，要求国王谈一个更符合当时当地情势的题目，不幸的是，这个题目与波瓦耶殿下呕心沥血的准备毫不相干，原先的讲稿变得毫无用处，必须另起炉灶。但是，他觉得力不从心。结果由红衣主教杜拜莱殿下做了这件事。

辩论比讲道难，然而，我觉得及格的律师还是比讲道者容易找，起码在法国是这样。

似乎反应迅速和及时是思想的特质，缓慢和稳重是判断力的特质。但是，如果一个人因为没有时间准备而一言不发，或者有时间却不能说得更有条理，结果都同样地让人觉得奇怪。有一个传闻，说如果不假思索，塞弗路斯·加西尤斯的演讲就特别出色，他更多地借助于时机，而不是用心，台下愈是捣乱，他愈是慷慨激昂，对手们不敢刺激他，担心愤怒反而激发他的口才。我有经验，我了解这一类人的气质，他们不能忍受事前的苦思苦想。如果不能尽情地自由地向前走，结果就会毫无建树。我们在谈论某些著作时，说它们散发出油灯味，过分雕琢反而让人感觉到造作和生硬。除此之外，过分考虑完美，精神绷得过紧，思想过于操劳，结果只能使人疲惫不堪、筋疲力尽，左右为难，就像铺天盖地而来的洪水最后挤进了狭窄的通道。

在我所说的这一类气质中，同时可见另一种情形，它不要求强烈的感情来推动和激励，比如加西尤斯的怒火（这种冲动过于猛烈），它只要你予以启发；它需要现成的或偶然的外力来加热和启动。如果任其自然，它只会拖沓和萎靡。外力是它的生命和魅力所在。

我不能很好地控制和支配自己。偶然性比我更有力量。场合，伙伴，甚至我说话的声音，它们更加能够提起我的精神，比我在孤独中探测并发挥更有收获。因此，如果对并无价值的东西也可以做选择的话，结论应该是我说的话比我写的书更有意义。

在我身上还发生这样的事情，我四处寻找自己却找不着。我有时候找到自己，多数是因为偶然，而不是凭借判断能力去寻找的结果。我在写作时会偶露峥嵘（我很明白：别人觉得迟钝的东西，我却敝帚自珍。放下所有的谦虚吧：各人说话各有不同的力量）。我早已将这个本事丧失得一干二净，甚至连自己想说什么都不知道了，外人有时候比我还早知道我想说的意思。如果我随身带着剃刀，我会把整本书刮得一字不剩。偶然性将因此赋予我一种比中午的阳光更光明的智慧，使我对目前的犹豫感到惊讶。

论坚毅

果断和坚定的准则没有规定我们不应尽力而为，保护自己不受天灾人祸的伤害，也没有不准我们害怕这些事情的突然发生。相反，只要能够免受灾难，任何正大光明的手段不仅允许，而且值得赞扬。坚定性的作用主要表现在耐心地顶住无法克服的不幸。因此说，身体的灵活性，操作武器的动作，只要能够保障我们不受攻击，都没有任何不对头的地方。

有不少好战的民族在战争中运用逃跑策略，把它作为主要的取胜手段，他们背对敌人，比面对敌人冒更大的危险。土耳其人对此有所记载。苏格拉底曾嘲笑拉歇给勇敢下的定义——"面对敌人绝不后退。"他说："怎么，空出一点地方打击敌人也是怯懦吗？"接着，他又引用了荷马称赞埃涅阿斯巧用逃跑策略的事实。后来，拉歇改变主意，转而同意斯基泰人的做法，又推而广之赞成骑兵杀回马枪的战术。苏格拉底还举了斯巴达步兵的例子，这个民族比谁都懂得绝不后退的重要性，但是在普拉德战役打响的第一天，他们无法在波斯人阵营中打开缺口，于是佯装撤退，将队伍朝后方调动，使敌人相信他们开始逃跑，他们用这个法子松懈和瓦解了敌阵，诱使敌人追赶他们。最后，他们取得了胜利。

关于斯基泰人，据说大流士要征服他们，他对斯基泰国王有诸多指责，说他一味后退和逃避。对此，尹达梯尔塞斯——斯基泰国王就叫这个名字——回答说，他不怕大流士，他不害怕任何人，只不过这是他们这个民族的行为方式，他们没有种了庄稼的土地，没有需要保卫的城市和家园，不用害怕敌人利用这些东西，但是，如果大流士急不可待的话，他可以走近来看看埋葬过他的祖先的坟场，就知道他的对手可不是好惹的了。

然而在炮战中，一旦被当作射击目标，是不能怕被击中而躲开的。这在战争环境里是常有的事，由于随时有可能被击中，而且鉴于炮轰的猛烈程度和速度，我们认为这只是迟早的事，所以绝对不能乱说乱动。至少，许多人因为举了举手或者低了低头便成了战友们的笑料。

但是，在查理五世远征普罗旺斯进攻我们的时候，德·噶斯特侯爵来到阿尔城侦察敌情，他利用一座磨坊做掩护朝前挺进，一不小心暴露了自己，恰好被正在竞技场上散步的纳瓦尔老爷和司法总管德·拉热乃发现了，他们马上报告炮兵队的德·维里埃老爷，后者立即架起轻型长炮瞄准，如果我们所说的侯爵看见他们开火，不是马上向一侧扑倒的话，可以肯定他已经身首异处了。几年之前发生了同样的事情，于尔比诺的公爵洛朗·德·梅迪西包围意大利的蒙多尔夫——这是位于维加利亚地区的一座要塞，他看见有一门炮正要朝他射击，赶紧低下了脑袋。否则的话，擦着头皮呼啸而过的炮弹肯定击中他的胸膛了。说句实话，我不相信这些动作是经过思考的结果，因为在如此突然的事件中，你怎么去判断敌人是瞄高了还是瞄低了？我们很容易相信是运气使他们有惊无险，下一次再用这个办法，遭难和生还的可能性仍旧是一半对一半。

如果在一个怎么都料想不到的地方，耳边突然响起枪声，我会禁不住浑身一颤，我看见比我勇敢得多的人也是这样。

斯多噶派不要求他们的智者成功抵挡突然展现在眼前和心中的感觉，相反，如果这位先哲听到天空或地底发出巨响，由于天性使然，吓得脸色苍白和气闷，在他们看来完全是可以接受的。其他的情感也一样，只要他的观点不受影响，只要他的理论根基不受损害和篡改，只要他在内心不接受恐惧和痛苦。对一个不是智者的人来说，前面的部分是一样的，但是后面的部分则完全不同，因为感情的影响深入到头脑深处，传染它、腐蚀它。头脑按照感情作出判断，亦步亦趋。请读下面引用的文字，看看它如何充分地明白地表达出斯多噶派智者的心态：

　　　他的精神不屈不挠，他的眼泪白白流淌。（维吉尔）

逍遥学派的先哲也不免受到干扰，但是他减轻这些干扰。

不可为而为之，必受惩罚

像其他的美德一样，英勇也有限度。美德超出限度就会变成恶行，如果不认清界限，英勇就会变成无法无天、刚愎自用和疯狂。确实，两者的界定并不容易。基于以上考虑，在战争中才会出现惩罚负隅顽抗者的事件，甚至杀戮违背战争规律、明知不可守却坚守阵地的人。否则的话，如果谁都希望不受惩罚，岂非最不堪一击的要塞也将成为阻挡大部队前进的绊脚石。在围攻帕维的时候，陆军统帅蒙莫朗西大人担负着强渡泰森河、驻扎圣安托尼一带城镇的任务，但是受到桥对面一座炮楼的顽强抵抗，在终于攻克炮楼以后，他下令绞死了全部守军。后来发生了同样的事情，他陪同王太子出征山外，强取维拉纳堡，狂热的士兵们把城堡洗劫一空，他出于同样的理由下令俘获守军格杀勿论，只有守军司令官和掌旗官得以幸免。在同一个地方，时任都灵总督的马丁·杜拜莱也这么对付圣鲍尼的指挥官，在攻陷圣鲍尼以后，他把敌军的残兵败将全杀了。但是，判断一个地方的强弱必须先估计和比较攻击力的大小（因为，你的力量完全可以对付两门轻型长炮，但是如果对方有三十口大炮，你的抵抗就成了百分之百的愚蠢），而且这里面还得考虑进攻者的身份、名气、威望，天平完全有朝这个方向倾斜的可能。同样的因素也使得有人对自己的能力评价过高，在他们看来，天底下竟然有人敢于和他们分庭抗礼，简直不可思议，只要命运继续眷顾他们，哪里有抵抗，他们的大刀就会砍向哪里。我们看到这种情形，比如说，来自东方的君主及其继承人趾高气扬、不可一世的态度：他们是那样骄傲自大，盛气凌人。

另一个例子：在葡萄牙人攻击印度之前占领的地区里，他们发现不少国家共同遵守着一条普遍的不可侵犯的规则，任何被国王打败的敌人，不得在国王或者在他指定的摄政官面前提出关于赎金或赦免的协议。

因而，只要有可能，千万不要让胜利的手握屠刀的敌人审判你。

论恐惧

"我依然惊魂未定，毛骨悚然，话语噎在喉咙里说不出来。"（维吉尔）

我不是很有学问的博学家（如人所说），说不清楚恐惧作用于我们的机制。不管怎么样，这是一种很奇特的情感，医生说它使我们的判断能力迅速脱离常规，令其他情感只能望其项背。实际上，我看见许多人因恐惧而发疯，就算是最沉着镇静的人，一旦心存恐惧肯定也会头晕目眩。一般人就更不用说了，他们在惊恐之中会见到老祖宗从坟墓里爬出来，会见到狼人、小妖精和种种的离奇怪物。照理恐惧在士兵中间不应该有多少地位，但是，温顺的小羊变成铁甲骑兵，水草和芦苇变成武士和枪戟，朋友变成敌人，白十字变成红十字，我们见得还少吗？

在波旁大人攻打罗马的时候，守卫圣伯多禄的一名旗手突然听到警钟响起，一时间吓得魂不附体，他通过废墟下的一个窟窿往外爬，手里举着军旗朝着敌人直冲过去，心里还以为自己在往罗马城里跑呢。波旁大人的部队以为敌人出城发动攻击，立即严阵以待，旗手见此情形方才清醒过来，他转身就跑，在野地里跑了大约三百多米，重新钻进了刚才爬过的窟窿。指挥官朱伊勒和他的军旗就没有这么走运了，布尔伯爵和雷厄伯爵占领我们的圣波尔城，朱伊勒吓破了胆，连人带旗从城墙上的一个枪眼跳了下去，结果被攻城的人撕成了碎片。在这场围城战中，值得记忆的还有一位贵族，恐惧揪住他的心，令他无法动弹，令他无路可走，最后从城墙的缺口纵身一跳，直挺挺地摔死了，身上并无枪伤弹痕。

恐惧有时候会同时侵袭一大群人。在日耳玛尼居斯和德国人交战的时候，两支人数众多的军队慑于对方的势力，各自从两条不同的道路撤退。他们各自从所占据的地方逃跑，跑到了原来由对方占据的地方。

有时候恐惧为我们的脚踵插上翅膀，就像前面说的两个例子，有时候恐惧钉住我们的双脚，使我们动弹不得，人们从书上读到的泰奥菲尔皇帝的故事就是一例。他在与阿迦尔人的战争中失利，仿佛五雷轰顶，连逃跑不逃跑都不知道了："惊恐至极，把援军当成了敌军。"（坎特·居尔斯）直到主要将领之一的马尼埃尔来救他，狠狠地把他骂了一顿，才把他从睡梦中惊醒过来，马尼埃尔说："您不跟我走，我就把您杀了，因为宁可您丢了性命，也好过让您当俘虏丢了帝国。"

恐惧使我们失去承担责任和维护荣誉的勇气，它有时候也推动我们勇往直前，并显示出它最强大的力量。在对阵汉尼拔的第一场战役中，执政官桑普罗尼尤斯指挥的罗马人吃了败仗，一支以万人计的步兵队惊恐万状，想表现怯懦都没有了去处，反而朝着敌军主力所在的地方直冲过去，而且经过惊人的努力，杀了许许多多的迦太基人，最后竟突围成功：他们付出的代价本来可以赢得光荣的胜利，结果却落得个可耻逃跑的恶名。我最恐惧的东西，就是恐惧。

它比任何艰难痛苦的考验更加苦涩。

与庞培同船的朋友见证了那场著名和可怕的大屠杀，谁能比他们的感受更苦涩更真切？庞培眼看着埃及人的战舰逼近过来，他怕得喘不过气来，有人说船上的官兵只是一味地催促水手加快划桨的速度，抓紧时间赶快逃跑，等他们到达梯尔港终于可以放下恐惧的时候，才回过头来想刚刚遭遇的失败，才找回被另一种更强烈的感情所压抑的感情，尽情地哀号和痛哭起来。

于是，恐惧掏走了我心里的种种智慧。（恩尼尤斯）

浴血奋战的士兵满身是伤，第二天照样冲锋陷阵。闻风丧胆的人，却连正面看看敌人的胆量都没有。时刻害怕失去财富、害怕放逐、害怕奴役的人，生活在数不尽的烦恼之中。他们因此食不甘味，夜不成寐，而那些穷人，被放逐的人和奴隶却过得和别人一样快活。多少人受不了恐惧的刺激，纷纷上吊、跳河、坠楼，告诉我们恐惧实在比死亡更讨厌更难忍。

希腊人知道还有一种恐惧，它不是由判断错误惹起的，他们说没有明显的原因，只是上天推动的结果。为迦太基带来无穷灾难的恐惧就是如此。只见居民们走出家门，好像有人在召唤他们，拿起武器，他们冲啊，杀啊，刀来剑往，仿佛是敌人攻进城了一样。整座城市陷入了混乱和混杂之中，直到通过祈祷和祭礼平息了诸神的愤怒之后才恢复正常。他们称这种恐惧为魂飞魄散的恐惧。

论想象的力量

　　学问家说："丰富的想象力创造事件。"我感觉自己是一个具有巨大想象力的人。每个人都会撞到它，有人会被它撞翻在地。它施加的压力能使我受伤。我的对策是逃避，而不是对抗。我想象自己只和健康快乐的人生活在一起。看见别人受苦，我就感同身受，我的感觉往往与当事者一模一样。有人不停地咳嗽会令我的肺部和喉咙发痒。看望患者的时候，如果是责任所系，我的情绪就不如去看望平时不甚注意、不甚重视的人。我会染上我感兴趣的疾病，而且久治不愈。放任或者鼓励想象力使人变得狂热甚至死亡，我觉得并不奇怪。西蒙·托马是一位大医生，记得我们有一天在一位年老而富有的肺病患者家里邂逅：医生和病者讨论着治疗方法，说其中一个方法是患者应该努力让我喜欢和他交朋友，如果他能够多看看我清新纯真的面孔，多想想我洋溢着青春的快乐和活力，如果他能够充分地感觉到我的健康，他的身体状况就会大大好转。但是他忘了说一句，我的健康也可能因此恶化。

　　加律斯·维比尤斯研究精神病的本质和演变，殚思竭虑，反而偏离了正确的判断，一错再错无法回头。他可以夸耀自己是一个用智慧的办法变成的傻瓜。有人受到惊吓，没等屠夫动手就先死了。有人被除下蒙眼的布条，法官正宣读特赦令，但是，他在想象力的作用下已经直挺挺地死在断头台上了。在想象力的打击下，我们周身冒汗，浑身发抖，面色苍白，满脸通红，我们倒在床上感觉到身体随之颤动，有时候直至断气为止。同时请注意，沸腾的青春活力也会猛烈爆发，让你在睡梦之中满足爱欲。

因此经常发生这样的事情，仿佛动作已经完成，精液喷射而出，弄脏了衣服。（卢克莱修）

晚上睡觉的时候头上还好好的，到了半夜却看着它长出了犄角儿，这事发生在意大利国王西布斯身上，虽说并不新鲜，但还是值得记一记：国王在当天观看斗牛比赛，情绪特别高涨，回宫后整夜梦见牛角，想象的力量真的使他的额头长出了角。克雷祖斯的儿子生下来是个哑巴，激动的情绪竟使他说话了。斯特拉托尼丝的美丽容貌萦回脑海，昂提绪斯竟因此发起了高烧。普里纳说亲眼见到吕西尤斯·考西蒂尤斯在婚礼上由女人变成男人的奇事。蓬塔努斯等人也讲述过上几个世纪在意大利发生的类似的变性事例。由于本人和母亲的强烈愿望。

伊菲丝终于如愿以偿，从女儿身变成了男孩。（奥维德）

我在经过维特里·勒·弗朗索瓦的时候，见到索瓦松主教提到的一个叫日耳曼的人，使我得以亲眼证实他的性别，当地的居民都见过他，都认识他，而且知道他在二十二岁之前是一个姑娘，名字叫玛丽。他满脸胡子，长相老成，未婚。他说，他的四肢出现男性特征是因为经常用力跳跃的缘故。现在当地的姑娘们还唱着一支歌，互相提醒走的步子不要太大，免得像玛丽·日耳曼一样变成男孩子。这种事情经常出现，其实不足为奇，确实，想象力有着某种影响力，但是它与此类事件还有着一种更持久更有力的联系，与其反复地思想并陷入同样的渴望，倒不如一劳永逸地把男性的私处安在女孩子身上算了。

某些人把达戈贝尔国王和圣徒弗朗索瓦的伤疤归结为想象的力量。据说，在想象力的作用下，人的身体可以原地拔起。塞尔斯提到一位教士，在苦思冥想的时候，他的身体可以在长时间里保持不呼吸无感觉的状态。圣·奥古斯丁提到另一个人，只要听到有人哀叹和抱怨，他就会突然昏厥，仿佛灵魂出窍，任你怎么喊他推他刺他烧他都无济于事，直到他自己慢慢醒来。他说他听到有人说话，说话的声音非常遥远，他还感觉到烫伤和撞伤引起的疼痛。可以肯定，他当时并没有硬着头皮抵制疼痛，因为他在这段时间里既没有脉搏也没有呼吸。

很有可能，人们相信奇迹、异象、巫术，以及种种奇特的事物，主要原因是强大的想象力，对普通老百姓软弱的心灵影响特别大的想象力。只要使他们深信不疑，他们可以看见本来看不见的东西。

我也同意以下的看法，新婚男子不举是一件令人十分尴尬的事情，而且成为众人的唯一谈资，其实那只是顾虑和害怕的结果。我有这方面的经验，有一个人，就像担保我自己一样，我担保他身体绝不虚弱，也不相信什么魔魔法术。有一次听朋友讲述在最该使劲的时候却使不出劲来的故事，而那天他恰好处于同样的场合之中，朋友的故事沉重地打击了他的想象力，使他落到了同样的下场。从此以后，他便经常发作毛病，那个讨厌的回忆紧紧抓住他不放，残暴地压迫着他。最后，他找到一个以毒攻毒的方法，就是承认并大声地把自己患的病说出来，于是紧张的心情得到缓解，因为发病既是意料中的事，它造成的麻烦也就降到了最低，心理负担也变小了。当他可以自由选择，思想得到解放和松弛，身体处于正常的状况，他就有可能脱胎换骨，用一个全新的身体来体会，出其不意地抓住和取代原来的身体，这时候他的病也就完全治愈了。

一旦有能力的话，你将永远持有这种能力，除非是真的虚弱不堪。

由于强烈的欲望和忧虑，我们的心情会异常紧张，如果在这种情况下做这种事，才应该担心发生这样的不幸，特别是好机会出乎意料地突然出现，往往使我们一时慌乱无所适从。我认识一个人，他的办法是让一个已经在别处尽兴的女人来平抑欲火，此人年事已高，能力不低，但是也远远不如当年了。另外一个人，有个朋友担保他不受巫术的侵扰。我就说说这是怎么一回事吧。我有一位深交的公爵朋友，出身名门望族，娶了一位美丽的太太，曾经追求她并想和她结婚的男子也来出席婚礼，令满堂的亲朋好友大为不安，尤其是他的亲戚、主持婚礼的老妇人，婚礼在她家里举行，她最担心那人施展巫术，这是老妇人告诉我的。我说我有办法，请她放心。我的行李箱里恰好有一枚金币，上面刻着神像，可以防止中暑和治疗头疼。方法是把金币放在颅缝上面，金币上缝着一条用来固定的带子，带子两头在下巴处打结。和我们所说的蠢事差不多的蠢办法。这是雅克·佩尔蒂埃送给我的奇怪礼物。我想可以拿来试一试。于是，我对公爵说他可能会像别人一样遇到麻烦，可能有人在暗中对他施行魔法，但是他可以大胆地去睡，我将全力以赴，一定使出浑身解数为他化险为夷。唯一的条件是他必须以人格担保保守秘密，他只需在夜里仆人送夜宵的时候，如果情况不妙，给我一个暗号。他垂头丧气，过多的胡思乱想使他精神恍惚，在无意之中对我做了手势。我于是叫他起床，要他装作把我们赶出去的样子，并且脱下我的睡袍（我们俩身材一般高）穿在他自己身上，并且继续照着我的指示做以下事情：我们走出房间以后，他要去厕所小便，读三遍祈祷词，还要做几个动作。每读一遍，就把我交给他的绳子在身上绕一圈，非常小心地把挂在腰上的金币系紧，刻着神像的一面要朝里。做完这些功夫，系紧带子不要让金币松开和移动以后，他可以放心地回去做他想做的事情，但是不要忘记把我的睡袍扔回床上，而且要把两个人都盖住。这些装腔作势的行为的主要目的是使我们深信不疑，如此怪诞的方法一定是以某种深奥的学问作为根据的。它的虚幻性使其愈显重要和受人尊重。总之，可以肯定的是，我的法宝对暗病比对中暑更有效，它推动你，而不是抑制你。一种突如其来和奇怪的冲动促使我做出这件事，它与我的本性相去甚远。我反对故弄玄虚和欺骗的行为，我憎恶玩弄手段，不仅游戏如此，牟利也是如此。即使事情本身是干净的，手段却沾满了污点。

埃及国王阿玛齐斯娶希腊美女拉奥狄丝为妻。他对妻子关怀备至，却无法享受床笫之乐，甚至于到了威胁要杀死妻子的地步，他觉得这是妖术在作怪。想象力产生种种奇迹，他想到了宗教，于是向维纳斯许愿和保证，结果在举行祭礼献上牺牲之后的第一夜便如愿以偿了。

现在来说一说女人，她们不应该皱着眉头，用寻衅或逃避的态度对待我们，当我们欲火燃烧的时候泼冷水，这么做是错误的。毕达哥拉斯的儿媳说，女人和男人睡觉，应该脱下短裙放下羞怯，然后穿上恢复矜持。因为受到种种惊扰，进攻者很容易失去勇气。一个人如果感到自己受了羞辱（初次接触才会有这种感觉，因为此时的交往更激动更强烈，也正因为如此，一般人也特别害怕功亏一篑），出师不利，以后若有机会就愈是迫不及待，也愈是心有余悸。

新郎和新娘有足够的时间，没有准备好就不应该仓促行事。在熙熙攘攘和极其兴奋的洞房花烛夜，宁可静观其变也不要盲目行动，应该等待另一个机会，另一个有利的时机，更亲密更平静的时机，免得初试失败而不安，而绝望，而后患无穷。在完全拥有对方之前，耐心的丈夫应该通过甜言蜜语，不要因为自尊心而一味地相信自己，不断地做出尝试和出击。知道肢体天生顺从灵魂的人，只需小心控制想象力就行了。

我们有理由指出一点，身体的下半部分完全不受管教，在我们不需要它的时候，它往往不识时务地介入我们的生活，在我们最需要和它打交道的时候，它又不识时务地变得软弱无力，它桀骜不驯，猛烈地对抗意志力的权威，顽固地拒绝心和手的祈求。然而，当人们齐声斥责它造反，收集证据谴责它的时候，如果它贿赂我请我为它辩护的话，我会把责任推给身体的其他部分，怀疑它们挑起争吵，阴谋鼓动人们反对它，恶毒地让它独自承担所有的错误，完全是因为它们嫉妒它的重要和美妙的功能。因为，请大家想一想，难道只是身体的某个部分常常拒绝我们的指挥吗？难道只是身体的某个部分与我们的意志作对吗？身体的每个部分都有自己的情感，或者兴奋或者沉静，难道需要我们同意吗？我们无意识的表情多少次暴露出我们暗藏的思想，将它暴露在众人面前。我们的下半身充满活力，我们的心脏、肺部和脉搏在不知不觉之中激动起来，原因都是一样的。我们看见悦目的东西，心里会悄悄地燃起激动的火焰。难道只有张弛有律的肌肉和血管不需要我们表明意愿和思想吗？我们无法命令头发竖起来，无法命令皮肤因为欲望或害怕而起鸡皮疙瘩。我们的手常常伸去不让它伸去的地方。舌头僵硬，到时候就说不出话来了。在穷得揭不开锅的时候，我们会自觉地压抑食欲，然而，吃喝的愿望仍然会刺激相关的身体部位，与那另一种的欲望完全不相上下，它同样地随时置我们于不顾，不讲任何理由。清理肠胃的器官有它们自己松弛和紧张的规律，并不理会甚或反对我们的想法，就像那些帮助我们的肾减轻负担的器官一样。为了证明意志力是全能的，圣·奥古斯丁举出一个事例，说他见过一个人，撅起屁股想放多少个屁就能放多少个，为他的著作作注解的维瓦斯用当时的另一个例子举证，说那人放屁也可以像朗诵诗歌一样做到抑扬顿挫，上述事实并不能说明我们的下身也可以服从意志力的摆布。因为，有谁能够在通常的情况下做出更不得体更放荡的事啊？我在此多说一句：我认识一个非常不安分、脾气极坏的人，他迫使主人背负着持续不变的责任，不间断地放了四十年的屁，最后死于此道了。

　　但是，说到我们的意志，我们指责它享有过多的权利，由于它既无规则又拂人意，说它背叛和暴乱实不为过！我们要它做的事，它都乐意去做吗？它不是常常做一些我们禁止它去做，而且明显地危害我们的事吗？同时，它顺从理智做出的结论吗？最后，我要为我的客户说一句公道话，希望大家认真考虑一下，它与身体的其他部分有着不可分割不可区分的共同利益，但是，人们却只是一味地责难它，从身体各部位的本质中可以见到，那些不实之词与它们的共同利益根本扯不上任何的关系。由此可见，指控者的敌意和非法。不管怎么样，大自然高声宣布律师和法官的争辩和判决全部无效，它将继续我行我素，做一件合理和正确的事情，把与众不同的特权赐予我们的下半身，凡人唯一不朽的事业的实践者。为此缘故，苏格拉底认为传宗接代是神圣的工作，爱是一种永恒的欲望，其本身是一种不朽的天性。

在想象力的作用下，有个人趁机留下他的瘰疬，而他的同伴把瘰疬带回了西班牙。因此，遇到类似的事情，人们都习惯性地要求精神随时有所准备。如果不是为了借助想象力的作用弥补药剂被夸大的效力，为什么医生总是首先争取患者的信任，做出种种虚假的承诺？他们知道在医界有一位高手写下过这样的话，有些患者一看到药就会自动痊愈。

这种随心所欲的事情恰恰也被我遇上了，先父的家庭药师常给我讲故事，他是一位很普通的人，出生在一个不尚虚荣不善作假的国家——瑞士，他说，在图鲁兹有一个相识很久的商人，此人周身是病，经常肾绞痛发作，经常需要灌肠，什么病来了，他就请医生开什么药。药送来以后，他按老规矩办事一丝不苟：反复试试是不是太烫。他躺上床，仰面朝天，所有的准备工作都已就绪，唯一不做的就是打针。药师在完成这个过程之后便告辞了，患者躺在床上，好像已经灌了肠一样，在感觉上和真正灌了肠一样地舒坦。如果医生觉得效果不够好，就多给他开两三剂同样的药。我的证人发誓说，为了节省开销（因为他像真的收到药一样要付钱的），患者的妻子有几次试着在药里面只放清水，结果显示有假，达不到应有的效果，便用回了原来的药。

有个女人以为吃面包的时候误吞了一枚别针，大喊大叫，浑身感到难受，说喉咙里疼得不行，好像别针卡在那里了。但是，从外表看既没有肿，也没有其他迹象。一个精明的男人判断这只是臆造，是意念在作怪，可能是她在吞咽时被一小块面包哽了一下，他设法让她呕吐，偷偷地在呕吐物里扔下一只弯了的别针。那女人以为已经把别针吐出来，心中的石头一下子落了地。我知道有一位绅士，在家里款待几个好朋友，三四天以后，他开玩笑似的吹嘘说（因为事实上并无此事），他请朋友吃了用猫肉做的肉酱：其中一位小姐听了以后大惊失色，立即上吐下泻，同时伴发高烧，救都救不回来了。动物像我们一样受想象力的控制。狗是一个证明，它们在失去主人以后会忧郁而死。我们看见它们乱吠乱叫，梦游般地到处乱走，马儿也是这样，我们看见它们高声嘶鸣，不断挣扎。

但是，所有这一切都可以归结到一个事实，精神和肉体互相交流，关系非常密切。有时候，想象力不仅作用于自己的身体，而且作用于别人的身体，这当然是另一回事。一个人把病传染给另一个人。如我们在瘟疫、梅毒和眼疾等传染病中所见。

看着得病的眼睛，你的眼睛也会得病，许多疾病都是这样在人与人之间传播的。（奥维德）

同样，受强烈震动的想象力也会射出利箭伤人。说到斯基泰女人，古人相信如果谁冒犯她们，她们的目光就足以射杀那人。乌龟和鸵鸟用目光可以孵蛋，说明它们的眼睛具有某种射精的功能。还有，据说巫师的眼睛极具进攻性和毒性。

我不知道是哪只眼睛慑服了可爱的小羊羔。（维吉尔）

我认为巫师绝不可靠。不管怎么样，我们凭经验知道女人对肚子里的孩子进行胎教，把她们想象的记号留在孩子身上，证据便是那个生下黑孩子的女人。有人向波希米亚国王夏尔皇帝献上一位来自比萨地区的女孩，她满身长毛，既直且硬，据说她母亲怀上她的时候，床头挂着一幅圣徒约翰·巴蒂斯特的画像。动物也是这样，比如雅各布的羊羔，山上被雪染白的山鸡和野兔。

最近，有人看见我家的猫窥视着停在树梢的一只小鸟。后来它们紧紧地对视。最后，小鸟像死了一样掉在猫爪前面，或者它被自己的想象吓坏了，或者是小猫的眼睛有着某种强大的吸引力。喜欢猎鹰的人听说过一位猎鹰教练的故事，他双眼紧盯空中的猎鹰，打赌说单凭目光可以把它叫回身边。据说，他确实做到了。我采用这些故事，我当然信赖故事的作者。

感想是我发的，它们都建立在理性的而非经验的证据之上，谁都可以加进自己的例子，没有例子可加的人也确信这样的例子是存在的，因为世事确实太纷纭复杂了。

如果觉得我的评论不好，谁都可以取代我做出自己的评论。

在我论述人的性格和精神行为的研究中，只要可以接受，我把来自寓言的例子也当作真实的事例。发生或没有发生，发生在巴黎或在罗马，发生在约翰身上或彼也尔身上，始终只是人的能力的表现，这是本文给我的一个有益的启示。我理解并拿来为我所用，不管是虚的还是实的。故事有不同的版本，我总是先用那最少见最难忘的一个。有些作者以讲述发生了的事情为目的。我的目的，如果我真的能做到的话，是谈谈可能发生的事情。没有相似性而假设相似性，理所当然，这在学校里是完全允许的。可是我不这么做，我在这方面严格遵守历史的真实性。我从所闻所做或所说的事情里举出例子，绝对不允许任何的改动，哪怕是最细微最次要的情节。我的良心不允许有丝毫的篡改，我的学问是否允许这么做，不知道。关于这一点，我有时候会想，让一位神学家，一位哲学家，或者一位思想和智慧同样地出类拔萃和严谨的人来写历史是否合适。他们怎么担保自己说的话就是老百姓说的话？怎么保证他们说出了那些不相识的人的思想，怎么让人相信他们的推测？就是一些在不同场合发生在他们眼前的事，如果法官要求他们在宣誓后作证，他们都会拒绝的啊。他们不会试着为任何人的意图负责，不管他们之间的关系多么亲密。我认为，不像写现在的事情，写过去的事情风险比较小一些，因为作家只需反映已知的事实。有人请我写年轻时的事情，觉得我看待往事不会像别人那样冲动，而且可以更贴近一些，因为我有机会接近各党各派的头头。但是他们没有告诉大家，就算让我像萨吕斯忒一样名垂青史，我也不会费这个精神（因为我与责任、勤奋、坚持是不共戴天的仇敌），而且洋洋万言不是我的风格（我常常因为气促而停笔，我不讲布局，不讲承起，还不如一个不懂表达缺乏词汇，连最平常的事情都说不好的小孩子。所以，我满足于说一些我会说的事情，做一些我力所能及的事情。如果我写一个必须写下去的题目，我的进度可能比那孩子还要慢）。我是那么的随心所欲，即使按照我自己的标准，按照任何合乎理性的标准，我发表的看法都可能会不合法，而且会受到惩罚。普卢塔克也许想告诉我们，如果文章里所有的例子在每一点上都真实无误，那么，这篇文章肯定不是他写的，但是，如果对后人有益，而且有一天可以照亮我们的美德之路，这才是他的作品。和药不同，从前的事情不管你怎么说都是没有危险的。

凭一己判断力辨别真伪，岂非愚蠢

把轻信和言听计从归为天真和无知，或许并没有什么依据。因为，我记得好像听人说过，你相信一件事，在某种程度上是它刻在你心中的一个印记，我们愈是心软，愈是缺乏抵抗力，心中也愈是容易留下印记。"就像砝码必定使天平倾斜一样，显而易见的事实会牵动头脑。"（西塞罗）我们的头脑愈是空虚，愈是缺乏抗衡的力量，一有人说黑道白，这架天平就倾斜了。所以，孩子、民众、妇女和患者，他们特别容易被耳朵牵着走。但是与此相反，漠视好像不很真实的事物，并斥其为虚假，实际上也是一种愚蠢的自负。这是那些自以为判断能力超常的人通常犯的错误。我从前也犯过这种错误，每次听人说到魂灵再现、预言未来、魔魔法、巫术或者我无法理解的故事。

梦魇，魔法，奇迹，巫婆，黑夜幽灵，特萨里怪象……（贺拉斯）

我就觉得被这些荒唐事愚弄的人可怜又可悲。现在，我发现真正值得怜悯的还有我自己。不是说在我最初相信的事物之外，经验又让我开阔了眼界——这与缺少好奇心无关——而是理智告诉我，武断地将一件事斥之为虚假和不可能，等于在自己的头脑里为神的意志、为自然母亲的威力设定了界限和范围，世界上最显著的蠢事莫过于以我们的能力和权限去衡量神和自然的力量；如果把我们的理智所不能及的事物通通称之为奇迹和违背自然，那么，仅我们眼前所见就将何以计数啊！大家想一想，我们穿过了多少迷雾才认识了大部分在我们智力范围之内的事物，这是怎样的一个摸索过程！可以肯定地说，我们之所以见怪不怪，首先是因为习惯，其次才是因为知识。

> 我们对天空的景象已经感到厌倦和腻烦，没有人再愿意抬头去看那光明的殿堂。（卢克莱修）

如果是第一次看到这些景象，我们甚至会更加觉得不可思议。

> 假定它们是第一次出现，而且是突然地出现在凡人的眼前，人们看见如此奇妙的事物，连个名字都叫不出来，在亲眼看见它们之前，人们根本无法想象。（卢克莱修）

没有见过河的人第一次见到河流，他想这就是大海吧。我们所认识的最大的物体，我们会把它当作世界之最。

> 于是，河流本身的大小与否并不重要，对于从来没有见过比它更大的河的人来说，它就是一条大河；一棵树，一个

人，也是一样的道理，人们见到同类事物中最大的一个，就以为不可能有更大的了。（卢克莱修）

"眼睛看惯了，我们的思想也随之和事物亲近起来；思想不再对常见的东西感到奇怪，再不会去寻根问底。"（西塞罗）

事物的新，比它的大更刺激我们去探究底细。

我们应该怀着崇敬之意去评价大自然的无穷威力，同时进一步承认自身的无知。世上有许多真假难辨的事物，但是一些值得信赖的证人肯定过它们的存在，如果我们一时不能完全信服，起码应该把它们放在一边吧！因为，断言它们不可能发生和存在，实际上是鲁莽地犯下了自以为可以穷尽可能性极限的错误。如果我们真的懂得不可能和不常见的区别，懂得反自然秩序和反人类共识之间的区别，既不轻信，该信的也不随便不信，我们就遵循了西隆①提出的"物无多余"的法则。

弗华莎尔在他的书里说，约翰·德·卡斯蒂耶国王在茹贝罗特溃败，身在贝阿尔的德·福阿公爵在第二天获得消息，但对福阿公爵得知消息的手段，我们读了之后尽可以付之一笑。在编年史中所说的事情也一样，比如在菲里普·奥古斯都国王死于芒特的当天，奥诺里尤斯教皇便为他举行了大规模的葬礼，而且通告全意大利向国王致哀。这些事件我们也不会相信，因为证人或许还不够权威，还不能让我们完全信服。但是事实如此！普鲁塔克引证了许多从前的例子，除此之外，他通过可靠的渠道得知，早在多米蒂安那个年代，安托尼乌斯在德国失利的消息当天就在千里之外的罗马被公之于众，并且传遍了世界各地；恺撒也说消息

---

① 古希腊七贤之一，曾任斯巴达的监察官（公元前 6 世纪）。

往往走在事件前面，难道我们也要说，这些人和我们一样缺乏洞察力，所以跟着民众一起受骗吗？有谁的判断比老普林尼更精明、更清晰和更灵敏？他一旦作出判断，还有谁比他更远离轻率？我暂且把他杰出的学问放在一边——相对而言，我不十分看重学问，但在这两种品质里，我们哪一种能超过他呢？可是，哪怕是最小的小学生都一口咬定他说谎，都要教训他大自然如何如何地前进。

我们在布歇的书中读到圣希莱尔的圣骨显灵的事，不说这事了，因为他的权威性不足，人们想怎么反驳都行。但是我觉得，一概否定同类的事情似乎也过于放肆。伟大的圣奥古斯丁证实，他在米兰亲眼看见一个盲童在圣热尔韦和圣普罗泰的圣骨前面恢复了视力；在迦太基，一位刚行了洗礼的女人为另一个女人画十字，治愈了她的癌症；他有一位常客叫赫斯佩琉斯，使用耶稣基督墓地的泥土驱散了大闹家宅的鬼魂，后来把他用过的泥土送去教堂，即刻治愈了一名瘫痪患者；一名妇人在巡游队伍中用花束扫了一下圣埃蒂安的遗骸盒，又抹了一下失明多年的眼睛，顿时恢复了视力。还有许多他亲身经历的种种奇迹。对于他以及他提到的两位证人——神圣的主教奥尔柳斯和马克西米努斯，我们有什么可以指责的吗？指责他们无知、头脑简单、天真，或者说狡猾和欺骗吗？在我们这个时代还有谁如此大言不惭，竟敢同他们在道德和虔诚，在知识、判断力和智力方面一较高下吗？"即使他们不提出任何理由，单凭他们的权威性就足以说服我了。"（西塞罗）

蔑视我们想象不到的事物，除了自身荒谬绝伦的轻率之外，还是一种胆大妄为的表现，危险而后果严重。因为，你依照你美好的智慧为真理和谎言设立了界限，必有一些事情是你相信的，其中的古怪之处甚至多于你所否认的事物，这时候你一定会放弃某些界限。然而，我觉得在目前我们所处的宗教纷争之中，我们在思想上的混乱，正是天主教徒们放弃部分信仰的结果。他们在某些受到质疑的条款上向敌人做出让步，还觉得自己站在温和和智慧的正确立场上。事实上，他们看不到开始让步和后退便极大地有利于攻击你的人，在多大的程度上鼓励敌人得寸进尺；他们认为选择的条款无关紧要，有时候却是十分重要的。或者我们应该完全听从教会的管教，或者完全地摆脱教会。不应由我们来决定服从教会到什么程度。此外，我可以这么说，因为我有过经验，我从前曾经使用过这种选择的自由和个人的偏爱，忽略了教规中某些看上去或者比较虚无或者比较怪异的部分，偶然也和一些有识之士谈论过，我发现这些事情其实有着实质的相当坚实的基础，我们如果掉以轻心，实在是愚蠢和无知的表现。我们为什么不想想，在我们的判断中出现过多少矛盾？多少事情昨天还是金科玉律，今天就被视为愚不可及？自负和好奇是灵魂的两大害。后者让我们伸长脖子到处窥探，前者阻止我们对任何事物的认识维持一种留有余地的态度。

论友谊

观察我请来画工的工作程序，心中油然而生一股想模仿他的念头。他在每堵墙中央最醒目的地方画上精心策划的图画，在空白的地方填补"奇形怪状"的装饰，也就是一些怪异的、靠着花样多变和古灵精怪而引人注目的东西。说实话，这些随笔何尝不是如此，除了"奇形怪状"，用不同的肢体、不同的形状，全凭偶然的顺序和比例拼凑而成的怪物，还能是什么呢？

这是一个下半部呈鱼尾状的美人身体。（贺拉斯）

我和画工在这一点上颇为投合，但是在另一点上，在他最优秀的一点上就跟不上他了，因为，我的能力使我却步，我不敢真正地画一幅丰富多彩、悦目而合乎艺术规律的画。于是，我想起艾蒂安·德·拉博埃西，借用他的东西来为这部书增添光彩。我说的是他的一篇论文，题为《关于心甘情愿当奴隶的演讲》，不知道这个题目的人后来给它取了一个更恰当的名字，叫《反对唯一》。他用随笔的形式写下这篇文章，鼓吹自由，反对暴君，而写文章的时候他还是一个少年。长久以来，这篇文章在具有大智慧的人中间传阅，并且获得很高的评价——也是实至名归——文章写得典雅而臻善臻美。然而，这还远远不是他写的最优秀的作品，我认识他的时候，他在年龄上已经年长，如果他像我一样执意将自己的思想写下来，我们一定可以读到许许多多见所未见、可以和古代名著相媲美的篇章，因为，如果谈到天赋，我认识的人中间没有一个及得上他的。但是，他只留给了我们这篇论文，而且还是偶然留下的（我甚至相信，这篇文章在离开他之后，他再也没有见过），以及关于一月（1562 年）敕令的几篇回忆，这项敕令由于内战爆发而变得特别出名，或许，这些作品将来还可以刊登在别的地方。这是我所能找到的他的全部著作。他离开我走了，留下了我对他的无限尊敬，除了已经出版的作品集以外，我还继承了他的图书室和他的书稿。我对这篇论文怀着一种特殊的感激之情，因为它是把我们连接在一起的纽带。我在见到作者之前很久就拜读了他的文章，并从此开始了我们的友谊，这段友谊一直维持到上帝要求终止的那一天。它是那么全面那么完美，可以肯定这是极为少见的友谊，在我们的同辈人中间更是绝无仅有。需要多少偶然的因素才能促成如此的友谊啊，如果三个世纪能遇到一回，那也算是多的了。

人性的最大作为，似乎就是引导我们同道相聚（亚里士多德甚至说，好的立法者更注重友谊，而不是法）。但是，完美相聚的最高点和基本点是友谊。因为一般地说，快乐或利益，公众或私下的需要会把人和人结合在一起并且维持下去，但是，如果掺杂着友谊之外的其他原因、目的和利害关系，那么，这种结合不可能是一种美好的结合，而且谈不上什么友谊。

以下四种古老的关系，血缘的、社交的、待客的以及男女情爱，它们都不符合完美友谊的标准，而且互相排斥。

孩子对父亲，更多的是一种尊敬。沟通建立友谊，但是父子间的巨大差别使他们无法沟通，因为沟通有可能损害到自然的义务。因为，父亲们内心的想法不是全都可以和子女沟通的，而真正的沟通会造成父子之间过分亲密；另一方面，子女也不可能教训和指责父母——这是友谊的一项主要责任。有一些国家，由于一些约定俗成的原因，子女可以弑父，在另一些国家，父亲可以杀子，目的都是为了避免相互间可能产生的障碍，自然，其中一个人的命运决定于另一个人的垮台。有些哲学家蔑视这种自然的联系，阿里斯迪普就是一个例子：有人攻击他，提醒他对子女负有情感的责任，他朝地上吐了一口痰，说这口痰同样出自他的身体，而且我们的身上还长着虱子和寄生虫呢。有一个人想说服普鲁塔克同意他兄弟的意见，他回答说："我不会因为我们从同一个肚子里走出来就特别重视他。"说实话，兄弟是一个美好的称谓，充满了亲情，我们在这个称谓之下团结一致。但是，财产归属不清，分家，一人富一人穷，这些情形大大地削弱和松懈着兄弟情谊。两兄弟要以同样的步伐沿同一条小路向前进，磕磕碰碰和互相顶撞是常有的事。此外，互有好感才能孕育真正完美的友谊，在他们中间怎么可能发生呢？父亲和儿子的性格有可能决然相反，兄弟之间也一样。这是我儿子，这是我父亲，但是他粗野无礼、凶恶或者愚蠢。其次，法律和自然的义务要求我们维系友好的关系，从这个意义上说，我们的选择和我们的自由意志起不了作用。情感和友谊得不到真正属于自己的果实，我们的自由意志也一样。我在这方面有过切身的体会，我的父亲直至耄耋之年，都是一位最慈爱最宽容的父亲，我的家庭从父亲到儿子都声誉卓著，是一个兄弟和睦堪称模范的家庭。

我自己也因为爱护兄弟而声名在外。（贺拉斯）

男女之情无法和友谊作比较，虽然爱情是我们的选择，但是我们不能在友谊的范畴之内爱一个女人，也不能把这种爱称为友谊。

因为，在爱情的焦虑中加入了甘与苦的爱神对我们并不陌生。（加图尔）

我承认，爱的烈火烧得更猛烈、更灼热、更狂暴。但是，这是一股欠缺考虑，见异思迁，起伏多变，突然迸发，时而发作时而复归正常，只掌握我们部分命运的烈火。在友谊当中，有一种普遍的无处不在的热情，一种均衡和缓持久平静的热情，一种甜蜜和细腻、绝无苦涩和刺激的热情。不仅如此，在爱情中只有一种疯狂的欲望，对愈是追不到的东西愈是紧追不舍。

犹如猎人追逐野兔，不顾寒冷，不顾酷暑，跋山涉水；但是，一旦抓住兔子，他就不在乎了；只是在猎物逃跑的时候，他才拼命地追赶。（阿里奥斯特）

一旦爱情进入友谊的范围，也就是说欲望达到平衡，它就会热情顿失，变得无精打采。享受爱情变成失去爱情，因为从身体上说爱情有结束和饱和的一刻。相反，我们愈是渴望友谊也愈是享受友谊，它在享受中升华、坚持、增长，因为友谊是精神上的东西，灵魂在实践友谊之中愈发变得高雅。在这种完美的友谊之下，我有过那种轻佻的爱情，他自然也不必说，在他的诗里有许许多多的自白。因此，两种热情在我身上交织在一起，但是两者绝不可相提并论，友谊昂首阔步地向前进，鄙夷不屑地看着爱情远远地在下风处发出阵阵的冲动。

至于婚姻，除了这是一个可以自由进入的市场之外（婚姻的延续是必然的和强制的，它取决于在我们的主观意志之外的其他因素）——这个市场的运作通常别有目的——它会出现错综复杂的外来并发症，而且是理更乱，足以使人没有头绪地搅乱婚姻的热情。而在友谊之中，除了友好的往来，没有任何交易和商业的成分。此外，说真的，女人们一般无法适应夫妻关系和哺育后代这种神圣联系的亲密性，她们的心不够坚强，承受不了这种长时间亲密结合的压力。当然，如果可以建立自由和自愿的家庭关系，不仅灵魂得到充分的享受，而且肉体也结合在一起，一个人因此而全身心地投入其中，可以肯定友谊将变得更充分更完整。但是，性达不到这一地步——还没有任何可以证明的例子——所以，古代的学派共同地把它排斥在友谊之外了。

至于另一种形式的人际关系，即希腊人的放纵（指同性恋），它理所当然地为我们的道德所不齿。因为同样的理由按照希腊人的习惯，这种关系必然包含着情人间年龄和职业的差别，它达不到我们在这里所要求的完美和和谐的结合："因为，这种友好的爱情，到底算什么东西呢？为什么我们不爱一个浅薄的青年，也不爱一个长相俊美的老人？"（西塞罗）因为，如果我说维纳斯的儿子①在情人心中挑起疯狂的冲动，鼓动他追求青春貌美的对象，希腊人允许无所节制的热情导致的过分和激烈的行为，这种人际关系的基础仅仅是外表的美丽，是传宗接代的肉体需要的另一种

---

① 维纳斯的儿子丘比特是爱情的化身。

形式，相信我的说法与柏拉图学派的描述相去无几。因为思想尚未形成，还处于诞生的过程之中，在思想发育之前，这种疯狂的冲动是没有基础的。如果它充斥着一颗卑劣的心，他就会用财富、送礼、高官厚禄等利诱手段来引诱对方。如果遇到一颗高尚的心，手段也将相应地比较高尚：哲学的教训，尊重宗教的教育，遵守纪律，为国捐躯，勇敢、智慧、正义的榜样。肉体的美已经消失，情人会努力通过灵魂的善与美让对方接受自己，希望通过精神上的配合构筑更坚实更持久的默契。如果这一努力适时地获得成功（因为柏拉图学派不要求情人为他所做的事花费时间和进行判断，他们只要求被爱的人这么做，因为被爱的人才需要判断难以认识难以发现的内在美），它就会在精神美的斡旋下，在被爱的人的心里焕发出精神的向往。精神的美在此是首要的，肉体的美是偶然的和次要的，与主动求爱的情人完全相反。因为这个原因，柏拉图学派更喜欢被爱的人，证明诸神也更喜欢被爱的人，在阿喀琉斯和帕特洛克罗斯的爱情里，他们强烈指责诗人埃斯库罗斯把情人的角色给了初出茅庐、血气方刚、全希腊第一美男子阿喀琉斯。他们说，这两个人的关系——他的优势和崇高地位展现无遗，完全起着支配的作用——为我们带来了对私人和集体生活都十分有用的结果；可以为接受这种习惯的国家带来力量，是公平和自由的主要防线，哈尔莫迪奥斯和阿里斯托奇通就是一个例证。因为这个原因，他们把它称之为神圣和非凡的结合。他们认为，只有暴戾的专制君主和软弱的民众才敌视这种结合。最后，我们支持这个学派的努力，只限于说这种爱最后将演变为友谊，这与斯多噶派关于爱情的定义有着一定的联系："一个人以他的美丽吸引我们，我们希望得到他的友谊，这就是爱情。"（西塞罗）我现在继续描述友谊，说得更公正和更恰当一

些。"只有随着年龄的增长，性格形成并稳固以后，我们才能充分地评价友谊。"（西塞罗）

然而，我们通常所说的朋友和友谊，只不过是出于某种环境或某种功利的需要，把我们的心连接在一起的亲密关系。在我所说的友谊中，心和心合在一起，互为基础，合成一体，使人感到天衣无缝，看不出任何缝合的痕迹。如果有人坚持要我回答为什么爱他，我感觉到我的回答只能是："因为我爱的是他，因为爱他的是我。"

在我的文章之外，在我可以特别说明的原因之外，还有一种说不清楚的来自命运的亲和力。我们在相遇之前因为听别人谈起对方，就在寻找对方，我相信这是老天的安排，老天叫到我们的名字，我们便拥抱在一起了。我和他第一次在某座城市的庆祝大会上偶然相遇，就已经互有好感，熟悉和离不开对方，我们的关系已经密不可分了。他写了一首绝妙的拉丁诗，后来公开发表了，诗中解释和说明了为什么我们能够如此迅速地情投意合，如此之快地达到完美的境界。这一关系是那么短促，而且开始得那么晚（因为我们都已是成年人，他又比我年长几岁），我们没有可以浪费的时间，无法按照脆弱和常规的友谊模式来不断调节，那需要小心地长时间地你来我往。我们的友谊只有一种理想的模式，就是它自己的模式，它只能和自己进行比较。这不是一种特殊的友谊观，也不是两种、三种、四种，或者千种万种。这是一整个混合体，一种说不出名堂的精髓，它抓住我的全部愿望，延长并深入他的愿望；它抓住他的全部愿望，以同样如饥似渴的热情延长并深入我的愿望。我说"深入"，那是真正的深入：我们毫不保留自己的东西，不管是他的还是我的。

说到莱里尤斯，这位罗马的执政官在判决提布留斯·格拉古斯以后，继续穷追猛打所有参与阴谋的人，莱里尤斯最后问卡尤斯·布洛西尤斯（格拉古斯的主要朋友）想为朋友做点什么，后者回答说："做一切可能做的事情。"莱里尤斯又问："一切，是什么意思？如果他命令你放火焚烧我们的寺庙，你会怎么做呢？"布洛西尤斯立即反驳说："他不会发布这样的命令。"莱里尤斯追问："万一他这么命令呢？"他回答说："我会服从。"如果他真如历史书中所说的是格拉古斯的朋友，他就没有必要在最后大胆表白去刺激执政官，也不应该放弃坚信格拉古斯的态度。然而，补充说一句，有人认为这个回答具有挑衅性，其实并不明白其中的奥秘，他们没有想到一个事实，布洛西尤斯完全操纵着格拉古斯的动向，对他的影响力极大，而且非常了解格拉古斯。他们是公民，更是朋友，他们的友情超过了对国家的爱与仇，超过了野心和骚动。他们互相信任，他们完全控制着各自的爱慕之情，让美德为这驾马车在前面引路，让理性为它执鞭（没有理性就完全不可能套上马车），布洛西尤斯的回答很正常。如果他们的行动不一致，按我的标准来衡量，他们就成不了朋友，他们也不会同意自己的做法。不过，这个回答没有多少意义，犹如有人这么问我："如果你想杀女儿，你会杀吗？"即使我表示肯定也一样。因为，这样的表示丝毫不意味着我真正同意这么做，我绝对不怀疑我的意愿，同样不会怀疑这么一位朋友的意愿。世上的种种理由，都不能随意推翻我对这位朋友的愿望和判断的信心。看到他的每一个行动，不管以什么形式出现，我都会立即想到他的动机。我们的灵魂齐步前进，我们的灵魂热烈地尊重对方，推诚相见，肝胆相照，我不仅像了解自己一样了解他，而且我完全肯定在我自己的问题上更加愿意信任他。

人们不要把一般的友谊与此相提并论：我和别人一样，对一般的友谊，甚至对其中最完美的友谊，都有充分的认识。但是，我劝人们不要混淆友谊的不同规则，否则的话就会出错。在这些一般的友谊中，我们必须手握缰绳，谨慎小心，互相之间的联系还达不到完全不必防备对方的地步。西隆说："爱他吧，尽管你心里想可能会在某一天恨他；恨他吧，尽管你心里想将来可能会爱他。"这句格言在优越和至高的友谊中是十分糟糕的，但是对普通和常见的友谊实践却十分有益，在这一类的友谊中，应该使用亚里士多德常说的一句话："朋友们啊，世上并没有朋友。"

　　帮忙和做好事可以维系友谊，在崇高的人际关系中则不值一提，原因是我们的心紧密地贴在一起。因为，不管斯多噶派怎么说，我心中怀有的友谊并不会因为我在必要时得到帮助而增加，就像我不会感激自己为自己做事一样；同样，由于朋友之间的团结是至诚的团结，他们不再感觉到这是一种责任，他们会憎恶并排斥令互相之间产生隔阂和陌生的字眼，比如恩德、恩情、感激、请求、感谢，等等。他们之间不分你我，愿望、思想、判断、财富、女人、孩子、荣誉和生命都和谐一致，按照亚里士多德十分贴切的定义，只不过是一个灵魂两个身体而已，他们之间不再存在借与还和施与受的问题。因此，有人赞美婚姻，让人觉得婚姻与这种神圣的结合有着某种相似之处，其实这是一种错觉，制定法律的人禁止夫妇间馈赠财产的行为，目的是想说明一切财产本来就属于夫妇二人，他们之间根本不存在分割和分配财产的问题。在我所说的友谊中，如果一个人可以给予另一个人什么东西，那么收受恩德的人必将心存感激。因为，大家都在努力地为对方做好事，提供材料和机会的人也就突现其慷慨的一面，让朋友高高兴兴地做他最希望做的事情（哲学家第欧根尼缺钱用，他不说向朋友要钱，而说要朋友还钱）。为了说明事情的具体做法，我再说一个古代的杰出例子。

科林斯人欧达米达斯有两位朋友：一位是西西奥纳人夏里克塞诺斯，另一位是科林斯人阿雷特奥斯。他很穷，而他们的两位朋友相当富有，他临死的时候留下了这么一份遗嘱："我的一半遗产赠予阿雷特奥斯，请他解决我母亲的吃饭问题并且负担她老年的生活；我的另一半遗产赠予夏里克塞诺斯，请他为我女儿筹措嫁妆，将来尽可能为她争取亡夫的遗产；如果两人中有一个不幸早逝，我请活着的一个替他执行我的遗嘱。"最先读到这份遗嘱的人无不觉得可笑，但是，他的继承人得知消息以后满心欢喜地接受了这份遗嘱。谁知夏里克塞诺斯也在五天后去世，继承权顺理成章地落到了阿雷特奥斯手里，他细心照料欧达米达斯母亲的饮食，从自己的财产中拿出一半给自己的独生女做了嫁妆，另一半给了欧达米达斯的女儿，他为她们在同一天举行了婚礼。

这是极好的例子，如果少一个特别的地方可能会更好，那就是他有不止一个朋友。因为，在完美的友谊中，每个人都把自己完整地献给朋友，他再没有任何东西可以分给别人；相反，他会觉得很抱歉，不能一分为二、一分为三或一分为四，不能同时有几个灵魂和几个愿望一起送给那唯一的对象。普通的友谊是可以分摊的：我们可以爱这个人貌美，爱另一个人性格随和，爱第三个人慷慨，爱第四个人具有做父亲的品质，或者爱他具有做兄弟的品质，以及其他的种种情形。但是我所说的友谊，全权地掌握和控制着灵魂的友谊，它不可能是双重的。如果两位朋友同时要你救命，你去救哪一个呢？如果他们要求你做相反的事情，你怎么解决呢？如果一个人要求你对某一件事保持缄默，而另一个人很有必要知道这件事，你怎么应付这个难题？具有排他性和超越性的友谊可以免除其他的义务，我发誓不向别人说的秘密，可以在不违背誓言的情况下告诉他，这个他不是别人，他和我是一个人。"一分为二"，真是一个相当大的奇迹，那些说"一分为三"的人不知道这个奇迹的内涵有多大。有人设想，两个人，我可以平等地爱他们，他们也互相爱对方，而且他们爱我就像我爱他们一样，他把最单一最统一，在世界上难得一见的东西变成了一个帮会。

这个故事的结局非常符合我说的事情，因为，欧达米达斯优雅而深情地请求朋友来帮助他。他请他们继承他的慷慨，把做恩人的方法教给他们。毫无疑问，友谊的力量在他身上表现得比阿雷特奥斯更加充分。总之，对于一个没有亲身体会的人来说，这是无法想象的事情。我对一位年轻的士兵尤其敬佩不已，居鲁士问他，他要多少钱才肯出让赢了比赛的马，他愿不愿意拿他的马换取整个王国，士兵回答说："肯定不愿意，陛下，但是，如果因为这匹马而找到一位值得信赖的人并结为朋友，我愿意放弃它。"（色诺芬）

他说"如果找到"，这话说得不错，因为我们很容易找到一些可以表面上交往的人。但是，在我所说的友谊中，在出自肺腑的毫无保留的关系之中，各种动机都必须绝对地清楚和可靠。

在单方面的关系中，我们只要弥补与这个方面特别有关的缺点就行了。我的医生和律师信什么教与我有什么关系，这种考虑与他们应该给我们的友好服务毫无关联。在家庭内部的主仆关系中，我也是这么处理的。说到仆人，我很少问他是不是清白纯洁，我只想知道他工作是否认真。我不担心骡夫赌钱或者是个笨蛋，也不担心厨师讲粗话或者无知。我不关心人生在世应该做些什么——有别人在管就已足够——我只管自己所做的事。

我嘛，我就是这么干的；至于您，您觉得怎么好就怎么做吧。（特朗斯）

在餐桌上的家庭关系中，我注重愉快，而不是严肃；在床上，我把美丽放在善良前面；在谈话的时候，我愿意听到言之有物的话，即使有伤大雅也无所谓。其他方面也一样。

一个骑着竹马和孩子玩耍的人，请突然闯入的客人在成为父亲之前不要对此发表任何意见，认为到那个时候他的内心感情才能使他做出公正的评论。同样，我也希望听我说话的人经历过我所说的事情。但是，我知道如此的友谊离开日常的经验是多么的遥远，我不期望能找到好的评判。

因为我觉得，与我自己的切身体会相比，古代在这个问题上留给我们的论述十分无力。在这一点上，事实超过了哲学家的名言：

只要我精神健全，就没有任何东西比得上一个体贴的朋友。（贺拉斯）

古代的诗人梅南德尔说，哪怕是遇到一个真正的朋友的影子，那都是幸福。他说得很对，如果他有这种经验，就会更有说服力。说句实话，感谢上帝，除了失去这么一位朋友，我的日子过得还愉快和宽裕，没有极度的伤感，精神十分宁静，满足于天生的原有的优点，不再有别的追求。但如果和那愉快的四年相比较，其间有机会与这么一位极有个性的人结交共处，剩下的时光只不过是过眼云烟，只是黑暗和无聊。

对我来说将永远是痛苦的一天，是我永远纪念的一天——诸神啊，这是你们的旨意！（维吉尔）

从失去他的那一天开始，我无精打采地四处游荡；人生的乐趣非但不能使我得到安慰，反而使我更加怀念失去的朋友；我好像把他的那一份思念也拿过来了。

没有他分享我的人生，我也决心不再享受快乐。（特朗斯）

我已经习惯于到哪里都是第二个一半，感到自己只剩下生命的一半。

过早的打击夺走了我灵魂的一半，我，灵魂的另一半，厌恶我自己的我，不能完整地服务于人的我为什么还要继续留在世上？（贺拉斯）

不管做什么想什么，我都在想念他，如他一样——他也一定在想念我。因为，他在任何方面的能力和德行都远远地超过我，他在尽友谊的责任方面也一样远远地超过我。

我们痛悼一个如此宝贵的生命，为什么要脸红，为什么要克制？（贺拉斯）

我的兄弟，因为失去你，我是多么不幸啊！你的甜蜜友情带给我们人生的种种欢乐，随着你的离去而消失了。我的兄弟，你的死击碎了我的幸福；我们的整个灵魂和你一起进入坟墓，自从你去世以后，我从心里驱走了宝贵的研究工作和为我带来甜蜜人生的一切。我不能再和你说话了吗？我再也听不到你的声音了吗？我从今以后再也见不到你了吗？我生命中的至爱，我的兄弟啊，起码，我将永远地爱你。（加图尔）

但是，现在来听听这位十六岁少年怎么说吧。

那些想扰乱和颠覆，丝毫不考虑改善社会秩序的人公开发表了——出于不可告人的目的——这部著作，把它和他们的"拙劣货色"混在一起，我因此放弃了把它收入本书的想法。有些人可能对他的意见和行为不够了解，为了作者在他们的心目中受到损害的形象，我想告诉他们，他写的这个题目仅仅是他年轻时的练笔之作，是一个平平常常、在其他书里老生常谈的题目。我不怀疑，他相信自己所写的东西，因为他相当审慎，即使在开玩笑的时候也从不瞎说。我还知道，如果他可以选择的话，他更愿意出生在威尼斯，而不是在萨尔拉——他是有道理的。但是，他的脑海中深深地印着另一句格言，就是服从和严格地遵守他的出生地的法律。从来没有比他更善良、更渴望国家安宁、更敌视动乱、更讨厌标新立异的公民了。他本来想利用他的能力扑熄它们，而不是煽风点火。他的思想是按照另一个时代的模式铸就的。

现在，我放弃这部严肃的著作，换上他在生命的同一个时期里写的但是更欢快更诙谐的一部作品。

谈舍命逃避享乐

　　我很早就注意到，大部分古人的意见都赞成这一点：如果生命中的苦难多于欢乐，这时候生命就该终结了，赖在世界上忍受痛苦和磨难是违背自然法则的事情。正如以下古老的戒律所说的：

　　　　或者平静地活着，或者安乐地死去。
　　　　当生命成为负担，死亡便是一件好事。
　　　　宁可放弃，也不活着遭罪。

　　但是，蔑视死亡，甚至利用这种蔑视达到离弃荣誉、财富、地位，以及其他种种好处的目的，离弃人们称之为"命定"的福气，仿佛理智想说服我们放弃这些东西还不够难，所以还要加上这个新的负担。

　　在读到塞内克的一段话之前，我从未见过有谁规定或实践过这种要求。吕西柳斯是一个有权有势、在皇帝周遭极具影响力的人物，塞内克劝他改变淫逸豪华的生活，放弃追名逐利的野心，过一种隐匿、平静和豁达的生活，对此，吕西柳斯表示做起来并不容易，塞内克说："我的意见是，你应该离开这种生活，或者完全放弃生命；我衷心地劝告你，你应该走一条最平稳的路，不再策划错误的事情，而不是去了结它，如果实在没有别的办法，你才去了结它。任何人，不管多么胆小，都宁可摇摇晃晃也不情愿摔倒在地。"

我会觉得这个劝告符合斯多噶派严厉的规章，但是，想不到它仿效了伊壁鸠鲁的说法，因为伊壁鸠鲁在给弟子伊多梅内的信里讲过完全相同的话。

然而，我想自己曾在同胞的身上见过同样性质的事实，只是多了一份基督徒的温和。

普瓦济埃大主教圣·希莱尔远赴叙利亚，把独生女儿阿布拉留在了大海的这一边，其间，他获悉国内最显赫贵族纷纷向女儿求婚，因为她受过非常良好的教育，美丽、富有，而且正当如花似玉的年纪。他写信给女儿，信中要求她不可向往求婚者奉献的甜言蜜语和物质利益，说他在旅途中为她找到了一个非常伟大和高尚的对象，一个极富能力和完全超凡脱俗的丈夫，可以为她送上价值不可估量的锦衣罗袍和金银珠宝。他的意图是使女儿放弃世间的荣华富贵，全心全意地侍奉上帝。但是，为了实现这个目的，他觉得最快捷最可靠的途径是死亡，他不断地许愿和祈祷，请求上帝把女儿带离这个世界，把她留在身边。他最后如愿以偿，因为女儿在他回国后不久便死了，他的喜悦溢于言表。

这位大人物一开始就使用这种办法，似乎付出了比别人高得多的代价，而且还是自己的独生女儿，而别人只是把它当作一种辅助的手段而已。不过，我也不想回避故事的结局，虽然与我的主题无关。

圣·希莱尔的妻子得知女儿如何按照他的意图和心愿死去，她离开这个世界比继续留在这里要幸福得多，等等，她想到天国的幸福既然那么吸引人，于是恳求丈夫也为她许愿和祈祷。上帝依照他们共同的请求，不久把她也叫到了自己的身边。他们欣然接受了这一死亡。

论离群索居

我们暂且不对离群索居和投身社会这两种生活方式作冗长的比较，至于那些隐藏着野心和贪婪的漂亮话，什么不为私利，生而为公共利益等，还是让我们不揣冒昧求教于局内人吧。请他们扪心自问，与那些漂亮话相反，社会地位、公职，在上层社会忙忙碌碌，他们追求这些东西真的不是为了从公共事务中获取个人利益吗？人们互相践踏，手段之恶劣已经表明居心的不善。让我们告诉野心，正是它使我们产生离群索居的愿望，正是它最避忌社会的共处。在任何地方都可以为善或作恶；然而，比亚斯说：世上的恶人更多，《传道书》说：千人之中也找不到一个好人，如果他们都说对了。

好人不常见，和忐拜城的城门或富饶的尼罗河的河口一样。（尤维纳利斯）

那么，我们身在其中实在是太容易受传染了。要么模仿恶人，要么憎恨他们。或者因为他们人多势众而同流合污，或者因为相去太远而憎恨他们，反正都是危险。出海的商人有理由提防同船的人，希望他们不是放荡、亵渎神明、作恶的人，认为和这种人做伴总是凶多吉少。所以，比亚斯开玩笑似的对共同面临暴风雨的危险向诸神求救的人说："不要作声，不要让神知道我和你们在一起。"

我说一个更惊人的例子，阿尔布凯尔克是葡萄牙国王埃马纽埃尔在印度的副帅，他在海上遇到生死攸关的暴风雨，于是肩扛一个小男孩，唯一的目的是在命运与共的情况下借助于孩子的天真无邪，请求神明大发慈悲，保护和援救他的性命。

不是说智者不能随处安身立命，过上幸福的生活，即使孑然一身独处朝廷百官之中。不过，如果可以选择的话，他一定会避之唯恐不及，连看一眼都不愿意。有必要的话，他会忍受。只要有可能，他会选择离开。如果还需要与别人的恶习打交道，他也不会因为清高而嗤之以鼻。

夏隆达像惩罚坏人一样惩罚经证实常与坏人来往的人。

万物中最不爱交际、又最善交际的是人：前者是坏毛病，后者是一种天性。至于安蒂斯坦纳，有人指责他与恶人为伍，我觉得他的辩解不能令人信服，他说医生不也总是和患者在一起吗？因为，医生固然改善着患者的健康状况，他们自己的身体也由于接触、观察和处理疾病而日益受损。

回过头来说说离群索居的目的吧，我相信目的只有一个：一个人独处更悠闲更自在。但是，人们不总是好好地寻找正确的途径。我们往往以为已经放下手中的事务，实际上只是把它们改变了一下而已。用管理家务代替治理国家，并不见得会轻松很多：你的心一旦投入进去，你的人也就全进去了，家务事虽小，却一样地缠人。此外，我们尽管摆脱了司法和商业等事务，却没有摆脱人生的主要烦恼。

帮助我们排解烦恼的是理性和智慧，而不是面临浩瀚大海的那个地方。（贺拉斯）

野心、贪婪、犹豫、恐惧和好色，不会因为我们换了地方就放过我们。

忧愁和苦闷跟着骑士坐上了马背。（贺拉斯）

它们会跟随我们进入修道院和哲学课堂。不管是沙漠还是石头的山洞，也不管是扎人的粗衣还是斋戒的饥饿，都无法帮我们摆脱它们：

致命的箭始终挂在他的腰间。（维吉尔）

有人告诉苏格拉底，某某在旅途中丝毫不见起色，他回答说："我早就想到了，那毛病是跟着他一起走的。"

为什么去找别的太阳温暖的地方？谁离开祖国，又逃避自己？（贺拉斯）

如果不首先为自己卸下肩上的重担，包括肉体和灵魂，我们每走一步都会留下更多的伤痕：同样，船上的货物都紧固好了，就不会生出诸多的不便。你挪动患者的位置，害处大于益处。你像抖动袋子一样把造成的伤害送往深处，犹如木头桩子在震动力和撞击力的作用下愈扎愈深一样。所以，远离老百姓是不够的，变换地方是不够的，必须远离存在于我们身上的老百姓的生活方式，必须把自己隔离起来，必须重新控制自己。

> 你会说："我砸碎了镣铐。"是的，就像只狗经过努力挣脱了链子。但是，它在逃跑的时候，脖子上还拖着长长的一段铁链。（皮尔斯）

我们依旧带着镣铐：这不是完全的自由，我们还在回头看留在身后的东西，想象中那一副依旧完整的镣铐。

> 如果灵魂得不到净化，我们将要徒劳无益地面对多少战斗多少危险？多少伤心事撕裂着为情感所苦的心，还有多少恐惧啊！骄傲、淫荡、狂怒，它们带来多少灾难啊！还有奢侈和惰怠！（卢克莱修）

我们的恶深植于灵魂之中，然而，灵魂避不开自己。

因此必须使灵魂回归和反省：在这里才有真正的清静，即使身处闹市和王宫。当然，你真正一个人的时候，可以更方便地享有这种清静。

于是，一旦我们试图独自生活，不再依赖别人，我们就要紧紧地把幸福把握在自己的手中。息交绝游，做到真正独立地自在地生活。

斯蒂尔蓬避过城中的大火，他在火灾中失去了妻子儿女和财产。德梅特里奥斯·珀里奥尔塞特见他在这场国难中面无惧色，问他是否遭受了损失。他回答说，没有，感谢上帝，大火没有带走任何属于他个人的东西。关于这件事，哲学家安蒂斯坦纳说得相当有趣：人应该准备一些能够浮在水面，和他一起靠游泳逃脱海难的食物。

可以肯定，聪明人只要保全自己，他就什么都没有失去。当蛮族攻陷诺拉城的时候，主教保兰人财尽失，本人成了俘虏，他是这样祈求上帝的："上帝啊，不要让我因为失去的东西而耿耿于怀，你知道，他们没有碰到任何属于我的东西。"令他富有的财产，令他心善的产业，依然完整如初。这就叫作正确选择可以不受损害的财富，把它们藏在无人可以触及——除了我们自己，无人可以泄露的地方。如果可以，最好带上妻子儿女，财富和健康，但是，我们又不能把自己绑死在上面，让他们左右我们的幸福。我们必须保留一个完全属于我们的完全空置的后院，使我们得以真正自由地隐匿其中。那里才是我们和自己交谈，谈论我们自己的地方——完全私人的交谈，任何对外的联系或交流在此毫无位置——说话和欢笑，仿佛我们一无所有，无妻室、无子女、无财产、无随从、无仆役，即使我们万一失去这些东西，也不会觉得遇着了新问题。我们有一颗反省自己的心，可以以自己为伴，可以攻击自身的敌人，保卫自身的财富，可以接受，也可以给予：在独处的时候，我们不必担心自己会变得百无聊赖、游手好闲。

在离群索居的时候，你就是你自己的好伙伴。（蒂卜尔）

安蒂斯坦纳说，道德自满自足：无需理论、无需言语、无需行动。

在一千个日常的行动中，没有一个与我们的私利有特别的关系。你看见那个奋不顾身、冒着火枪射出的霰弹、爬上残垣断墙的人，还有那个满身伤痕、面黄肌瘦、疲惫不堪，宁可丢了性命也绝不打开城门的人，你想他们这么做是为了自己吗？或许是为了某个人吧，一个他们没有机会谋面，对他们的行动毫不关心，游手好闲，此时正在寻欢作乐的人。你看着一个人在深更半夜走出工作室，咳嗽，满眼黄眵，满脸污垢，你以为他在书中寻找如何做一个更加幸福更加聪明的善人吗？完全错了。他或者就这么死去，或者会告诉后人普罗特诗歌的韵律或者拉丁文里某个词的正确拼写。谁不在心甘情愿地用健康、休息、生命换取名声和荣誉，司空见惯却也是最没有用最虚浮的东西？我们对死亡怕得还不够，那就把妻子、儿女和别人对死亡的恐惧统统加在我们身上。我们觉得自己的事情还不够烦，那就把邻居和朋友的事情揽过来，为他们坐立不安、头脑发涨吧。

怎么！竟然要一个人爱身外物超过爱自己！（特朗斯）

我觉得在那些把最有活力最健康的岁月献给世界的人的身上，孤身独处表现出更多的理性，塔莱斯就是一例。

我们为别人活得够了，起码也得为自己活一段时间吧。把思想和意愿给回我们自己和自己的幸福。稳妥地安排自己的退休可不是一件小事，即使不做别的事情，也足以让人忙一阵子了。既然上帝让我们为离开做准备，我们就去准备一下吧。卷起铺盖，早早地和好朋友们告别，摆脱那些使我们驰心旁骛，使我们远离自己的强烈依恋。必须解开这些强有力的枷锁，从此随心所欲，但是又情归自己。我的意思是说：把仅剩的东西留给自己，但是不要沉沦其中而不能自拔，当你决定放弃的时候，不要有受伤的感觉，不要觉得这是自己身上的一部分。世上最大的事情是懂得属于自己。

一旦不再能够贡献社会，我们脱离社会的时候也就到了。没有能力借贷给人，就应该不准自己向人借贷。我们渐渐年老力衰，应该把力气保存和集中起来。谁有能力继续扮演并融合友谊和伴侣的角色，那就让他扮演吧。而在使人变得无用变得讨厌的衰老过程中，千万不要觉得自己讨厌和无用。要自信，要安慰自己，尤其要自制、尊重并敬畏自己的理智和良心，不至于做错了事还大言不惭。"因为，充分自尊的人并不多见。"（坎梯廉）

苏格拉底说，年轻人应该多学习，成熟的人应该努力做好事情，老年人应该摆脱各种民事和军事的工作，随心所欲地生活，不必承担某种确定的义务。

有些人的气质比较能适应退休的观念。有些人理解力比较弱比较缺乏活力，敏感性和意志力比较娇嫩。拒绝为他人服务，不那么轻易尽力——我就是这样的人，不论是自然倾向还是理性使然——另有一些人积极投身社会，忙忙碌碌，什么都管，事事插手，干什么事都热情洋溢，一有机会就自告奋勇，挺身而出，全身投入，相比之下，前者更能接受退休的想法。如果赞成的话，我们应该利用这些偶发性的身外的有利因素，佢是不要把它们当成行为的主要基础。事实上，它也不是什么基础，不管是理智还是天性，都不愿意见到这样的基础。我们为什么要反对自然规律，置幸福于别人的权力之下呢？此外，提前忍受"运气"无常的捉弄，像许多虔信宗教助人和某些理性的哲学家一样，身体力行，睡硬地，挖眼睛，把财产扔进河里，找苦吃（有些人接受人间的苦难，为的是在另一种生活里获得幸福；另一些人站在最下面的梯级上，为的是避免再次堕落），这些都是极端的道德行为。

天性最坚定最强大的人也光荣地模范地退休吧：

> 在我运气不佳的时候，我卖弄仅有的一点财产和安全感，我懂得知足常乐。但是，如果命运待我稍好一点，让我富裕一点，我会高声宣告，只有把收入建立在美丽的田园之上的人才是智慧和幸福的人。（贺拉斯）

对我来说不必走这么远，手上的事就已经做不完了。"命运"青睐我，我只需随时准备失宠，尽我的想象力之所能，自由地想象可能发生的不幸，就像我们习惯于比武和竞赛一样，在和平的年代模拟战争的场面。

我知道哲学家阿尔塞齐拉斯使用金银器餐具，并不觉得他因此在道德上有什么欠缺，因为他的社会地位允许他这么做。使用得当而大方，比之于完全抛弃这些餐具，反而使我更尊重他。

我明白人的地位所受的限制程度，看着可怜的叫花子站在家门口，往往比我活泼比我健康，我心里就会设身处地，试图以他的方式来思考问题。我也同样地站在其他人的立场上考虑问题，即使想到死亡、穷困、蔑视、疾病在我身后紧随不舍，我也很容易下定决心，连远远不如我的人都毫不抱怨地接受这些事情，我还有什么可怕的。我无法相信，一个智力低下的人会比智力强劲的人更有能耐，理性的作用还比不上习惯的力量。于是，知道那些无关紧要的财富是多么不可靠，即使我充分地拥有它们，我也会向上帝提出最高的请求，让我满意自己，满意产生在我身上的美好事物。我看见身体健康的年轻人，在他们的行囊里始终放着一大堆药丸，以应付随时可能袭来的伤风，他们想到手中有药，心里就不会特别地害怕。所以，我们应该有所防备，如果感到自己可能患上更严重的疾病，最好是准备一些可以缓解和减轻病痛的药物。

在避世的生活中必须找一些事情做做，应该选择一些既不困难又不沉闷的事情。否则的话，我们心中想着去寻找休息，实际上却是缘木求鱼。这应该由每个人的趣味来决定，我的兴趣完全不在管理家务事。即使喜欢治家的人也不应沉迷其中。

他们应努力做到人管事，而不是事管人。（贺拉斯）

如果你不相信，照萨吕斯忒的说法，家务工作可是干不完的活啊。在千头万绪的家务事里，比较可以接受的是园艺，据克塞诺丰说，这是居鲁士喜欢做的事。有人全身心地投入这些低微和下贱、紧张和充满着不安的劳作，也有人完全彻底地无所用心，任由花园荒芜，我们或者可以在两者之间找到一个折中点。

此时，德摩克利特的灵魂在广袤的空间遨游，任由羊群破坏田地，啃食庄稼。（贺拉斯）

还是听一听小普里纳给他的朋友卢福斯关于隐居的劝告吧："你所在的地方既充实又富足，我建议你把低级和可恶的家务工作交给仆人去做，自己可以全心全意地投入文字工作，争取完全属于你自己的东西。"他的意思是争取更大的名望。他与西塞罗志趣相投，西塞罗就说过他想隐居和远离公共事务，在闲逸之中著书立说，以换取不朽的功名。

怎么！如果别人不知道你有知识，你的知识还不等于一

堆废物？（皮尔斯）

我觉得，既然说到遁世独处，我们的目光就不能再停留在这个世界上，这是理所当然的事。有些人半途而废。他们为离开世界的那一天整理好东西，但是，可笑和矛盾得很，他们却仍想在已经离开的世界里达到他们所希望达到的目标。那些怀着虔诚之心寻找清静的人，内心里坚信神灵对另一种生活的允诺，这种想法更符合他们的实际。他们把目光投向充满无限善意和全能的上帝，灵魂通过他可以完全自由地满足自己的愿望。出现不幸和痛苦对他们来说也是好事，因为这是获取永恒的纯洁和欢乐的必要手段。死亡，是到达完美境界的必经之路，将听命于他们的愿望。可是，严格的戒律因习惯而被清除，肉体的欲望被拒绝、抛弃和麻醉，因为如果没有实践和反复运用，这种事是维持不下去的。这唯一的目标，即过另一种永恒幸福的生活，完全值得我们放下世俗生活的种种欢乐。一个用热烈的信仰和期望真实地持久地激发灵魂的人，将在遁世独处之中建立起一种超越任何其他生活方式、快乐的高尚的享受。

对于小普里纳的这一劝告，无论是目的还是方法，我都感到不甚满意：我们总是发了低烧，还得发一次高烧。这件事（著书立说）像别的事情一样困难，对健康十分有害，而健康是我们必须关心的主要问题，所以我们不应为一时之快而忘乎所以。勤俭持家和管理财产的人、守财奴、好享乐的人、野心勃勃的人，正是这种种乐趣坏了他们的大事。智者教我们提防欲望，不要让它出卖我们，教我们区分真正的完全的快乐和掺杂着痛苦的快乐，他们说，大部分的快乐抚慰和拥抱我们，目的是想掐死我们，就是埃及人称之为菲利斯坦的强盗一样。如果我们在喝醉之前感到头疼，我们就不会喝得过量，但是，享乐这东西欺骗我们，它走在前面，把后来要发生的事情先就掩盖了。书是好的，但是，如果经常和书打交道最终使我们失去欢乐和健康，失去我们所能拥有的最美好的东西，那么，就把书放在一边吧。有人认为，书的好处无法抵消这种损失，我是其中之一。由于长期的身体不适而渐渐虚弱，最终只能求助于医学仁慈的救援，让医生规定一些不可违犯的生活戒律，同样，脱离世界的人，因为难以忍受社会生活，甚至感到厌恶，他必须使生活符合理性的规则，加以整理和深思熟虑的安排。他应该已经告别任何形式的苦痛，不管它以什么面孔出现，应该逃避妨碍身心安宁的感情，选择最适合自己口味的道路。

让每个人都懂得选择适合自己的道路。（普罗佩尔斯）

在管理家务之中，在学习、打猎，在任何其他的活动之中，都应该全情投入，直至获得全部的乐趣，同时小心不要越过极限，不要去到与痛苦开始交接的地方。操劳和忙碌，只要能守住生存所需，防备另一种极端行为，即萎靡不振和昏昏沉沉的惰怠带来的毛病就行了。有一些贫乏和困难的知识，大部分是为大众所用的，必须把这些知识留给为社会服务的人。至于我，我只喜欢或者好看或者容易读、使我入迷，或者能够安慰我、为我解决生死问题提供忠告的书：

我静静地走在空气清新的树林里，心里想着智者和好人感兴趣的问题。（贺拉斯）

比较明智的人，因为他们的灵魂更强大更有活力，可以为自己创造心灵上的安宁。我的情况与众人一样，我必须通过肉体的欢乐来支持自己，年岁不饶人，盗走了我最喜欢的快乐，我于是培养和提高更适合新时期的兴趣。应该善用我们的牙齿和爪子保持享受生活乐趣的能力，虽然岁月将它们从我们的手心中一个一个地夺走：

　　采集生命的乐趣吧，我们仅仅拥有生命的时间。总有一天，你将变成灰烬、影子、空洞的字眼。（皮尔斯）

功成名就，这是普里纳和西塞罗建议我们的目标，与我的打算相去甚远。与安排退休完全相反的精神状态是野心。功名和宁静，是不共戴天的两样东西。依我所见，他们只是置手和脚于社会之外。他们的心，他们的思想，比任何时候都更深地缠绕在社会之中：

　　你呢，老人家，你的工作只是为了取悦别人的耳朵吗？（皮尔斯）

他们后退只是为了向前跳得更远，为了蓄积更大的力量脱颖而出。你喜欢看见他们打不中靶子吗？把两个哲学家——分属决然不同前两个派别的意见放在一起，两个人分别给各自的朋友写信，一位写给伊多梅内，另一位写给吕西柳斯，说服他们放下公共事务并隐居起来："他们说，你一直在海上航行和漂泊，现在请回港口安息吧。你把生命的一部分献给了阳光，请把最后的一部分给予阴影。如果你不放弃结果，你就放不下种种烦琐的事务。为此，不要再为名和利烦恼了。过去的功绩可能使你光彩夺目，并且照着去你们的藏身之地。像抛弃其他的享受一样，抛弃别人给你的掌声，不必担心你的学问和能力。如果你感觉到新的生活更加惬意，它们只会发挥更大的作用。请你记住那个人，别人问他为什么自讨苦吃从事那许多人都不明白的艺术？他回答说：'很少人能够明白，对我来说已经足够了。哪怕是一个人，也足够了，甚至没有人明白也不要紧。'他说的是实话：你和另外一个人，你就是他的舞台，他也是你的舞台，或者只有你自己，你就是你自己的舞台。你可以把全体老百姓当作一个人，也可以把一个人当作全体老百姓。希望身藏一隅，在闲逸之中赢得荣耀，这样的愿望并不高尚。应该像野兽一样把家门口的足印抹干净。你必须寻求的东西，不应该是让人把你挂在嘴上，而是你怎么跟自己交代。应该把自己收藏起来，首先准备好接受你自己。如果你不懂得控制自己，那么，说什么相信自己就是愚蠢至极。遁世隐居和投身社会，都可能犯错误。一定要彻底地改造自己，直至不敢在自己面前跌跤，直到知道羞耻，知道尊重自己，'在心里想着道德的楷模（西塞罗）'，想着卡东、福西翁和阿里斯蒂德等人，在他们面前就是傻子都会藏起自己所做的错事，请他们来检查你的任何意图。如果你的图谋偏离了常规，你对这些人物的尊重会使它们重拾正道。他们将迫使你坚持正道，做到使自己满意，只借助于你自己的力量，把自己的心停靠和固定在它所喜欢的确定和有限的思想之上，然后，随着理解的加深而享有真正的财富，在你认清这些财富的时候，你会十分知足，不再希冀延长生命或名气。"以上便是自然的真正的哲学的忠告，而不是小普里纳和西塞罗那种卖弄的东拉西扯的哲学。

论古人的节俭

罗马将军阿提琉斯·雷古吕斯[①]远征非洲，与迦太基人作战，所向披靡，战绩彪炳。其间，他给共和国领导人写过一封信，说留在家里替他打理庄园的唯一仆人偷走农具逃跑了，庄园总共才十几亩地，他担心妻儿受难，请求准许回国处理此事。元老院答应另派一人帮助他管理财产，补足被偷的财物，并且决定由国家赡养他的妻子和子女。

老卡东[②]在西班牙担任行政官，他在回国前卖掉坐骑，节省从海路运回意大利的费用；他在担任萨丁岛总督期间，步行巡视各地，没有随从，经常都是自己提行李箱，只有一名公务员同行，帮他拿拿随身衣物和一个供奉祭品用的盆子。说到自己从来没有一件衣服的价钱超过十个埃居，从来没有一天在市集上花费超过十个苏的钱，他感到十分自豪；至于他所有的村屋，他说没

---

① 雷古吕斯后被迦太基人俘虏。迦太基人派他前往罗马谈判媾和，他极力劝阻同胞签订和约，之后信守诺言返回迦太基，被迦太基人处决。

② 老卡东反对奢侈，抵制希腊习俗的影响，成为古罗马人的杰出代表，极其俭朴，近乎吝啬。

有一间是经过粉刷的。西庇翁·埃米利安两次大胜对手，两次拒任执政官，他在外出执行任务时只带七名仆人。有人断言，荷马从来就只有一个仆人，柏拉图有三个，斯多噶派的首领泽侬一个仆人都没有。

提布留斯·格拉古斯①进行国务活动，每天的津贴只有五个半苏，虽然他当时已是罗马第一人。

---

① 他将限制庄园规模的法案付诸表决，被豪门集团推翻，杀害并投尸台伯河。

论气味

据说由于某种罕见的特殊的自然机制，有些人的汗液散发出沁人心脾的香味，比如亚历山大大帝，普卢塔克等人探究过其中的奥秘。但是，人体的通常状态恰恰相反，最好是没有气味。轻柔平静的气息，好就好在没有任何令人不快的气味，就像健康的婴儿的呼吸一样。因此，普罗特说：

一个女人最好的气味是没有气味。

同样，有人说女人做事最好让人见不着，闻不到，不事张扬。至于人造香味，人们有理由怀疑使用的人，有理由认为他们想遮掩这方面的自然缺陷。由此出现了古代诗人所说的趣话：香臭本一家。

你笑话我们，高拉西努斯，因为我身上没有气味。我宁可没有气味，也不愿意一身香气。（马尔西亚勒）

还有：

珀斯都姆斯，整天香喷喷的人其实并不香。（马尔西亚勒）

可是，我还是非常喜欢身上有香味，我老远就能闻到臭味，所以特别讨厌：

因为，没有人像我这样能闻到躲在毛茸茸的胳肢窝下的珀里普或者腥臊的公羊，我比嗅觉灵敏能够发现野猪窝的猎狗还要厉害。（贺拉斯）

我觉得最平常最自然的气味才是最好闻的气味。整天想着喷洒香水，那主要是贵妇们的事。在遥远的野蛮时代，斯基泰女人在梳洗之后都要往身上撒香粉，在脸上和身上涂抹当地特有的气味芬芳的香料。在接近男人的时候，她们卸去化妆品，展露出嫩滑的皮肤，散发出阵阵的香气。

我奇怪地注意到，不管什么气味，只要一沾上就留在我身上了，我的皮肤特别能够吸收。抱怨大自然不给我们把香气送进鼻子的工具，这是不对的。因为气味自己会进入鼻子。尤其是我，我特别浓密的胡髭就担当着这个角色。我拿起手套或手帕凑近胡髭，它们的气味可以留住一整天。这些味道会暴露我去过什么地方。从前，年轻人热烈、美好、贪婪和依依不舍的亲吻令人久久不能忘怀，几个钟头以后依然挥之不去。此外，我基本上不受由人际接触散播的，由空气传染的流行病的影响，我躲过了在这个时代的城市和军队里发生的种种传染病。我们读到有关苏格拉底的一些记载，在雅典反复爆发多次瘟疫，他从来没有离开过这座饱受磨难的城市，而且只有他没有得什么病。我想，医生们可以从人体的气味中得出更正面的结论，因为我常常发现，气味会改变我，不同的气味会以不同的方式影响我的"精神"，所以我赞成一般人的意见，在教堂里焚香和熏香，世界各国和所有的宗教都有这一历史悠久的普遍发明，其目的就在于令人欢欣，激起并净化我们的感觉，使我们能够更加专注地静修。

为了品评烹调的好坏，我很希望能够熟谙这门艺术，大师们善于在食物的原味中加入异国的风味，突尼斯国王在那不勒斯登陆和夏尔皇帝谈判，在他们的饭菜中尤其可见一斑。在肉类中加入各种香料，奢华的程度令人咋舌，用本国的方法烹制一只孔雀和两只野鸡，花费竟然高达一百杜卡托。然后，当厨师把它们切开的时候，扑鼻的香气立即充满大厅，弥漫在宫殿里所有的房间和相邻的地方，而且久久地不肯消散。

我对安居的主要考虑是避开难闻和沉闷的气味。像威尼斯和巴黎这样美丽的城市，由于呛人的气味而影响了我对它们的好感，一个是海潮的咸味，另一个是烂泥味。

论寿命

　　我不能接受大家确定寿命长短的方法。与一般的意见相比，我发现圣人贤士都大大地压缩寿命。小卡东对企图阻止他自杀的人说："怎么！到我现在这个年纪，还有人责怪我早死吗?"其实，他说这话的时候才四十八岁。他觉得这已经是一个成熟而接近老朽的年龄，认为能够活得这么久实在是凤毛麟角。有些人老想，不知道怎样的生命过程，或者他们所说的自然的生命过程，可以让他们多活几年。如果他们得到特别的优待，避免自然因素造成的不可避免的种种意外伤害，得以继续他们所希望的生活，他们是可以达到目的的。希望自己死于年纪老迈，体力衰弱，实在是愚蠢至极，因为这样的死极少发生，极其罕见！我们只把这种死亡叫作自然死亡，仿佛见到有人从高处坠下折断了脖子，遇到海难溺毙水中、突染瘟病或恶疾而暴毙等，仿佛都是违背自然的死亡，仿佛自然的生存条件不会让我们承受这种种的不幸。我们不要听了那些好听的话就忘乎所以，也许，我们更应该把一般的共同的普遍的东西称之为自然。因年老而死，这是一种少有的、例外的、非同一般的死亡，因此与其他的死亡相比并不那么自然。这是一种最少见最极端的死亡，它离我们最远，因此也最最不能预料。这是一个我们无法突破的界限，自然法则决定它绝对不可逾越。但是，它确实让我们有活到那个时刻的特权，这是一种豁免权，在两三个世纪里只有特别受其青睐的一个半个人才能享有，可以在生命旅途的始末之间免受障碍和困难。

所以说，我的看法是很少有人能活到我们这个年龄。既然人们以平常的步子走不到这么远，表明我们走在他们前面很多了。既然我们超越了确定寿命标准的一般限度，我们就不应心存走得更远的希望。我们看到别人绊倒在死亡面前，自己却无数次侥幸地逃脱了厄运，必须承认使我们继续活着的这种非同小可的"运气"——超标准的运气——是不会永远持续下去的。

我们的法律有以下错误主张，不能不说是一个缺陷，它不承认一个人在二十五岁之前有能力管理自己的财产。但是，要坚持活到二十五岁是多么困难啊！奥古斯都宣布公民到三十岁就可以担当法官的重任，把罗马古法中的规定减掉了五年。塞尔维尤斯·图里尤斯规定骑士到四十七岁可以退役，后来，奥古斯都又把这个年龄缩减到四十五岁。打发五十五岁或者六十岁的人去休息，我觉得实在没有什么道理。我赞成为了公众的利益尽可能地延长我们的职业和工作。我甚至觉得错误在另一端，就是没有尽早地发挥我们的能力。那个在十九岁就主宰世界的人，却要求我们到三十岁才能决定铺设落水管的位置。

至于我，我认为我们的身心在二十岁时已经发育完全，它已经有显示实力的可能。在这个年纪还不能明白地证明自己的力量，历史上没有先例说明他以后还可以有大的作为。与生俱来的优点和品德要么在此时显示其刚劲和美好，要么永远湮没无闻。

多菲内地区的人是这么说的：

新长的刺不扎人，以后更难扎到人。

在我所知的人类的伟大成就中，不分什么种类，不管是古代所做或现在所做，我倾向于认为大部分是在三十岁以前完成的，而不是在三十岁以后。不错！几乎所有的人都一个样。我可以肯定地说，汉尼拔的一生是这样，西庇翁的一生也是这样，不是吗？他们的大半生是躺在年轻时获取的光荣之上度过的，和别人相比，他们在后半生仍然是伟人，但绝不能和他们的前半生相比。至于我，我绝对肯定从这个岁数开始，自己在精神上和身体上都是增长得少，降低得多，前进得少，后退得多。对善于利用时间的人来说，学识经验可能与生命一起成长。但是，活力、反应、坚定性，以及其他种种我们本身更重要更基本的优点，终究失去了原有的光彩，变得愈来愈衰弱无力。

随后，当时间的猛力冲击摧毁我们的身体，我们的手脚失去力量的时候，我们的精神也瘸了，语言和思想也随之混乱一片。（卢克莱修）

有时候体格首先衰老，有时候精神首先衰老。我见过许多人脑力衰弱先于肚子和腿脚，因为这是一种病，患者并无感觉，症状非常隐蔽，所以也特别危险。我现在抱怨法律，不是嫌它把工作年限拖得太长，而是因为它太晚把我们派上用场。我觉得，考虑到生命的脆弱，要碰到那么多惯常的自然的暗礁，我们不能老觉得自己太年轻，不能游手好闲，不能老是学而不用。

论良心

内战时期，一日，我与兄弟德·拉布鲁斯先生外出旅行，途中遇见一位风度翩翩的绅士；他和我们分属敌对的党派，我当时对此一无所知，因为他伪装得十分巧妙。这场战争有一个最糟糕的地方，就是局面异常复杂，敌我之间没有任何鲜明的区别，不仅语言和举止相同，而且各方的法律和习俗传统也相同，大家都呼吸着同样的空气，结果就难免出现误会和混乱。因此，我很害怕在人地生疏的地方遇到自己的部队，每次得自报家门也就算了，最怕发生更糟的情况。我曾经遇到这么一件事：在一次倒霉的经历中，我人马尽失，他们尤其凶残地杀害了我悉心照料的一名意大利随从，一个风华正茂前途无量的少年就这样不幸丢了性命。不料，我们遇见的这位绅士显得惶恐不安，每次遇见骑马的人，或者经过一座为国王而战的城市，我都发现他面如土色，我终于猜测到，这是良心在不断地向他发出警告。这个可怜的人仿佛感觉到，人们透过他的面具和外套上的十字看到了他心中的图谋。良心的力量是多么奇妙啊！它使我们露出马脚，谴责和攻打我们自己，在没有外界证人的情况下指证我们：

它心如铁石，挥动无形的鞭子抽打我们。（尤维纳利斯）

下面这个故事是从孩子的口中听来的。人们责备贝奥尼的牧羊人贝素随随便便打下一个小鸟窝，还杀了小鸟，牧羊人却强词夺理，说这些小鸟不停地乱嚷嚷，冤枉他杀了父亲。到此时为止，并没有任何人揭发这桩弒父案，案情始终无人知晓；但是，良心却按捺不住复仇女神的愤怒，让该受惩罚的人从自己的口中说了出来。

柏拉图说，惩罚紧随在罪恶之后。赫希俄德修正了这一说法，他说惩罚和罪恶是同时诞生的。等待惩罚的人已经备受惩罚之苦；应受惩罚的人必受惩罚。行恶的结果是自找苦头。

一个坏的决定，首先对做出决定的人来说是坏的。（奥吕—吉尔）

正如黄蜂蜇人伤害了别人，但是最大的受害者是它自己，因为它不仅失去了尾刺，而且将失去生命。

它们把生命留在了自己制造的伤口里。（维吉尔）

由于自然界的矛盾对立关系，斑蝥身上有一个部位产生的毒素，可以消解它自身的毒。同样，如果一个人以恶为乐，就必然会给良心造成痛苦，就会有许许多多的噩梦来折磨他，令他寝食不安。

因为，这是常常发生的事情，他们梦呓连连或病中谵

妄，许多人便自我谴责，暴露实情。（卢克莱修）

阿波罗多尔梦见自己落在斯基泰人手中，先受活剥之刑，继而放进汤镬里煮，他的心悄声抱怨说：因为你的种种恶行，使我跟你受苦。伊壁鸠鲁说：恶人无处可遁，因为他们藏在哪里都放心不下，良心使他们无法躲避自己的眼睛。

对罪人的最大惩罚，在于他自己是判官，而且绝对不会心慈手软。（尤维纳利斯）

良心使我们充满畏惧，也同样使我们安心和充满信心。我可以说，以我对自己的认识，包括清白的意愿和追求，我曾步伐坚定地跨越过许多艰难险阻。

人心如镜，所以，人的内心将因自己的行为而充满希望或恐惧。（奥维德）

这样的例子不胜枚举，在此只举同一个人的三个例子。

有一天，当着罗马民众的面，西庇翁受到一项极其严重的指控，但是他既不为自己辩护，也没有讨好法官，他说，既然我赋予你们审判任何人的权力，今天你们要审判我的头颅，也是理所当然的事情。另一次，他也没有为自己辩护，对一位护民官的非难，他仅仅说了这么一句话：行了，公民们，我们战胜了迦太基人，在今天这么一个日子里，让我们去祭祀为我们带来胜利的诸神吧。说着，他朝寺庙走去，所有在场的人，甚至包括指控他的人，全都跟在他的后面。卡东一再挑衅贝蒂柳斯，要求他清算在安提奥什省的支出，西庇翁为此来到参议院，从袍子下面取出账本，说账本里列明了确实的收支账目；但是，有人要他把账本交给书记官，他却拒绝了，说他不愿意做这种无耻的事情，而且当着参议员们的面把账本撕得粉碎。我不相信，如果心灵处于煎熬之中，他还能够保持如此的镇静。李维说，他胸怀宽阔，天降大任，绝不会做不齿于人的事情，也不需要低三下四地为自己的清白辩护。

刑罚是一种危险的创造，它似乎更多的是考验忍耐，而不是考验真理。能够承受刑罚的人和忍受不了刑罚的人都会掩盖真相。为什么痛苦能让我承认存在的事实，却不能强迫我无中生有呢？反过来说，如果说一个人没有做被人控告的事，他会有足够的毅力忍受痛苦的折磨，犯了事的人为什么就不行呢，即使给他以美丽如生命的报酬？我想，这一发明的根基是出于对良心的考量。因为，对罪犯来说，良心的折磨足以使他坦白罪行，使他心力交瘁；另一方面，良心能帮助清白者对抗拷打。说真的，这是一种充满了不确定性和危险的办法。

为了逃避如此严重的苦痛，人们会口不择言，身不择行吗？

痛苦迫使一个人说谎，哪怕是最无辜的人。（普勃柳斯·居鲁士）

于是就会发生这样的事情：一个人遭到严刑审讯，法官不想让他死得清白，他却无辜地死了；成千上万的人受不了拷打，他们的脑袋里产生出假的忏悔。考虑到亚历山大起诉的具体环境和酷刑不断升级的过程，我把费洛塔斯列为其中之一。

不管怎么样，据说这已经是软弱的人类所能创造的最无害的东西了。

　　按照我的看法，这是非常不人性和毫无用处的！许多被希腊和罗马称之为"野蛮"的民族，实际上他们并不那么野蛮，他们认为由于人的某种过失而摧残和处死他，这是非常可怕和残忍的事情，何况你对他的过失还只是怀疑而已。事情出于你的无知，他能怎么样呢？你找理由要置他于死地，却要他忍受比死更可怕的苦难，这么做公平吗？上天保佑：你看到他多少次宁愿不明不白地死去，也不愿知道处死他的原因，因为这实在比酷刑更加可怕；可是有关的消息还是先到一步，而且一下子就把他击倒了。我不知道从哪儿知道的这个故事，但是它正确地反映了司法的良知。一名村妇在一位将军——一位可以为她伸张正义的人面前，控告一个士兵夺走了她的孩子们赖以维持生命的食物——军队早已把周围的村庄抢掠一空，但是，她出示不了任何证据。将军要妇人好好想想她说过的话，如果她撒谎的话将要承担诬陷的罪责，妇人坚持自己说的是真话。于是，将军命令手下剖开士兵的肚子，以明事实真相，结果妇人胜诉。最后的判决令人心服口服。

论精神奖励

为奥古斯都·恺撒①写传记的人发现，他在执行军事纪律时对有功人员的物质奖励十分慷慨，在纯粹的精神奖励方面则异常苛刻。可是，他自己在上战场之前，他的叔父②已经向他颁发了所有的军功奖。建立某种空洞的与物质利益无关的奖励，表彰和奖赏英勇献身的精神，实在是一种很好的并为世界上大部分国家所采纳的发明。比如说桂冠、栎树叶冠、爱神木叶冠、特殊款式的礼服、坐车巡游或者举火炬夜游、公共集会上的嘉宾席、拥有某些名字和头衔、纹章上的特殊标志，以上种种发明的运用因国民的观念而形式各异，而且延续至今。

我们和许多邻国一样，建立了一整套颁发骑士团勋章的制度。确实，以适当的办法认同少数杰出人物的优秀品质，奖励和赞扬他们，这是一种很好很有益的做法，既不会成为老百姓的负担，对国王而言也不是很大的支出。历来的经验对此给予了肯

①　罗马皇帝（公元前 63 年～公元 14 年）。
②　即恺撒大帝（公元前 101 年～公元前 44 年）。

定，我们在自己的历史中也看到了这一点，就是说，与具体的物质利益相比，有身份地位的贵族更喜欢这样的奖赏，这当中必有缘故，而且显而易见。如果在荣誉称号之中加入利益和财富，这种混合物不仅不会增加褒奖的意义，相反只会贬低它，只会削弱它。长期以来备受尊敬的圣米歇尔骑士团勋章，其最大的优势正在于不掺杂任何物质利益。结果，贵族们求官谋职的欲望和热情，根本比不上对这枚小小的骑士团勋章的向往，任何头衔都不可能比它更高贵，更受人尊敬。才华出众的人伸出双手，渴望得到完全属于自己，光荣甚于实用的奖赏；别的奖品绝不可能如此崇高，因为颁发的理由各有不同。我们用钱支付仆人的劳动、迅速传递的邮件，酬谢跳舞的人、演空中杂技的人、演讲的人，以及我们得到的最普通的帮助；我们甚至为恶习付钱，比如拍马奉承、拉皮条、变节等。优秀的人物不怎么接受，也不太愿意获取这种低级的经济收益，他们更希望得到属于自己的，特别的，绝对高尚和伟大的奖励，这是完全不足为奇的。奥古斯都有理由做得更苛刻，对这种奖励处理得更严格，因为荣誉是一种特权，它的基本特征是稀有，正如才华出众的人一样；

一个眼里看不到恶的人，他能看到善吗？（马尔西亚勒）

我们不会因为一个人重视子女教育而颂扬他，因为他这么做虽然很正确，却只是一件极为普通的事，就像在树木参天的森林里，我们不会特别注意某一棵大树一样。我不觉得有哪个斯巴达公民会因为作战英勇而自豪，也不大可能因为忠诚和蔑视财富而自豪，因为在他们的国家里这是人人具备的美德。任何美德一旦成为习以为常的品行，不管它多么伟大，都将不再受到奖励；而且，既然变成了普遍常见的东西，我不知道大家是不是还认为它伟大。

正因为只有少数人才能享受，精神奖励才有价值，才显得重要，如果想灭绝它的作用，我们只需慷慨大方地颁发就行了。即使符合条件接受骑士团勋章的人比过去多了，因为上述原因，我们也不应该损害它的威信。这是很容易发生的事，因为在战场上英勇杀敌是最容易互相感染的品质。另外有一种真实、完美和有哲学意味的美德，我在这里不多说了（我按照习惯使用美德这个词），它比英勇杀敌伟大得多，充实得多，就是不加区别地蔑视各种不幸事件的精神力量和自信：一种均衡、一致和永恒的美德，相比之下，英勇无畏只是一道细小的亮光。规范、教育、榜样和习俗，它们在确立我所说的美德的过程中，可以做到它们所想做的事情，可以使这种美德很容易变成普遍的东西，正如我们凭经验所看到的内战的结果一样。目前，如果我们能够使老百姓团结起来，激发他们的热情为共同的事业努力，我们完全可以使过去英勇善战的英名重放光彩。完全可以肯定，当时以圣米歇尔骑士团勋章作为奖励，考虑的不仅仅是这一点，它的目标更远大。这种勋章从不授予任何勇敢的士兵，只授给光荣的军官——善于服从不配如此体面的奖励。为了获取这份奖赏，他不仅需要具备丰富的军事知识，而且必须集中军事领袖大部分的、最重要的品质于一身，"因为士兵的才能和指挥官的才华不是一回事"（李维）。除此之外，军事领袖还必须具备与其头衔相当的社会地位。我还要说，即使比从前有更多的人符合奖励的条件，也应该防止滥竽充数，宁可失于过严，该奖的没有奖，也永远不要损害这个大好的发明，这正是我们不久前所犯的一个错误。任何品行高尚的人都不屑于从平庸之中获得好处；今天最不配获得这个奖励的人，就是那些佯装不屑一顾，不该得奖却得了奖的人，他们既可耻地滥竽充数，又大大贬低了颁发给他们的荣誉标志。

现在，在取消和废除骑士团勋章之后，希望在突然之间树立和更新一个类似的机制，应该说还不是一个适当的时机，我们正处在一个无法无天和病态的时代。颁发新勋章①需要极其严格和精确的规章制度，建立高度的威信，而这个混乱的时代缺乏严格有序的控制力。此外，在树立新体制的威信之前，有必要忘记前一个授勋体制，忘记它所受到的蔑视。

这一章文字本来还可以发展一下，谈谈英勇品质的重要性，以及这种品质和其他美德之间的区别，由于普鲁塔克经常谈这个题目，我就没有必要无谓地重复他说过的话了。不过，我们有必要注意一点，我们的民族把"英勇"放在所有的美德之上，正如从词形上可见，这个词来自"才华"，我们习惯说"一个极有才华的人"或者"一个善良正直的人"，这与宫廷和贵族所说的"一个骁勇的人"没有区别。罗马人也一样，因为"美德"这个笼统的词在他们那里源自"力量"。法国贵族特有的和基本的，也是唯一的——形态是军人。人们表现出来的第一"美德"——使一些人强于另一些人的品德——很有可能就是最有力最勇敢的人借以控制弱者，获取特殊地位和名声的力量。这或许可以说明为什么这个优点特别荣耀特别崇高；也有可能是这些民族非常好战，才把一个特殊的奖赏——最神圣的地位赋予了他们最熟悉的品德。我们迷恋女人，热烈关注她的贞操，我们说"好妻子""善良的女人"及"重视荣誉和贞操的女人"，其实说的就是一个

---

① 指圣灵骑士团勋章。

贞洁的女人。为了使她们尽到贞洁的责任，我们会忽略所有其他的美德，我们会放松缰绳，允许她们犯任何其他的错误，希望在贞洁的问题上和她们达成妥协。

论书籍

我毫不怀疑自己往往会谈论大师们已经论述得非常透彻非常真切的一些问题。这篇文章纯粹谈我天生的智力，不谈我后天获得的学识；谁指出我的无知都绝不会冒犯我的，因为我无法向别人保证我的言论绝对正确，甚至连向自己保证都做不到，我对自己并不满意。谁想寻求知识，请到知识所在的地方去寻求，这是我感觉最无所谓的事情。这里所写的全都是一些心血来潮的东西，我不需要人们认识什么事，只想让人们来认识我；那些事物，或许在某一天我会偶然地见识它们，或许因为我恰好身临它们得到解释的地方，从前就已经了解。但是，我已经记不得了。如果说我算是一个读过书的人，但我同时也是一个没有记性的人。

除了告诉别人我在此时此刻对自己的认识之外，我做不了任何其他的保证。请大家对文章的内容不要有什么期望，但是可以注意我的方法。

请读者明察，我是否善于选择所引用的文字，因而对文章的内容有所帮助。因为，有时候由于语言表达苍白无力，有时候由于缺乏常识，我只好借他人之口来说我自己说不好的事情。我引用别人的话不计数量，只算分量。如果我想依靠数量取胜，我可以用上三倍的东西。引用的文字都出自鼎鼎大名并经受住了时间考验的人，或者说差不多是这样吧，似乎不用我来介绍，他们也早已遐迩闻名。我把他们的道理和创造植入我的土壤，同时掺进了我自己的道理和创造，我在这么做的时候往往有意省略作者的名字，目的是想约束那些针对各类著作，尤其是对仍然活在世上的青年人写成的著作，那些针对用人人都说的世俗语言（正因为世俗而更能够说明白世俗的观念和意图）写成的著作所作的草率和鲁莽的批评。他们如果对普鲁塔克不满，我愿意他们向我发泄，他们如果想咒骂塞内克，我愿意做他们的靶子。我必须依赖这些信誉卓著的权威来掩盖我的弱点。

我希望有人来解下我身上美丽的羽毛，我是说以其明晰的判断，真正认识到这些真知灼见的力量和美。因为，我这个人记性不好，历来没有办法原原本本地分门别类地加以整理，我再三衡量自己的能力，十分明白在我这片贫瘠的土地上完全种不出灿烂的花朵，我生产的果实绝对无法和他们相比。

因此，我得对下列两种情况负责：一是我在发挥的时候出现混乱，一是我在说理的时候出现空白和错误，自己感觉不到，甚至经人指出仍不醒悟。知识和真理不需要判断就可以留在我们心里，同样，也有抛弃了知识和真理的判断；我甚至认为，承认无知是具有判断力的最美和最可靠的特征。我没有别的助手，只有靠运气来帮我整理材料。好像一个接着一个的梦，我把它们堆在一起；它们有时候蜂拥而来，有时候姗姗来迟。我希望大家看见我自然而平常、非常随意的脚步，我是什么样子就让它是什么样子；所以，在此没有任何非知道不可的东西，也没有任何不准随意或轻松谈论的话题。

　　我希望更加完美地认识事物，但是不想为此付出过高的代价。我期望安安稳稳地，而不是辛苦地度过余生。没有任何事情值得我绞尽脑汁，在学问方面亦如此，不管它们是多么崇高。我在书本里寻找取乐的方法，进行正当的消遣；或者说，我在学习的时候，只是寻求能够让我认识自我，教我死得安乐活得快活的学问：

　　　　我的马儿为此目标挥洒汗水。（普罗佩尔斯）

　　在阅读中遇到困难，我也不觉烦恼，我会发动一两次强攻，然后把它撂在一边。

　　如果原地踏步，我会越读越糊涂，而且浪费了时间，因为我的性格属于冲动型。我第一眼看不到的东西，就会愈看愈模糊。不快活的事情我是不做的：高度的精神集中会令我头晕眼花，判断能力下降和弛懈；视力开始模糊，甚至变得漆黑一团。于是我得重新判断，重新抖擞精神，就像有人要我们用肉眼直视猩红色的强光，突然地从不同的角度反复地看，并且作出判断一样。

　　如果一本书不好看，我会拿起另外一本；只有在实在太无聊的时候才会继续看一本不好看的书。我不大会贪图新鲜，我觉得古人似乎更充实更直接；我也不大看希腊人的著作，因为阅读儿童或学徒都能理解的东西，无法满足我的判断能力。

　　在仅供消遣的书方面，我发现有一些现代的作品应该归入这一类里，如薄伽丘的《十日谈》，还有让·瑟贡的《亲吻》等，确实值得我们从中去找找乐子。至于《高卢的阿马迪斯》及同类作品，我在小时候就不屑一顾。大胆也好，狂妄也好，我还要说一句，不仅亚里士多德，甚至连优秀的奥维德，都已经无法使我这个腐朽和迟钝的灵魂兴奋起来。从前，奥维德的流畅风格和丰富创新曾经令我赞叹不已，现在几乎让我读不下去了。

我直率地就任何事物发表看法，甚至包括可能远远超出我的能力范围，与我的司法职务毫不相关的事物。我所发表的意见，仅仅表示我的视野所及，而非事物本身的宽广程度。我对柏拉图的《谈话录》表示失望，把它当作一部软弱无力的作品。面对这么一位作者，我的判断能力本身都有点儿信心不足了。我不至于愚蠢到如此地步，反对古人著名的权威的评论，因为我历来视他们为师长和前辈，有时候甚至觉得和他们一起犯错都是一件幸事。我只得责怪自己，谴责自己肤浅，不能寻根究底，或者是曲解了事物。伊索的大部分寓言有多种意义和理解。那些认为它们具有讽喻意义的人，只是撷取了故事的某个侧面；但是对大部分人来说，最重要的还是第一印象，即表面印象；当然，它们还有更生动、更根本和更内在的方面，这是大多数人不懂得深入探究的部分，我的情形和这些人一样。

我顺着思路继续说下去，我始终觉得在诗歌方面，维吉尔、卢克莱修、卡图鲁斯和贺拉斯四人的成就远在他人之上：维吉尔的《农事诗》更是我了解的最完美的诗篇；与之相比，我们不难看出如果作者有时间的话，他一定会对《埃涅阿斯记》的一些地方重新进行细心的梳理，我认为《埃涅阿斯记》的第五卷最完美无缺。我也喜欢卢甘，而且很愿意将他引为同道，主要不在风格方面，而在于他本身的价值、他的意见和评论的正确性。至于优秀的特朗斯，他体现出拉丁文的玲珑和优美，我极其赞赏他笔下生动的灵魂活动和行为风尚；在任何时候，我们的所作所为都让我想起他诗中的段落和人物。我经常读他的东西，然而，次次都能发现新的优美动人的东西。维吉尔之后，人们抱怨有人把卢克莱修和他相提并论。我的看法是，这实际上是一种不公平的比较；但是，当我反复回味卢克莱修诗篇里某些美妙之处时，我得花很大的力气来肯定这种意见。如果他们对这种比较感到不快，那么，现在又有人把亚里士多德和维吉尔进行比较，他们对这种愚蠢无理的举动又有何感想呢？亚里士多德本人又会怎么想呢？

呵，粗鲁和没有品位的世纪！（加图尔）

把卢克莱修与维吉尔相提并论已经有人大鸣不平，我想，如果有人要把普罗特和特朗斯（后者更显绅士风度）等同起来，古人会更加哀叹不已了。人们之所以尊敬和爱戴特朗斯，完全得益于罗马的雄辩术之父，因为他经常把特朗斯的名字挂在嘴边，称他是空前绝后的诗人。同时，也因为罗马诗人的第一评判人给予他的朋友的定论。我时常胡思乱想，想到现在搞喜剧的人（以及在这方面有独到之处的意大利人）的做法，他们把特朗斯或普罗特剧本中的三四个情节合成他们自己的一个情节。他们在同一个剧本里堆砌五六个薄伽丘的故事。他们借用别人的题材，因为他们不相信自己有能力发挥本身的魅力；他们需要找一个支撑点——既然自身找不到足以令人欣赏的东西，就用故事来取悦我们。特朗斯则完全不同：其表达方式之完善和美妙，使我们完全不必理会内容；他的优雅与细腻处处吸引我们，他随时随地都是那么有趣。

流畅而如流水一般。（贺拉斯）

他以其文笔的优美充塞我们的心灵，甚至令人忘记故事的美丽。

以上的评价还让我想起了其他许多人：我看见从前优秀的诗人都避免装腔作势和矫揉造作，不仅没有西班牙式的和彼特拉克式的怪诞夸张，也不见流行于随后的世纪里点缀诗歌的较为平和较为含蓄的噱头。因此，好的评论家并不因为古人的作品里没有这些东西而感到遗憾，比起玛尔西亚勒把自己的诗歌变成更加辛辣的利刺，他们更欣赏卡图鲁斯的小诗中平静如水、轻柔如丝、美丽如花的境界。我刚才说的这个道理，玛尔西亚勒拿来为己所用了，"不必大伤脑筋，主题已解决一切问题"（玛尔西亚勒）。古代的诗人不急不躁，让人读得明明白白，他们随处可以找到笑料，他们不需要胳肢自己；现在的一些诗人则需要外力帮忙，他们不够才智，只好更多地依靠肢体。他们骑马，因为他们脚力不够，就像在舞会上一样，那些地位卑微的人学着舞步，因为达不到贵族的穿着和仪态的水平，只好像街头卖艺的一样，做一些危险的跳跃或怪模怪样的动作来突出自己。在一般的舞蹈里，贵妇们只需自然地迈步，展现日常的衣着和仪态；相比之下，在一些花色繁多和着重肢体动作的舞蹈中，她们就从这些人的表演中受益匪浅。我见过许多杰出的演员，他们穿着普通，举止如同常人，却以他们的技艺给了我们尽可能多的欢乐；初学者或者技艺不精的人才需要涂脂抹粉，需要做一些稀奇古怪的动作和表情，为的是引人发笑。我的这个观点可以在许多地方得到印证，比如把《埃涅阿斯记》和《愤怒的罗兰》比较一下。我们可以看到前者振翅高飞，坚定地朝着一个很高的目标飞去；而后者则徘徊不前，从一个故事跳到另一个故事，像小鸟从一个枝头跳到另一个枝头，总觉得自己的翅膀只能飞一段短短的距离，每飞一小段路就要歇一歇，生怕力气不够和接不上呼吸。

它只在近处徘徊，从不走远。（维吉尔）

至于我的另一个阅读兴趣，使我在愉悦之余更追求一点成果，而且我可以从中学习到如何调节我的脾气和态度。对我有此种用处的书，就是被译成法文的普鲁塔克的著作，以及塞内克的著作。他们两个人都出奇地适合我的口味，我寻找的知识都在其中分别得到阐述，不需要我长时间的苦读，做我做不到的事情。这样的著作有普鲁塔克的《短文集》，还有《道德书简》，这是塞内克全部著作中最美丽最有用的部分。我想读就可以读，不必鼓起勇气；想什么时候放下就什么时候放下，因为在篇章之间并无关联。在大部分有用和真实的评论里都可以见到两位作者；偶然性使他们前后出生在同一个世纪；同样，两个人分别是两位罗马皇帝的御用教师，两个人都来自外国，两个人都有钱有势。他们教的是哲学中的精华，深入而浅出。普鲁塔克更加沉着稳定，塞内克则更加多样和起伏。一个孜孜不倦，坚决和顽强地扶持道德以克服软弱、恐惧和罪恶的引诱；另一个似乎不觉得这些问题有多大的力量，不屑因为它们而加紧步伐，而躲在盾牌的后面。普鲁塔克支持柏拉图的观点，温和而较为适应公民社会；另一位则拥护斯多噶和伊壁鸠鲁，离社会常态较远，但是依照我的看法，他的观点特别适用于私人生活，也更坚实。看来塞内克似乎比较能忍让皇帝的专制统治，因为我可以肯定，他谴责那些效忠恺撒而奋不顾身的刺客们的话有些言不由衷；而普鲁塔克走到哪里都自由自在。塞内克细腻和机灵，普鲁塔克就事论事。前者令人激动令人热血沸腾，后者使人感到满足，给人更多的收获。一个在前面引导我们，另一个在后面推动我们。

至于西塞罗，他的著作中能够为我所用的，是其中论及伦理哲学的部分。但是，大胆地说一句真话（因为，当一个人达到了狂妄的地步，他就不受任何束缚了），他的写法，以及他的处事方法，都令我觉得讨厌。因为，他写的前言、定义、布局、词源探究等，占据了大部分篇幅；所有生动的精髓的东西，全被冗长的准备工夫所淹没。如果我花一个钟头读他的书，对我来说这已经是难能可贵的了，然后再来看看实际有益的收获，却发现在大部分时间里都是连篇空话，因为他还没有涉及正题，还没有真正触及我所寻找的关键问题。就我而言，我只想变得更聪明一些，并不要求更加有学问或者更加雄辩，他的逻辑和亚里士多德式的方法不适合我，我希望开门见山，直入主题；我明白什么叫死亡，什么叫享受；我希望人们不要以剖析这些字眼为乐，我寻找终极的正确和坚实的原因，教我如何不断努力的办法。细腻的语法、字句的排列和章法的巧妙配合等都无助于事，我要求言之成理，一开始就攻击要点。西塞罗的演说就像围着火锅兜圈子。这在学校、法院等场合是好的，我们可以打个盹，过了十五分钟，还来得及清醒过来继续听讲。如果是对付法官，不管三七二十一，只要打赢官司就行；如果是对孩子或者对普通人，都需要采用这种方法，因为对他们讲话，必须一五一十地讲得清清楚楚，看看是不是说到点子上了。我不愿意别人死命提醒我专心，不愿意别人像传令官一样老是对我喊叫：大家听着！罗马人在他们的宗教里说：Hoc age（注意）！用我们自己的话来说，就是：请大家用心。对我而言，这些都是废话。我从家里来，本来就已经准备好了，我完全不需要小菜或佐料；全生的肉我也能吃，不需要这些准备工夫和前奏来为我醒胃，这么做只能使我厌烦和倒胃口。

不知道这个放任的时代能不能原谅我胆大妄为和大不敬的评

论？我认为柏拉图本人的《谈话录》同样拖沓，甚至窒息了谈话的内容，像他这样的人其实应该告诉别人更多美好的事物，他却花那么多时间为这些谈话做冗长的无谓的铺排。我完全感觉不到他的语言的美，原因也可能在于我的无知。

我一般寻找利用知识、而不是创立知识的书。

前面所说的两位加上普林尼，以及和他们类似的作家，他们的书中没有要人"注意"这种说法；他们愿意和自觉的人打交道；或者说，如果在他们的书里出现这两个字，那也是一种具有实质意义的"注意"，是一种特别明确和具体的要求。

我同样很愿意读《致阿迪居斯的信》，不仅仅因为它包含广阔的历史知识和当时的社会事件，尤其是因为从中可以发现作者私下里的喜怒哀乐。我有一种不同一般的好奇心，我在别的地方提过这一点，就是想洞察作者的灵魂和他们天生的判断力。我们应该通过他们展现在世界面前的著作，好好评价他们骄人的才华，而不是他们的情感或者他们本人。我感到万分遗憾，我们遗失了布鲁图所写的关于道德的书，因为学习那些懂得实践的人的理论是一件大好事。但是，也正因为宣讲者和宣讲内容是两码事，所以我喜欢从他自己的书里认识他，也喜欢通过普鲁塔克来认识他。如果可以选择的话，我当然更愿意真正地知道，在某一场战斗之前，他在帐篷里对私人朋友所做的展望，而不是第二天他向部队发表的演讲；我更想知道他在办公室和卧房，而不是他在广场上或在参议院里所做的事。

至于西塞罗，我同意一般的评论，除了知识，在他的头脑里没有很多杰出的东西：他是一位好公民，具有慈爱之心，一般肥胖和喜欢开玩笑的人大都这样，他也是其中之一；但是，他软弱、虚荣而有野心，不瞒你说还相当突出。真不知该怎么原谅他，他竟然会觉得自己的诗歌值得公之于众；做几句歪诗算不得是什么大的缺陷，但是，察觉不到他的诗句与他的鼎鼎大名有天壤之别，这就是缺乏判断力的问题了。至于辩论技巧，那是完全无人可及的，我想今后也无人可以达到他的水平。小西塞罗和父亲只有一点相同，就是姓氏。他年轻时征战亚洲，有一天和很多外国人同桌吃饭，其中有一个叫塞克斯梯尤斯，坐在桌子的下方，这在大户人家的餐桌上是常有的事。小西塞罗问手下此为何人，手下把塞克斯梯尤斯的名字说了一遍。但是，他当时脑子里想着别的事情，一下子又忘了，接着又问了两三次；仆人不想老是重复地回答同一个问题，又想讲点特别的事让主人容易记住，便说：这一位是塞克斯梯尤斯，我们向你介绍过的，他对您父亲的辩才很不以为然，认为还不及他的水平。小西塞罗不禁怒火中烧，立即命令把可怜的塞克斯梯尤斯捆绑起来，并且狠狠地鞭打了一顿：他就是这么一个不讲礼仪的主人。就算高度评价他无与伦比的雄辩技巧的人，不管怎么说，还是有人指出了他的不足之处，如他的朋友，伟大的布鲁图，也说他的辩论技巧不连贯，说他是"关节上有病的"辩才。同时代的演说家们注意到他在每个段落结束的时候特别喜欢使用长句，并且批评他滥用"似乎如此"这几个字。我本人更喜欢较短的节奏，把句子分成短长格。他有时候还莫名其妙地弄错音节的数目，虽然这样的情形并不多见。现在，我的耳边就响起了这么一句话：Ego vero me minus diu senem esse mallem, quam esse senem, ante-quam essem. （"对我们来说，宁可老年提前来到，也不愿让老年的时间拖得太长。"）

我最喜爱历史学家：他们有趣而易读。一般我想认识的人，在他们的书里总比别的地方显得更生动更完整，不论是总体还是细节，他内在的优点更多样更真实，与人交往的手段和面临危险事件时的心理活动更多变。然而，那些写传记的人总是强调意图而忽视事实，强调内心而忽略已经表现在外的东西。所以，历史学家更加适合我。所以，在各种各样的作家里，普鲁塔克是我最欣赏的。我们没有十来个像第欧根尼、拉尔修这样的人物，我为此感到难过，也为他没有得到更广泛更深入的传播。因为，我想了解这些世界先驱者的学说和丰富思想，我同样想了解他们的命运和人生。

做此类的历史研究，应该不加区分地博览各类作者的著作，老的和新的，外国的和本国的，从中学习他们研究事物的不同方法。但是我觉得，恺撒值得人们特别关注，不仅仅为了认识历史，而且还因为他本人，因为他的完美和杰出远在包括萨吕斯忒在内的众人之上。显然，我在阅读这位作者的时候，比别人阅读人文著作更怀着一份深厚的崇敬和仰慕之心：我有时候欣赏他的丰功伟绩和威武高贵，有时候欣赏他语言的纯洁和高不可及的优雅，如西塞罗所说，他在语言上的造诣超过了所有的历史学家，甚至可能包括西塞罗他自己也说不定。说到敌人的时候，他的评论真诚直率，除了以虚假的色彩掩盖其非正义的事业和发出屎臭气味的野心之外，我想我们只能责备他一件事，就是他谈自己的笔墨太少。因为，他个人的参与比他在书中所反映的更深更广，否则的话，那么多伟大的业绩是无法实现的。

我喜欢的历史学家，要么非常普通，要么非常优秀。普通的历史学家，他们在作品里不随意加入自己的东西，他们只注入细心和热情，收集各种各样的材料，不加选择不加分类地把它们真实地记录下来，完全让我们去判断事实和真相。举例来说，这样的历史学家当首推优秀的弗华莎尔，他处事是那么朴实真诚，发现错误不怕立即承认，只要是错误就及时改正；他告诉我们满天飞的流言，转述他收到的各类报告。这是赤裸的和未经加工的历史素材，谁都可以按照自己的聪明才智各取所需。优秀的历史学家有足够的眼力，懂得分辨哪些事情值得知道，能从两个报告中选取更真实的一个；从王公贵族的个性和脾气看出他们的意图，让他们说出符合身份的话语。他们完全有理由利用自己的权威性，按照自己的想法来规范我们的想法；当然，这种能力是少数人才有的。介于两者之间的历史学家（这是最常见的一些人），他们把什么事情都弄得一塌糊涂：他们给我们吃他们嚼过的馍；他们乱下结论，从而按他们的狂想来翻转历史，因为判断歪斜了，人们自然会顺着这个方向误解和扭曲事实。他们试图选择值得让人知晓的事情，却往往掩盖可以为我们提供更多实情的某些私下的谈话和活动；或者有一些他们觉得不可思议的事情而被忽略了，或者还有一些事情，因为他们无法用纯正的拉丁文或法语来表达而被删节了。他们可以大胆地施展雄辩术和演讲的技巧，他们可以随意评论；但是，他们也应该给我们进行判断的余地，他们不应该通过删节或其他手段歪曲和隐瞒任何材料，而应该原原本本把全部事实留给我们。

人们往往为此挑选一些会讲通俗语言的人，尤其是最近这几个世纪，唯一的考虑是他们是不是能说会道，仿佛我们只是想从历史书里学习语法一样！这些人被请来是专门做这件事的，他们卖的就是滔滔不绝的口水，因此他们主要关心如何花言巧语也是对的。于是，他们用大量美丽的言辞，利用街头巷尾收集到的飞短流长为我们炮制出一锅大杂烩。

唯一好的历史，是那些亲自领导事件的人，或者亲自参与指挥事件，起码也是有幸参与过类似事件的人写的历史。几乎所有的希腊和罗马的历史著作都是如此。因为许多目击证人写了同一件事（当时，一般的伟人也都是有学问的人），即使什么地方有错，那也是微乎其微的错误，或者因为事件本身确实存有非常可疑之处。如果让一名医生来论述战争，或者让一名小学生来议论王公贵族的宏才大略，我们能期待得到什么吗？如果我们想知道罗马人在这方面的信念，只需举这个例子就行了：阿西纽斯·波利翁在恺撒的历史里发现了某个错误，因为恺撒不可能面面俱到地照顾部队的每一个部分，他相信了手下送来的未经核实的报告；或者因为没有用心听取各级军官在他外出的时候所作出的决定。我们可以从这个例子中知道，类似追求真相的工作是多么的细致，如果我们不能按照法庭取证的办法，让证人当面对质，拿到与案件相关的每个细微物证，我们就不能单凭指挥官所了解的情况，也不能仅仅依靠战斗在第一线的士兵的见证，来确定一场战斗的实际情形。说实话，我们对自己做的事并不是十分清楚的。博丹对这个问题谈得很透彻，而且很符合我的想法。

我的记忆力极差，时常发生记忆错误，有时候严重到这种地步：我不止一次地拿起同一本书，但是每次都好像从来没有见过一样，实际上却是我几年前仔细研读过的，而且在书上涂写了好多笔记。为了稍稍弥补这个毛病，我在不久前培养起一个习惯，在每本书（我说的是那些只想读一次的书）的最后一页写上读完这本书的日期，并且写上对书的大致评价，起码代表了我在阅读之后对作者的大概印象和想法。我在这里转述几个这样的评语。

下面是我在大约十年前对吉夏丹写下的话（因为，不管书里用什么语言，我都跟他们说我自己的语言）：这是一位勤奋的史学官，依我所见，他非常真实可靠，我们可以从他的书里知晓当时发生的事件的真相；同时，他亲自参与了大部分事件，而且地位显赫。没有任何迹象表明，他出于仇恨、争宠或虚荣而掩盖事实，因此，他对大人物的评论显得特别可信，尤其是提拔他委任他担任公职的人，比如克莱芒七世教皇。至于他本人特别引以为荣的著作，也就是杂谈和演讲部分，确实精彩纷呈，确实多有神来之笔；但是他过于沉醉其中，因为如果要处理一个那么充实和广阔、几乎是没有边际的题材，又要面面俱到，想说的话一句都不愿遗漏，文字必然会变得松散，也令人感觉到一种学究式的说教。我还注意到一点，他评论那么多的人和事，评论那么多的动机和行动，却没有一处与道德、信仰和良知扯上关系，仿佛这些东西全从世界上消失了一样；而任何行为，不管从表面上看多么美丽，在他笔下都被归结为罪恶和利益驱使的结果。简直难以置信，在他评论的无数行为之中，竟然没有一件是理性的行为。堕落如此普遍地侵蚀人类，竟然没有人能够幸免；我不禁担心，他是不是天生偏爱罪恶，或许他是以己之心度他人之腹吧。

在菲里普·德·高米纳的书里，我是这么写的：你在书里可以发现一种温和、惬意、朴实而简单的语言，叙述纯真，作者的诚意跃然纸上，提到自己的时候没有一点虚荣心，讲到别人的时候没有一点做作和嫉妒；他的感想和劝导充满了热情和真诚，以及罕有的才华；随处可见的权威性和严肃性，都说明这是一位出身高贵、成就大事业的人。

在杜·贝莱先生的《回忆录》里是这样写的：看到那些努力驾驭事物的人写下他们的经验，真是一桩赏心悦目的事情；但是无可否认，在两位绅士老爷身上，明显缺失前人那种爽直和敢想敢为的光芒，比如圣路易的侍从茹安维勒，查理曼大帝的大总管埃吉纳，还有比较近期的菲里普·德·高米纳。杜·贝莱兄弟的书不像是一部历史，更像是一篇反对查理五世大帝、为弗朗索瓦国王所做的辩护词。我不愿意相信他们从根本上篡改了事实，但是，为了使我们接受他们对事件的违背常理的评述，他们故意掩盖国王一生中敏感的东西，确实达到了登峰造极的地步：德·蒙莫朗西和德·布里翁两位失宠，他们的名字在书中被遗忘，就是明证；德当普夫人的名字甚至连一次都没有出现。你可以掩盖秘密的活动，但是掩盖人人皆知、后果严重的事实，这是不可原谅的错误。总之，要想完整地了解弗朗索瓦国王和当时发生的事件，如果大家相信我的话，我劝你们去别处寻找。书中也有一些有益的东西，那是叙述贵族们参加的战斗，他们的战绩，王公贵族们私下的谈话和活动，德·朗杰大人主持的交易和谈判等部分，其中有不少值得知道的东西和非同一般的见解。

我们的思想为什么困惑

一个人如果介于完全等量的两个欲望之间，结果会怎么样，这是一个有趣的问题。毫无疑问，他将永远拿不定主意，因为趋向和选择必然意味着价值的不等；如果把美酒和火腿放在我们面前，而且我们喝美酒和吃火腿的欲望完全相等，可以肯定，除了渴死饿死以外不可能再有别的结果。为了解决这个难题，我们求教于斯多噶派，在两样相同的事物面前，我们的心会怎样选择，在币值相同的两大堆埃居①中，而且没有任何理由令我们有特别的偏向，为什么我们取这一个而不取那一个。他们回答说，我们在此时的心理活动不受常规的控制，没有什么准则可言，它是偶然的意外的外力推动的结果。我觉得似乎可以这么说，出现在我们面前的任何事物都是有差别的，不管这种差别是多么细微，无论是看得见的还是摸得着的，不管是多么难以察觉，总有一些东西更吸引我们。同样，假设有一条细绳从头至尾都一样的结实，那它就是永远扯不断的，因为，你说它从哪里开始断裂呢？或者

① 埃：法国古代流通的钱币名。

它在所有的地方同时断裂？然而大自然中不可能发生这样的事。

如果再加上那些经过严密证明的几何定理，比如内容大于容积，中心与外圆等量，两条直线无限延伸，它们渐渐靠拢，但是永不相交，还有点金术和化圆为方等问题。理性和经验是如此地对立，人们也许可以得出一个结论，支持普林尼的大胆断言："事物最确定的性质是它的不确定性，人的特性在于他最可怜又最自负。"

论荣耀

有名有物：名是指称事物的字和词，不是事物的一个部分，它与事物的实体无关；它是附加给事物的外来部件，是在事物之外的。

上帝本身是全能的，是完美的化身，你不能扩大和增加他的内涵；但是，我们感谢和赞颂他表现在外的业绩，可以光大和充实他的名。这种赞颂，我们无法使它成为上帝的一部分，因为在他身上已经加不进任何好的东西，我们就把赞颂归于他的名下，也就是归于最接近他的外来部件上了。所以说，光荣和名誉只能归于神；如果我们为自己寻求这些好处，便成了极不理智（也是不正当的）的行为，因为，我们内心贫穷，我们的本质不完善，需要不断地改进，这才是我们必须努力的地方。我们完全空虚，囊中无物；我们需要充实自己，但不是用空话和辞藻；我们需要更加坚实的物质修补自己。一个食不果腹的人不去找一顿好饭，却想方设法去找一件华丽的衣服，他肯定是个傻瓜：必须分清轻重缓急。正如我们平时在祈祷时所说：在至高处荣耀归于神，在地上平安归于他所喜悦的人。（路加福音）

我们缺乏美、健康、智慧、道德，以及其他同类的主要品质，在必要的东西齐备之后，我们才谈得上锦上添花。神学广泛和中肯地论述了这个题目，我本人只能说不甚了了。

克里西波斯和第欧根尼是最先、也最坚决地主张鄙视荣耀的人；在所有的快乐中，他们说最危险最应该避之唯恐不及的东西，莫过于他人的称赞。确实，我们凭经验感受到许许多多有害的背信弃义的事情，没有比谄媚更能腐蚀王公贵族，也没有任何手段比谄媚更能使坏人得宠的；在女人的耳边不断地赞美她们，也是破坏她们贞洁的最有效最普遍的方法。

海妖迷惑水手、欺骗奥德赛的重要手段就具有这种性质。

> 来吧，值得天下人夸奖，
> 全希腊引以为荣的奥德赛啊。（荷马史诗）

两位哲学家还说，即使把全世界的荣耀都集中在一起，也不值得聪明人伸出手指去摘取：

> 不管多么大的荣耀，除了是荣耀之外又能是什么呢？
> （尤维纳利斯）

我以上说的是荣耀本身。其实在荣耀后面还牵扯着一连串的好处，使它变得引人垂涎。它可以让我们得到照顾，它可以使我们少受不公正的待遇和别人的打击，以及类似的事情。

这也是伊壁鸠鲁的主要观点之一，因为他的学派有一个禁止人们操持公职或公共事务的信条：默默地生活。其前提必然是蔑视荣耀，因为荣誉是众人对我们在大庭广众之下所做事情的赞扬。这一信条要求我们静静地过日子，要求我们只管自己，要求我们默默无闻，当然就更不愿意我们受人赞扬和歌颂了。因此，他劝告伊多梅内，如果只是受责蔑视他人而没有其他的麻烦，大可不必用舆论和公众的评价来规范自己的行为。

我认为，这些观念非常非常正确和合理。但是，不知道为什么我们本身具有双重性，结果是我们相信的事情，我们又完全不相信它；我们谴责的东西，我们又无法摆脱它。看看伊壁鸠鲁在临终前说的一段话吧，这些话意义伟大，只能出自像他这样的哲学家之口，其中包含着他对光辉名誉的追求，也有他在告诫别人时一再贬斥的情感。以下是他在咽气前口述的一封信：

　　伊壁鸠鲁致赫耳玛乔斯，敬礼。
　　"在这个愉快的日子里——我生命的最后一天——我忍受着膀胱和其他内脏无以复加的剧烈疼痛，并写下这封信。但是，回想起我的发现和我陈述的思想，我灵魂的快乐就抵消了肉体的疼痛。至于你，正如你从小对我和哲学倾注的情感，请你同样地用心保护梅特罗多尔的孩子们。"

这就是他写的信。他说他的灵魂因为他的发现而感到快乐，多少关系到他的愿望：通过这些发现为他身后带来名誉，这从他的遗嘱中可见一斑——他的继承人阿米诺玛乔斯和蒂莫克拉特斯必须给赫耳玛乔斯支付每年一月生辰纪念所需的费用，支付阴历每月二十日前来纪念他和梅特罗多尔的哲学家和朋友们的接待费。

加尔内阿特是持反对意见的主要代表，他认为荣耀本身令人向往，就像我们重视后代，虽然我们不认识他们，无法享受和他们在一起的乐趣。像大部分迎合我们习性的意见一样，这种观点自然更被人广为接受。在所有的外在的财富里，亚里士多德认为荣耀是第一位的，他说："两个极端都不好，我们要避免过分，既不要过分追求，也不必刻意回避。"

我相信，如果我们手上有西塞罗所写的有关书籍，我们可以读到大量的例子，因为，这个人为追逐荣耀而疯狂，我相信，只要他愿意，别人做得多过分，他也绝不会甘心落后于人，以为美德本身之所以令人向往，只是因为它的背后就是荣誉。

　　默默无闻的美德和不为人知的放纵，其实相差无几。
（贺拉斯）

这种观点是非常错误的，它竟然能够进入一个冠之以哲学家称号的人的头脑里，令我感到十分气恼。

如果这是真的，那就只需要在公众场合奉行美德就行了；至于灵魂——美德的真正所在，我们便没有必要把它的活动弄得体体面面，使其符合某种规范了。

那不等于是叫人巧妙地悄悄地做坏事吗？加尔内阿特说："你知道那个地方藏着一条蛇，有个人看都不看就要坐下去，而这个人的死将给你带来某种利益，也符合你的心愿，如果你不提醒他，你的行为就尤其恶劣，因为只有你自己知道这件事。"

如果我们不是从自身去挖掘为善的法则，如果不受惩罚成为我们的法律，那每天可能任其自流地发生多少坏事啊！贝蒂索斯完整地归还普洛底尤斯私底下托他保管的财产——我本人常常做这样的事，我并不觉得多么值得赞扬，如果他不这样做，我会觉得他十分可恶。现今这个时代，我觉得有必要重提一下塞克斯梯琉斯·卢福斯的例子，西塞罗骂他昧着良心接受遗产，虽然他不仅不违反法律，而且财产的转移也符合法律的规定。至于克拉苏和霍尔藤修斯，凭借他们的影响力和权力，被召来以一定的份额继承一份假遗嘱规定的遗产，他们以没有参加弄虚作假为自己开脱，却没有拒绝从中获取利益，而且逃避了控告人、证人和法律的追究。"他们应该记住上帝是证人，就是说他们自己的良心，我是这样想的。"（西塞罗）

如果美德因为荣耀而受人尊敬，那么美德就成了非常虚浮而无聊的东西。我们无论怎样使它保持超凡脱俗的地位，无论怎么说它和运气无关，都是白费力气，因为，还有什么东西比名誉更加不可预测的吗？"可以肯定，运气将它的管治拓展到一切事物；一些事物因它而扬名增光，另一些事物因它而默默无闻，它随心所欲，并非根据事实。"（萨吕斯忒）

命运随意地给我们荣耀。我经常看见荣耀先于业绩来到，而且超前很长一段距离。第一个察觉影子和荣耀极其相似的人，绝对想不到这是一个很大的发现。两者都是极其虚浮的东西。

影子常常走在身子前面，有时候比身子长很多。

有些人教导贵族们从突出表现中博取荣誉，"仿佛不出名的行动就不是光荣的行动"（西塞罗），教他们在没有人看见的情况下绝对不要冒险，一定要有证人可以宣传他们的英勇业绩，除此之外，他们能有什么别的结果呢？而不为人知地创造丰功伟绩的机会又何止千万？多少高尚的个人行为被埋没在战场上了！在纷乱的战斗中浪费时间去注意别人，就一定不会专心作战，他证实战友们的英勇，反过来说明自己的怯懦。

"一个真正伟大和睿智的人，把名誉——人性的主要目标——体现于行动，而不是荣耀之中。"我自忖从生命中得到的全部荣耀，就是平静地度过一生：不是梅特罗多尔，或者阿尔塞齐拉斯和阿里斯迪普所说的平静，而是我自己心中所想的平静。既然哲学不能为所有的人找到通向平静的坦途，那就让各人分别去找吧！

如果不靠运气，恺撒和亚历山大能有这么伟大这么深远的名气吗？多少人在冉冉上升的时候便已夭折，使我们根本无从认识他们，如果不是厄运在他们事业刚刚起步的时候突然阻止他们前进，他们实现雄心壮志的勇气丝毫不亚于恺撒和亚历山大！恺撒经历了如此之多而又如此之大的危险，我不记得书上有记载他受伤的事。无数的人遇到小小的危险就死了，比他越过的最微不足道的危险还要小得多。无数的高尚行为等不到有人出来见证就消失得无影无踪，我们不可能总站在突破口的高处或者在队伍的最前列，好像接受台上的将军检阅一样。我们在树篱和壕沟中间遭受突袭；必须冒着危险对付敌人的工事；必须把四个该死的火枪手从仓库里抓出来；必须离开队伍，按照可能出现的困难独自采取行动。如果我们仔细考虑一下，凭经验就可以发现最不显眼的情况往往是最危险的，在当前发生的战争中，更多善良的人死于普通的无关紧要的场合，死于争夺某个小工事的战斗，而不是在那些崇高和光荣的地方。

一个人如果认为不是死于轰轰烈烈的场合就不是死得其所，那他不仅不可能死得光荣，相反会使生命失去光彩，失去许多真正值得冒险的机会。每个人的意识都应充分地提醒自己，其实，所有真正的机会都是光荣的。

"我们所夸的，是自己的良心。"（圣保罗）

一个人，如果只是因为别人会知道，并且知道了以后会更尊敬他，只愿意在人人都知道他有美德的条件下才做好事，这样一个人对大家来说是没有多大用处的。

我想，在那个冬天剩下的日子里，罗兰做了值得回忆的事情，但是直到目前为止，这些事情还十分保密，我没能一一叙述，实在不是我的过错，因为罗兰总是抢着做高尚的事情，而不会抢着去说。好在有人看见，否则的话，他的英雄事迹绝对不会流传出去。（阿里奥斯特）

必须走上战场，这是每个人的义务；高尚的行动，不管藏得多好，甚至包括美好的思想都必有回报，即一个心志平衡的人在做善事后所感觉到的无穷满足。应该为自己，为能够抗击运气的突袭，使自己的心灵立于不败之地而英勇奋斗。

美德不知道什么叫不光彩的失败，它永放光芒，从不失色；它不因民众的好恶而亲近或疏离权力。（贺拉斯）

我们的灵魂应该扮演它的角色，并非是为了显示自己；它在我们身上，在我们心里，在别人的目光无法进入的地方扮演这个角色：它在那里保护我们，使我们不怕死亡，不怕痛苦，不怕丢脸；它使我们坚强面对失去孩子、朋友和财富的痛苦；当机会来临的时候，它也会带领我们上战场接受各种各样的风险。"不为任何其他的利益，只为与美德同行的荣誉。"（西塞罗）这种利益远比别人对我们的良好评价，亦即名誉和荣耀伟大得多，也更值得我们追求和希望。

必须在全国的人口中选十来个人来核定一块土地的大小；判断我们的倾向和行为，这是最难也是最重要的东西，我们却把它交给老百姓，交给一群乌合之众，他们是无知、不公正和变化莫测的根源。把智者的一生交给疯子去评论，这么做合理和正确吗？

"你蔑视单个的人，然而把同样的这些人集合在一起，你就觉得了不起，还有什么比这更荒谬的事吗？"（西塞罗）

想取悦他们吗？你绝不会有任何结果的——这是一个无形的没有固定位置的目标。

群众的判断是最不可预测的事情。（李维）

德米特里奥斯在谈到民众的呼声时，经常开玩笑地说，不管他们的声音是从上面发出来的，还是从下面发出来的，他都一概不理。

下面这句话说得更加直截了当："对我而言，本来是一件并不可耻的事，一旦受到民众的赞扬，我总觉得它好像变得可耻了。"（西塞罗）

不管你多么能干，不管你的脑筋多么机灵，都跟不上如此犹疑和没有规则的脚步。在充斥着道听途说和众说纷纭的混沌世界里，开辟不出真正好的道路。我们不要为自己设立如此飘忽不定的目标，一如既往地跟着理智走吧，只要公众舆论愿意，就让它跟在我们后面；由于它本身完全决定于偶然，我们不可能指望它走这条路或不走那条路。我不会因为这是一条直路而走这条路，如果我走这条路，那是因为我凭经验知道归根结底这是一条最顺畅和最有用的路。"天道送给人类这个礼物，一切正当的东西也

是最有价值的东西。"（冈底里安）

古代的水手在暴风骤雨中对海神说：神啊，你愿意救我就救我，你不愿意救我就让我死吧；但是，我的舵将永远保持前进的方向。（塞内克）

在当今这个时代，我看见无数灵活、双面和模棱两可的人，没有人怀疑他们比我有远见，上流社会的这些人一个一个地走了，我却活下来了。

看着诡计即将失败，我只是一笑置之。（奥维德）

保罗·爱弥儿声势浩大地远征马其顿的时候，特别告诫在罗马的同胞们，要求他们在他远离罗马的时候，不要对他的行动乱加评说，因为过分自由的评论是对伟大事业的有力障碍！因为不是人人都像法比尤斯一样，能够坚定地对付民众敌对和错误的声音——他宁可让人们空洞的言论破坏他的声誉，也不愿意为了老百姓的支持和好听的名声而使自己的任务逊色。

受人称赞，使我们油然而生一种甜蜜的感觉，但是，我们对此过于重视，就是太过分了。

我不担心被人赞扬，我不是一个麻木不仁的人；但是，我拒绝把"加油，干得好！"这样的喝彩声变成做好事的终极目的。（皮尔斯）

我并不关心自己在别人心目中的形象，我注重的是我在自己心中的模样。我想凭借自己的努力致富，我不想借债。外人只见事件的外表——人人都可以装出健康的样子，而身体里面可能正发着高烧并惊慌失措。他们看不见我的心，他们只看见我表现出来的态度。人们有理由贬斥战争中的虚伪性，因为，一个机敏而骨子里懦弱的人，要想逃避危险和装扮凶狠，那还不容易吗？避免危险的方法有很多，在走上危险的道路之前，我们可以一千次地欺骗别人；即使陷入了生死之地，我们也可以掩盖真实的面目，装出若无其事的面孔，嘴里说一些故作镇静的话语，虽然我们的心在发抖。如果戴上柏拉图所说的戒指，当你把它转向手心的时候，别人就看不见你了，许多人会在本来应该经常抛头露面的地方隐藏起来，而且会后悔自己来到一个如此受人尊敬、必须装出充满自信的地方。

　　除了小人和骗子，谁会对虚假的赞扬感觉过敏，谁会害怕诬蔑？（贺拉斯）

　　因此，根据外表做出的评价是非常不确定的和非常值得怀疑的；最可靠的证人不是别人，而是你自己。

　　在同我们一起建立功绩的士兵当中，有多少是辎重兵？一个在敞开的战壕里战斗的人，如果没有五十个每天领取五个苏的军饷，可怜兮兮地为他开路的工兵，他们怎么能建立功绩呢？

　　如果纷乱的罗马贬低某个行动，你既不要学它，也不要去扶正倾斜的天平：你不要去身外寻找你自己。（皮尔斯）

　　我们所谓的壮大名声，实际上就是到处宣传我们的名字，把它挂在许许多多的人的嘴上；我们希望大家从好的方面接受它，使它从壮大中得到好处：这是这种意图之中最可原谅的一点。但是，这样的病患如果过分严重，也会使许多人不择手段地让人谈论他们。特罗古斯谈到赫罗斯特拉特，李维谈到曼琉斯·加比托里努斯，说他们追求名气大甚于追求好名声。这种缺点是通常都有的缺点。我们更关心是否有人在说我们，而不是人们怎么说我们，只要我们的名字在人们的口中流传就行，也不管它怎么流传。似乎让人知道自己，在某种程度上就一生一世有人眷顾了。我认为我只在我自己的心里，至于我的那另一个人生，朋友们所认识的那一个我，赤裸裸地被观察的那个我，我很清楚那只是出于虚荣心，想象并享受别人的看法的结果。到我死的时候，我对他人的看法会愈来愈无动于衷，我也将一下子丧失有时候可能伴随而来的好处——我将无从把握名誉，甚至是上门送到我手中的名誉。因为，要想我的名字得到如此美誉，第一我没有完全属于我自己的姓名：我的姓名，姓是整个家族使用的，甚至非我本族的人也用。在巴黎和蒙彼利埃有一个叫蒙田的家族；在布列塔尼和圣东热也有一个家族叫德·拉·蒙田。一个音节之差就将搞乱我们的命运之线，使我得以共享他们的荣耀，而他们则可能分担我的耻辱；此外，我的家人曾经姓艾盖姆，至今在英国仍有一个望族在使用这个姓氏。至于我的名字，则是谁想取用都可以的。因此，我不为自己争光，或许可以为一个搬运工增光。虽然我也可以为自己找一个特别的标记，但是等我不在这个世界了，它还能标记什么呢？它能代表或者让人宠爱虚无吗？

> 如果后人赞扬我，难道可以减轻墓碑压在我骸骨上的重量吗？难道在我的亡灵，我的坟头，我好运气的骨灰上可以开出紫堇花吗？（皮尔斯）

这个问题，我在别处已经谈过了。

不过，在一场有万人死伤的战斗里，人们谈论的只不过是十来个人罢了。必须是十分伟大、十分杰出或者是造成重大后果的事件，才能赋予个人的行动以珍贵的价值，这个个人不是某一个火枪手，而是某个领袖才行。因为杀一个人，或者杀两个人，杀十个人，勇敢地面对死亡，确实对我们个人来说是一回事，因为我们全身心地投入了；但是对整体来说，这样的事情实在太普通，我们每天见得多了，而且必须有无数此类的事情发生，才能产生特别的结果，以至于我们每个人得不到任何的赞扬。

> 这是许多人遇到的事，平常得很，只是命运带来的无数偶然中的一个。（尤维纳利斯）

一千五百年以来，在法国数以万亿计的勇敢无畏、手执武器而死去的人中间，我们认识的还不到一百个。不仅是首领，甚至战役和胜利的有关记忆都被湮没了。

大部分人不测的命运，由于没有记录，都原地不动，稍纵即逝。

如果我掌握着不为人知的事件，我想我将很容易用它们来取代任何种类的已知事件。

罗马人和希腊人，那么多的作家和见证人，那么多高贵和杰出的事迹，有多少流传到了今天？我们对此有何感想啊！

> 他们的荣耀如微风掠过。（维吉尔）

如果一百年后还能大概记得在法国进行的内战，这就很不容易了。

拉塞德莫尼人在打仗之前都要为缪斯献上祭礼，为的是把他们的丰功伟绩能够忠实和有尊严地记录下来：他们认为，如果能够找到证人栩栩如生地记录他们英勇的事迹，并使其流传下去，这是神给予的非同寻常的恩典。

每次与我们相关的枪战，或者每一次冒险，我们都想有书记员记录在案吗？就算有一百个书记员在写，他们的评述也只能存留三天，结果还是谁都读不到。古人记录的东西，到我们手上的还不及千分之一，而且这些记录的性命，全凭运气，靠命运之神的好恶而定；至于我们手上的那个千分之一，我们倒可以想一想，它是不是最坏的一部分，因为我们看不见那散佚的部分。人们写历史书，不会写那些根本不重要的事件：一定要是征服帝国或王国的领袖；一定要取得五十二场对阵战的胜利，而且必须像恺撒一样，要在人数上处于劣势。一万名好战友和许多伟大的指挥官跟在他的后面，骁勇善战，死而后已，他们的名字留在人间的时间，不超过他们的妻儿的寿命。

遗忘的阴影把他们遮蔽。（维吉尔）

我们见到那些英勇无畏的人，战争结束后的三个月或三年，人们就不再谈论他们，仿佛他们根本就没有存在过一样。如果有谁准确地观察和比较，看看哪些荣耀的人和事被保存在书本里了，他将发现在我们这个世纪里，很少人和事敢说自己应有这样的权利。我们见过有几个能人没有被盛名所累！他们亲眼目睹——他们不得不忍受此种惩罚——他们在青年时代以非常正当的手段获取的名誉和荣耀慢慢熄灭。难道为了这三年虚幻的假想的生命，就去牺牲掉真正的根本的生命，进入永远的死亡吗？智者做一件同样重要的事情，追求的是一个更美好更公正的结果。

> 做好事本身就是对做好事的报答。（塞内克）
>
> 助人的收获，在于助人本身。（西塞罗）

一个画家或一个艺术家，一个修辞学家或一个语法学家，如果他们千辛万苦地想通过作品达到扬名的目的，或许还可以原谅；但是，美德是十分高尚的东西，以它为手段来获取它本身之外的好处，特别是出于取得人们好评的虚荣心，则根本是不足取的。

然而，如果这个错误的观念对社会有用，可以使人们尽忠职守，如果老百姓因此而坚持美德，如果王公贵族们看见大众纪念图拉真而唾弃尼禄，如果他们看见这个十恶不赦，从前如此横行霸道如此气焰嚣张的人，如今被任何一个小学生诅咒和侮辱，那么，我说就让这种错误的观念继续发展好了，让我们尽力去维护它吧。

为了使他的同胞具有美德，柏拉图同样地无所不用其极，同样地劝他们不要轻视好名声和人们的尊敬；他还说，在神的启示下，那些恶人往往也能在言语中或在思想里，正确地分辨好人和坏人。这位人物和他的老师是最神奇和最大胆的工匠，只要在人力所不及的地方，他们都可以恰到好处地借用神的行动和启示，"正如悲剧诗人在无法为剧情找到出路的时候，总是求助于神一样"（西塞罗）。

也许正是这个原因，梯蒙骂柏拉图是"伟大奇迹的捏造者"。

人们由于缺乏智慧，无法完全地得到正确的观念，有时候使用一些错误的观念也未尝不可。所有的立法者都采用这个办法，任何法规中都混杂着客套话和欺骗性的观念，便于使老百姓循规蹈矩。所以，大部分法规都源于神话，富于超自然力的神秘色彩。正是这个东西赋予了非正统的宗教一种影响力，让聪明的人士帮助它们推广开来；也正因为如此，努玛和塞尔托里尤斯为了使手下死心塌地效忠他们，频频为他们送上迷魂汤，一个编造了仙女伊吉丽娅的故事，另一个说他的白色母鹿，带来了神为他们做出的所有决定。

努玛为他的法律树立权威，让它们披上仙女的外衣，巴克特里人和波斯人的立法者琐罗亚斯德，则利用奥洛玛西斯神的名义；埃及人的立法者特里斯梅济斯特利用墨丘利神；斯基泰人查莫尔克西斯利用女灶神维斯太；夏尔西德人的夏隆达利用萨杜恩神；克里特人的米诺斯利用朱庇特；拉塞德莫尼人的里古尔格利用阿波罗；雅典人的德拉贡和索隆利用密涅瓦……任何社会组织都以神为首领，其实全部都是假的，唯有带领犹太人离开埃及的摩西是真的。

贝都因人的宗教，如德·拉·茹安维尔先生所说，特别包含着这么一种说法，一个为国王捐躯的人，他的灵魂将去到另一个更幸福、更英俊、更强壮的人的身子里，因此他们更自动自觉地愿意拿生命冒险：

　　　　战士们的意志比钢铁坚强，他们的灵魂视死如归：舍不得必将新生的性命，对他们来说是一种怯懦的表现。（卢甘）

这是一种非常有益的信仰，不管它是多么空洞。每个民族都有许多类似的例子，这个题目值得加以专门的论述。

说回我原来的题目，我建议女士们不要把她们的责任称之为名誉，因为"如我们的习惯语言一样，我们只把老百姓心目中光荣的东西称之为名誉"（西塞罗）；责任是核心，名誉只是皮毛。我也建议她们不要以此为理由来拒绝我们的要求，因为我设想她们处理自己的意图、欲望和意志，这些因素与名誉毫不相干，因为它们并不表露在外，比处理她们的行动要好得多：

　　　　同意在不能同意的情况下必须拒绝的事情。（奥维德）

不管是想还是做，冒犯神灵和自己的良心都一样事关重大，而且这些行为是暗地里秘密地做的；如果太太们不重视自己对于贞操的责任和情感的话，她们可以很容易地掩人耳目，名誉全在别人的知与不知上面。

任何讲名誉的人都宁可放弃名誉，也不会放弃良心。

世上没有绝对的纯粹

人类固有的缺陷，使其不可能利用处于简单和纯粹的自然状态中的事物。连我们享有的自然本原都被改变了性质，金属也在其中：就说金子，你必须掺入另一种物质，降低它的价值，才能拿来为我们所用。

被阿里斯顿、庇隆，以及斯多噶派的信徒视为人生目标的基本道德也罢，克兰尼学派和阿里斯迪普的幸福观也罢，都不可能得到纯粹的贯彻。

我们手中的欢乐和财富，无不掺杂着痛苦和烦恼。

> 即使是欢乐，也不免掺杂着一种说不清的苦涩，令花丛中的恋人焦虑不安。（卢克莱修）

极度的快感有点像呜咽和呻吟。人们不是也说有一种死去活来的感觉吗？甚至在描写其最突出的特征时，我们会使用一些病态的表示痛苦的形容词：萎靡、疲软、虚弱、眩晕，病态：这些词明显地反映出两者之间的密切关系和同质性。

欢乐无比，其中的认真多于轻松，极度和充分的满足，其中的平静多于活跃。"如果不加节制，幸福也会使人不堪重负。"（塞内克）幸福使人受伤。古希腊的诗曰："诸神把种种财富卖给我们。"也就是说，没有任何纯粹和完全的赠予，任何东西都是我们付出痛苦的代价买来的。

痛苦和快乐，从本质上说是决然不同的两样东西，却通过说不清楚的自然关系连接在一起了。

苏格拉底说，神曾经试图把痛苦和快乐融合在一起，但是，他的努力没有成功，最后想到一个办法，就是把它们的尾巴拴在了一起。

梅特罗多尔说，伤心之中也有一丝快乐。我不知道是否还有别的意思，但是，我完全可以想象有人耽于伤感，不仅怀着计划和认同，甚至带着一种满足感，且不说还可能夹杂着博取同情的心理。在感伤之中有一种愉快和甜蜜的味道在吸引和诱骗我们。世上不是有人把伤感当家常便饭的吗？

有一种催人泪下的快感。（奥维德）

在塞内克的书信集里有一个叫阿塔尔的人，他说回忆故去的朋友是一件快事，正如陈年的葡萄酒带有一点苦味，就像又酸又甜的苹果一样。

年轻的侍者先请我们喝陈年的法莱尔纳葡萄酒，接着在我们的杯子里斟满了更苦的本地酒。（加图尔）

大自然让我们见识到类似的混合：画家认为，同样的面部表情和皱纹，既可以画成哭泣，也可以画成笑脸。确实，在笑脸或者哭脸画成之前，大家不妨看看画家的创作过程，你们会感到疑惑，你们会想画家到底要表达怎样的感情。捧腹大笑往往夹带着眼泪。

任何痛苦都将得到补偿。（塞内克）

我想象一个可以随心所欲得到欢乐的人——假设他身体的每一个部分都可以获得像生殖行为一样的强烈快感，我觉得他将被幸福的重负所压垮，我会觉得他根本没有能力支撑如此纯粹、如此强烈而深入到身体每一部分的快感。说实话，如果真的遇到这种情形，他会逃跑，他会很自然地避开，就像避开一条布满泥坑和站不住脚的道路一样。

当我在心里认真忏悔的时候，发现即使自己最大的优点都蒙着一层灰暗的色彩。我担心，柏拉图若注意他最高贵的品德（我像别人一样真诚和忠心地尊重这种美德，以及类似的其他美德）——如果他注意的话（事实是他注意到了），他会发现其中也夹杂着跑调的地方，因为人是一个混合物，这是一种低沉的，只有他才能感觉得到的杂音。不论何时何地，人都只是一个斑驳杂乱的混合体。

维护正义的法律也不可能不掺杂着某些不正义，柏拉图说，在法律中去除任何缺陷和瑕疵的企图，无异于想砍掉许德拉愈砍愈多的脑袋。塔西陀说："任何捍卫公共利益的伟大事业都一定包含着对个人的不公。"

同样，在对待人生和处理公共关系方面，我们也可能在思想上出现苛求纯洁性和洞察力的情形。这种清晰敏慧的品质太微妙太精确，应该使它变得迟钝和缓慢一些，让它更符合事实和实践，应该使它变得笨拙和模糊一些，让它与世间的黑暗生活更成比例。正因为如此，思想比较放松的普通人更适合于领导公共事务并取得成功。哲学上的概念非常高尚和杰出，却往往脱离实际。那种活跃的思想，灵活和激动的语言，往往使谈判陷入僵局。处理人的事情，还是粗泛一点为好，尽可能让命运去发挥它的影响力。没有必要把事情照得那么光亮那么细微。过于强烈的光线，加上事物本身的多样性，看久了不免会眼花缭乱："反反复复研究相互矛盾的原因，最后，他们的精神完全麻痹了。"（李维）

古人是这么说西莫尼德的：按照希埃隆国王的要求，他思考多日，希望给国王一个满意的答复，因为他的头脑里出现了好多个精妙和细致的答案，但是他仍然心存疑虑，不知道哪一个答案最适合，最后，他对于找到真正的答案完全绝望了。

一个人研究和掌握了事情的全部特性和后果，结果就可能陷入无从着手的困境。一个中等智力的人足以主导和处理大大小小的事情。请注意，最优秀的财富管理人，也是最说不清楚他们为什么和怎么样功成名就的人，而那些夸夸其谈的人全都一事无成。我认识一个夸夸其谈、说起勤俭节约就头头是道的人，经他的手开销的金钱以年金十万利弗计。我还认识另外一个人，言谈或高见皆非常人可及，看上去谁都不如他机智和内行；然而，真正说到实践，仆人们觉得他的言行简直判若两人。我得强调一句：不能排除运气不好的成分。

反对惰怠

韦斯巴齐安皇帝身患重疾乃至不治，仍不忘关心国家大事，在病榻上仍坚持处理了许多重大的事务。医生批评他，认为他这么做对健康不利，他回答说："一个皇帝应该站着死才对。"我觉得，他说得好，这是一个伟大的国君应该说的话。阿德里安皇帝后来也用过这句话。我们还应该常常用它来提醒国王们，老百姓把治国的重任交给他们，让他们发号施令，这不是一个闲差。如果老百姓看见国王无所事事，或者只是做一些骄奢淫逸的事情，那么他就没有理由要求老百姓为他不辞辛苦和赴汤蹈火；如果他根本不把老百姓的生死放在眼里，就没有任何理由要求他们关心他的生死。

有人坚持认为，与其国王亲自指挥作战，不如叫人代劳，命运女神可以为他提供许许多多的例子，既有副官指挥有序赢得节节胜利的，也有御驾亲征弊大于利的。但是，任何骁勇善战的国王都无法接受此种耻辱的说法。借口保护国王的脑袋犹如保护圣人的塑像，认为这是国家的最高利益所在，人们恰恰贬低了他在军事方面的作用，等于宣布他在这方面的无能。我认识一个人，他宁可吃败仗，也不愿意看着别人为他卖命，而他自己却呼呼大睡，而且每当自己不在场却看见手下人立下战功，他都会感到十分嫉妒。塞里姆一世说得非常有理，认为没有主帅上阵的胜利是不完整的胜利；他甚至可以这么认为，哪位主帅如果硬说自己为胜利感到光荣的话，他应该脸红——因为他只是动了嘴巴和脑子，可能连这一点都没有做到——因为要完成如此重大的任务，只有在事发的时间和地点发出的意见和指示才能真正赢得荣誉。驾船的人在陆地上是不可能有作为的。世上战功最显赫的奥斯曼帝国的皇帝们热烈地支持这个观点。但是，巴雅塞特二世和他的儿子却反其道而行之，他们躲在家里花费大量的时间干别的事情，结果使帝国蒙羞；现在仍在统治国家的那一位也一样。阿摩拉德三世以他们为榜样，也开始忙碌同样的事情。有一段关于我们的查理五世国王的话："从来没有一个国王比他更少拿起刀枪，也从来没有一个国王给我带来过这么多的麻烦。"这不正是英国国王爱德华三世说的吗？他有理由认为这是一个奇怪的现象，好像这只是命中注定，而不是缺乏理智的后果。有人愿意把卡斯蒂利亚和葡萄牙国王算在尚武和崇高的征服者之列，他们可以去找除了我之外的支持者，因为在离开他们闲置的住所一千二百法里外的地方，通过官兵的努力，他们成了新大陆的主人，我们不怕在这里问一句，他们敢不敢亲自去享受一下那里的美丽风光？

朱里安皇帝说得更深刻，说一个哲学家和一个诚实的人不应该仅仅呼吸，就是说他们不应该仅仅满足身体的需求，而且应该使自己的灵魂和身体时时关注美好、伟大和高尚的事物。在公众场合，如果有人看见他吐痰或者出汗，他觉得是一件难为情的事（据说斯巴达的青年人也如此，色诺芬说波斯青年也如此），因为他认为锻炼身体，坚持工作，简朴生活，完全可以克服和排除这些多余的东西。在这里适合引用一句塞内克说过的话，古罗马人曾以此来教育他们的青年："他们从来不教孩子坐着可以学到的知识。"

要求死得有益和刚强，这是一种崇高的愿望，但是，实现这一愿望并不取决于我们的决心，也不取决于我们的运气。许多人要求自己不成功便成仁，结果却两边都不成，受伤或被俘阻止他们实现自己的愿望，强迫他们身不由己地活着。有一些疾病会打击我们的愿望和认识。非斯的国王穆雷·阿布德·马利克不久前赢了葡萄牙国王塞巴斯蒂安一仗——这是历史上非常出名的一天，因为有三位国王同时去世，葡萄牙的王位因此传给了卡斯蒂利亚——当葡萄牙人手持武器进犯的时候，他身患重疾，而且病势每况愈下，他已经看到情况不妙。没有一个人像他这样以身作则，做出果敢和光荣的决定。他的身体已经十分虚弱，无法出席隆重的进营仪式，因为按照他们的习俗，这种仪式华丽而壮观，而且还必须在现场做一系列动作，他只好让胞弟代劳。但是，这也是他唯一让人代劳的事情，其他的一切活动，必要而确实有用的事情，他都非常努力和及时地做了。他的身体躺在床上，但在咽下最后一口气之前，他的智慧和勇气却绝对没有躺下，从某种程度上说甚至超出了这个极限。他本来可以在幕后指挥打退深入国土的敌人，但是由于他活不久了，也由于没有人可以替代他指挥军队作战和治理混乱的国家，因此他勉为其难地寻取流血和并无把握的胜利。而他的手中握着的是另一种胜利，一种有十分把握而且不言自明的胜利。于是，他尽可能延长生命，消耗敌人，使敌人远离他驻扎在非洲沿岸的海军和海军基地，直至他生命的最后一天——他特地为这一天安排了这场伟大的战斗。他把队伍围成一个圆圈，从四面八方把葡萄牙人团团围住；这个圆圈越缩越小，不仅使敌人无法施展力量，而且因为四面受敌而使溃逃受阻，葡萄牙国王年轻气盛，所以这一仗打得尤其激烈。最后，由于所有的出路全被封死，葡萄牙人自己和自己打了起来。

> 他们的尸体堆积如山，不仅由于双方的杀戮，也由于他们逃跑时自相残杀。（李维）

结果是尸体叠尸体，胜利者取得了血腥的完全的胜利。穆雷临终的时候让人们抬他去所有必须去的地方，他混在民众里面，激励奋勇作战的官兵。但是，有一支队伍陷入敌阵十分危险，他于是不顾劝阻，持剑上马冲了上去。他尽力想参加战斗，但是，他的手下有人拉住缰绳，有人拉住笼头，他的这番努力终于结束了他仅剩的生命。人们把他放在地上，他恢复神智以后，仿佛在昏厥以后突然的爆发，他告诫手下人——他还没有完全丧失说话的能力——不准把他的死讯传出去，这是他在当时最重要的命令，为的是不让这个消息影响了部队的士气。他死的时候手指按着嘴唇，就像平时一样，表示绝对不要走漏了消息。有谁在死之前能够像他一样从容不迫，真正地活这么长的时间？有谁能够像他一样站着死去？

勇敢地对待死亡到达如此极致，如此自然的地步，不仅仅是面对死亡时在内心深处仍十分清醒，而且没有丝毫的牵挂，自由地继续着至今为止的生活轨迹。就像小卡东一样，当血腥的死亡骤然降临的时候，他仍照样睡觉读书，心和脑子都非常清楚，紧紧地把死亡握在手中。

怯懦是暴戾的根源

我经常听人说，怯懦是残忍之母。我还凭经验发现，凶险暴戾的人通常又如女人一般懦弱。在最残暴的人中间，我见到有些人很容易为一点小事而哭泣。费莱阿的暴君亚历山大无法忍受在剧院演出悲剧，生怕民众发现他在赫库柏和昂德洛玛克受难时表露出悲哀的神情，须知，他曾经连续多日毫不留情地下令屠杀老百姓。难道虚弱的灵魂竟然令他们在面对极端事件时变得如此软弱吗？

一旦发现敌人已经受到控制，我们的英勇也就告一段落。英勇的行为只是针对抵抗而言。

只有面对凶悍的公牛，人们才热血沸腾，决心把它送上祭坛。（克洛迪安）

但是，如果怯懦者同样地欢庆胜利，由于完全无力控制敌人，他们只好使用另一种欢庆的方式，也就是杀戮和流血的方式。伴随着庆祝胜利的大屠杀通常由下层老百姓和负责后勤保障的部队挑起：之所以在民众的大厮杀中出现闻所未闻的残忍事件，就是因为有一群在战争中冒充勇士的流氓，他们双手沾满民众鲜血，但是又找不到别的表现英勇的方式：

> 胆怯而残忍的狼和熊，以及所有那些最肮脏的动物，它们只攻击已经死亡的猎物。（奥维德）

正如那些胆小的家犬在野外狩猎时无所作为，在家里撕扯和争夺猎物却疯狂有加。是什么原因使当前法国的这场争斗变得如此激烈？我们的父辈把复仇分为不同的等级，我们却跃过任何等级，一开始就把事情闹到最严重的地步，一开口就喊打喊杀。如果不是怯懦，难道还是别的原因吗？每个人都清楚地感觉到，勇敢无畏、大义凛然能够比消灭敌人的肉体更有效地打击敌人，能够比死亡让敌人感到更大的屈辱。我们还感觉到，复仇的渴望通过这种方法可以得到更大的满足，因为复仇只是为了追求一种感觉。正因为如此，一头牲口或者一块石头弄伤了我们，我们不会去攻击它，原因是它们不可能知道我们在复仇。而杀掉一个人，我们就不能再报复他了。

正如比亚斯对着一个恶人大喊："我知道你迟早将受到惩罚，我只担心看不到你受惩罚的那一刻！"奥尔科梅尼人抱怨里西斯科人的背叛行为没有受到及时的惩罚，在他们受惩罚的时候，背叛行为的受害者或因惩罚行动而受鼓舞的人已经所剩无几，而且，受报复的人一旦失去感受报复的能力，这样的报复总让人感到不够过瘾，就好像复仇者总想从自己亲眼目睹的事实中得到某种快乐一样；同样，受到报复的人也必须心智健全才能意识到悲痛和懊悔。

我们说，他会后悔莫及的。因为子弹击中了他的头部，所以他后悔吗？相反，如果我们稍加留意，发现他在倒下去的时候竟然对着我们轻蔑地撇嘴；如果他甚至连表示不满都来不及，那还谈得上什么后悔呢。而我们却为他提供了人生中最好的服务，让他迅速而毫不痛苦地死了。我们像兔子一样藏在地洞里，逃避一路追赶我们的司法官员，他却在那里安安稳稳地睡大觉。用死亡避免不测，这是对的，但是，对于想着报仇的人来说却不是一件好事。制造死亡变成了一个怯懦的行动，而不是一个大胆的行为，这是一个预防的措施，而不是一个勇敢的行动，是一个防御的，而不是一个进攻性的行为。显而易见，我们由此放弃了报仇雪恨的真正目标，没有考虑这么做对我们的名声不利；我们担心的是，如果他活着的话，他会重犯同样的错误。

这不是和他对着干，你只是想着摆脱他而已。

在纳尔辛格王国，这种办法行不通。在那里，不仅是战场上的武夫，就连手艺人也随时准备用棍棒解决争执。国王也不反对人们关起门来打斗，如果是有身份的人进行决斗，他不仅愿意出席观看，而且将赏赐胜利者金链一条。但是，希望赢得金链的人首先必须和佩戴这条金链的人交手，他胜出了一场打斗，还将有一场接一场的打斗等着他呢。

如果我们觉得自己有足够的勇气压制敌人，可以随心所欲地控制他们，他们却因为死亡而逃脱我们的掌心，我们会觉得十分遗憾：我们希望克敌制胜，而且希望更加安全，而较少考虑面子问题；我们首先寻求结束争端，然后才想到如何体面地胜出。阿西尼尤斯·珀里翁指出，像他这么一个受人敬重的人也犯过这样的错误：他曾经写信责骂普朗居斯，因为担心对方怨恨自己，所以准备在其死后才将信件公布于世，这等于是对着瞎子做鬼脸，对着聋子骂粗话，用刀子割死人一样。因此有人说他是和死人搏斗的精灵。对于一个想以文章进行攻击，不希望对手立即死去的人，对于珀里翁的做法，除了说他是一个弱者，说他庸人自扰之外，我们还能说什么呢？

有人告诉亚里士多德，某某在背后说他的坏话，他回答说："让他去说吧，他拿着鞭子抽我，只要我不在他面前就行了。"

我们的父辈总是据理力争，为自己洗冤，如此而已。他们相当英勇，全然不怕眼前气急败坏的敌人，而我们一定要看到敌人倒下才善罢甘休，否则的话，我们总感到自己双腿发软。所以，不管是我们得罪别人还是别人得罪我们，我们都一概追究到底，今天不就是流行着这样的做法吗？

在一对一的搏斗中引进助手，这是另一种形式的怯懦。这种搏斗从前称之为决斗，而今天成了对打和斗殴。孤立无援令人感到恐惧，于是有人发明了请公证人的做法。（双方都对自己没有足够的信心）因为，有人作陪，有第三者的存在，可以在危险的情况下很自然地让人略感轻松和给人某种支持。从前，人们使用第三者来防止双方在决斗中出现犯规和不公正的情形，并且由第三者出面对外宣布决斗的结果；但是，自从采纳见证人制度以后，所有被请来做公证的人都不可避免地会受到缺乏同情心和胆小怕事的责难，因此不可能真正站在旁观者的立场。这种事情除了不公正——卑鄙无耻之外，还涉及一种借助他人的才华和力量，以维护个人名誉的嫌疑。我认为让助手参与决定自己的命运，这对一个善良正直和足够自信的人来说是非常不妥的。不要说为别人，每个人为自己所冒的危险就已经够多了，仅仅为了增强自己的勇气、保卫自己的生命就已经够忙碌了，还怎么可能把如此宝贵的东西交在别人的手中呢？因为，如果大家不是特别坚持己见，那么不同的人就有可能不谋而合达成一致。如果你的助手被打倒在地，理所当然，你得承担起两个人的责任。说什么两个打一个以多欺少绝非君子所为，正如一个武装到牙齿的人对付一个手无寸铁的人，一个身强力壮的人对付一个身负重伤的人，如果你在搏斗中取得这样的优势，你理所当然地可以利用它。双方力量的对比和差距在搏斗开始时就已暴露无遗，一切都怪命运的安排吧。如果你要一人独自对付三个人，因为你的两个朋友已经被人打死；如果你举剑朝着敌人冲过去，就象看见疯狂的敌人对待你的战友一样，人们不仅不会怪罪你，而且还会因为你占据上风而感到高兴。根据同盟的性质，哪里有群体的争斗（比如奥尔良公爵挑战英国国王，一百人对一百人；又如阿吉安人与斯巴达人的战争，三百人对三百人；还有贺拉斯家族与居伊拉斯家族的争斗，三个人对三个人），争斗的双方在整体上只被当作一个人看待。只要有朋友介入，危险性也就变得模糊，而且将由大家共同承担。

我在这么说的时候，有一个与家庭利益密切相关的考虑：我的兄弟德·玛特库隆先生应邀赴罗马为一名并无深交的贵族担任助手。这位贵族是一名民事被告，而且被另一位贵族点名要求决斗。在这场决斗中，发生了令人完全意外的事情，格斗的对方恰是非常熟悉的近邻（我希望有人为我解释一下那些格斗规格，这些规则常常与符合理性的法律相悖）。他把对方的助手打发走以后，看见两位当事人活生生地站在那里？他走过去安慰朋友，尽可能减轻他的精神负担。他还有什么别的事可做吗？难道他可以没事人似的站在那里，他为着保护朋友的生命安全来到这里，难道就这样眼睁睁地看着朋友死于非命吗？他所做的一切完全不解决问题：双方的争执依然悬而未决。当你让对手陷入非常不利和危急的境地，你可以以礼相待，然而事情涉及别人的利益，你只是一个旁观者，他们的争执与你无关，他们怎么还能对你表现出应有的礼貌和谦恭。我的兄弟答应为其中一位提供支援，他无力在其中做一个公正和谦恭的人。在我们的国王庄严和突然的敦促下，他后来被意大利的监狱释放了。

一个没有节制的国家啊！我们不仅声名在外，让世人知道我们的缺陷和疯狂，我们甚至直接地现身说法，向外国的百姓展现我们的问题。把三个法国人放在利比亚的沙漠里，不出一个月，他们就会发生内讧，互相争吵和伤害。你们一定会说，这种说法只是为了给外人，为那些幸灾乐祸和等着看我们出丑的人提供把柄，让他们耻笑我们。

我们去意大利学习剑术，在习得这种技艺之前，我们却已经付出了生命的代价。然而，按照教学的程序，应该把剑术理论放在实践之前，而我们恰恰与学习原则背道而驰：

> 年轻的勇士迈出不幸的第一步，经历未来战争的学习过程。（维吉尔）

我很清楚，学会这种技艺是非常有用的（李维说，在西班牙一对堂兄弟的决斗中，年长的以其娴熟的武艺和足智多谋，轻而易举地击败了单凭鲁莽体力而战的年幼者），因为我有过这样的亲身经验，有人会因此自我膨胀，行事超越自己的实际能力；这不是真正的勇气，因为勇敢必须依靠机智灵活，它不能以自己为基础。战斗的荣誉感在于激发勇敢的精神，而不是提高武器的性能；因为这个原因，我在军队中有一位崭露头角继而声名大噪的朋友，他在与人争执中选择了一种令自己无法施展长处，一种完全依赖机会、随意性很高的武器，以避免别人把他的胜利归结于他高明的剑术，而不是因为他的英勇。在我童年的时候，贵族们都尽可能避免精于剑术的名声，仿佛这是一种恶名，他们私下里偷偷地习剑，把它视为一种超越自然的勇敢气质的真功夫。

> 他们既不愿意学习躲闪，也不愿意学习防御和后退。他们的搏击丝毫不讲究灵巧；没有声东击西的招儿，只有直刺和斜刺；愤怒和疯狂压倒一切，毫无技艺可言。听听剑刃可怕的撞击声吧，他们寸步不让，他们站稳脚跟，不停地挥舞双臂，每一剑都直刺目标。（勒塔斯）

射击、比武、格斗，所有与战争有关的形式都是我们父辈的练习项目。另有一种练习——战争尤其令人不齿，因为它的唯一目的是置人于死地，教我们不顾法律和正义，互相残杀，造成不可弥补的生命财产的损失。为国家的强大进行军事操练，为人民大众的安全和集体的荣誉习武，而不是为了破坏国家的强大，这是我们应尽的光荣义务。

罗马执政官布勃柳斯·吕提里尤斯是教育士兵科学机动地使用武器的第一人，他把技艺和勇敢结合起来，而且不准用于私人争执，只能用于事关罗马人民切身利益的战斗之中。这是老百姓和公民的持械训练。在法尔撒勒战役中，恺撒命令手下主要打击庞培统率的敌军的面部。除了恺撒的例子之外，还有很多军事将领发明出种种新式武器，种种打击敌人和适应新情况以保护自己的新方法。但是，正如菲洛泊曼反对他擅长的格斗一样，因为练习格斗所需的准备时间与战场上战士实际可能付出的时间相差悬殊，而且我觉得人们锻炼四肢的灵活性，要求年轻人做到的躲闪动作，在事实上不仅没有用处，甚至背离实战的应用，造成适得其反的后果。所以，我们的人一般都使用一种特殊的专用武器进行操练。我看到，别人用剑或者匕首挑衅一位绅士，他却以全副作战装备出来迎战，一般都会觉得这么做不很适宜。有个事实值得考虑，在柏拉图的书里，拉凯斯谈到在某一间学校学习操纵武器，说他从未见过有人在这所学校学成毕业，也从未见过在这所学校从教的教师成为伟大的军事领袖。至于剑术高手，我们凭经验也有诸多说法。我们起码会说，这是两种互不相干的才能。在柏拉图的《共和篇》里说到儿童的教育问题，他禁止人们使用阿米科斯和埃佩约斯引入的拳击术，也禁止昂特约斯和塞尔西雍引入的格斗术，因为这些打法的目的不是为战争服务，对打仗毫无帮助。

我好像离题太远了。

东罗马的莫里斯皇帝受梦境的启示，加上当时仍默默无闻、名叫福卡斯的士兵的不祥预言，打算把福卡斯杀了。他向女婿菲里普打听这名士兵的身份、品性、生活方式和行为方面有些什么特点。由于菲里普特别提到这个人胆小怕事，皇上立即得出了结论，这是一个残忍而且具有谋杀倾向的人。是什么东西使得暴君们全都如此嗜血呢？这是因为过于担心自身的安全，怯懦的心理使他们缺乏安全感，只有彻底铲除那些可能来犯之敌，哪怕是妇孺之辈，也不能让自己遭受丝毫的损伤。

他谁都害怕，所以见人就打。（克洛迪安）

最初的残暴表现在事情本身，继而就理所当然地产生一种害怕报复的心理，于是发生一连串新的暴行，以后来的暴行掩盖前面的暴行。马其顿国王腓力，与罗马人有着纠缠不清的关系，别人根据他的命令犯下的多宗谋杀罪使他焦虑不安，面对在不同的时期经历苦难的众多家庭，他无法找到任何解脱的办法，于是打定主意残害遇难者的子女，以此来慢慢树立自己的信心。

　　不管你把好的材料放在哪里，好材料终究是好材料。我首先考虑主题的分量和用处，然后才想顺序和续篇，我不怕在这儿或那儿插入一段美丽的故事。在被腓力判刑的人中间，有一位是塞萨利亚的君主希罗迪戈斯。在他之后被处死的人是他的两位女婿，而且各自留下了一个年幼的儿子。在留在世上的两位遗孀中，德奥克珊娜迟疑不决，下不了改嫁的决心，但是追求她的人络绎不绝，踏破了她家的门槛。阿尔科则嫁给了埃诺斯城中的第一号人物珀里斯，而且给他生了很多孩子，但是她在不久以后便撒手人寰。德奥克珊娜在强烈的母爱的刺激下，也为了教育和保护几个侄儿，最终也嫁给了珀里斯，于是才有了国王颁布敕令这件事。这位勇敢的母亲向腓力的暴行及其打手们残害孩子的罪恶行径发起挑战，宣告宁可亲手杀死孩子，也不把他们交给暴君处置。她的举动令珀里斯感到震惊，他答应把孩子藏起来，并把他们送去雅典接受几个忠诚可靠的朋友的保护。他们抓住埃诺斯城中纪念厄内的机会离开住所，出发去了雅典。他们在白天出席庆典和公众餐会，晚上，则趁着夜色登上早已准备好的船只驶向大海。他们逆风而行，第二天仍能看见昨晚收锚启航的地方。结果，港口警卫队在后面紧追不舍，他们的船正要被追上的时候，珀里斯忙着为水手们加油，爱恨交加的德奥克珊娜想起了她原来的计划。她准备好武器和毒药，把它们放在孩子们的面前："别害怕，孩子们，现在，死亡成了你们进行自卫和保卫自由的唯一办法，也成了天上的诸神实行神圣司法的机会；这些脱了鞘的剑，这些杯子将为你们打开死亡的大门。大家要勇敢啊！至于你，我的儿子，你是老大，你要紧握这把利剑，你要死得勇敢无畏！"一方面有这么一位刚劲有力的指导者，另一方面是敌人的刀子已经架在脖子上，孩子们朝着离自己最近的敌人冲了过去，接着，他们在半死不活的状态中被扔进了海里。德奥克珊娜为自己的所作所为感到十分骄傲，她热烈地抱住丈夫，对他说："跟着这些孩子去吧，我的朋友，和他们同睡一块墓地吧。"他们就这样相拥着跳进了大海，最后，当他们搭载的船只回到岸边的时候，船上已空无一人。

为了让人们同时感觉到两件事情（杀人并让人感觉到他们的震怒），暴君们使出浑身解数，尽可能延长死亡的过程。他们希望对方自己离开，但是又不要离开得太快：应该让他们尽情地享受报复的乐趣。他们在这方面遇到了很大的麻烦，因为施加酷刑总是剧烈的行为，所以在时间上也总是短促的；时间一长，就达不到他们所希望达到的剧烈程度。而他们已经迫不及待，在准备行刑的工具了。我们在古代看到成千上万种刑罚，我不知道我们是不是在无意识之中保留着某些野蛮的印记。

我觉得，一切引起非正常死亡的行径，都是纯粹的暴行，我们的正义不可能希望一个人因为害怕死亡，害怕被车裂被吊死，害怕酷刑的威慑力，因为在想象中看见自己身受烙刑钳刑或车裂而放弃犯罪。我不知道在这个过程中，受刑人是否因此而陷入绝望的境地；不知道一整天等待着死亡的人是否会在精神上先已想象被车裂的情形，或者像古代的时候一样被钉上了十字架？约瑟告诉我们说，罗马人在犹太发动战争期间，他们经过在三天前把犹太人送上十字架的那个地方，他认出其中有三个自己的朋友，并且得到允许把他们救了下来。他说，其中两个人死了，另外一个后来被救活了。

值得我们信任的夏尔贡迪勒在《回忆录》中为我们留下了当时在他身边发生的事情，他说，马赫迈德二世经常使用的极刑是用大刀把犯人活生生地拦腰砍成两截；他又说，接着，人们看见活生生的两截身体在挣扎了很久以后先后死去，让旁观者觉得死的是两个人，而不是仅仅一个人。我对死者的挣扎没有什么特别的感觉。最不堪入目的酷刑不一定最难忍受。我觉得别的历史学家所叙述的对付埃皮鲁斯贵族的刑罚要残忍得多，就是极其仔细地把他们的皮肤剥下来，同时让他们在半个月的时间里继续维持生命。

还有两种残酷的方法：吕底亚国王克雷伊斯俘获了敌方的一名贵族，其兄弟潘塔雷洪的宠臣。他把俘虏带进一家制革作坊，命令部下把他当皮革一样鞣搓，用尖锐的梳子像梳理皮毛一样扎他的皮肉，一直把他折磨到死去为止。波兰的农民领袖乔治·塞歇尔罪行累累，他在一次战役中在战场上被特兰西瓦尼亚省省长打败和俘获，最后赤裸着身体被高高地挂在木架上示众，任由路人用各种方式拷打他。在此期间，别的俘虏既没有饭吃，也没有水喝。最后，趁他还活着还睁着眼睛，在他为亲爱的兄弟吕卡的安全祈祷的同时，让吕卡喝他的鲜血，把人群中对他们的倒行逆施的仇恨集中在他的身上；然后，人们又让他最喜欢的二十名军士生吞活剥他的肉体。在他断气之后，人们又把剩下的肢体和下半身放进沸水煮熟，让他手下的其他人分着吃了。

凡事皆需合时

　　有人把监察官卡东和自戕的小卡东进行比较，实际上，这是两位品质优秀，十分相似的人。前者通过战绩和公职展现了自己多方面的才华；小卡东的品德，除了刻意贬低他的批评者说他性格上不如别人坚定以外，可以说是绝无瑕疵。同样，监察官卡东竟敢攻击西庇翁——一位远比自己高尚，而且在善良和其他品德方面超过同时代任何人的罗马执政官，谁敢说他没有掺杂着嫉妒和野心的成分？人们特别提到，他在衰迈之年以极大的热情开始学习希腊文，好像是为了满足长期以来的渴望，在我看来也不是什么荣耀的事情，确切地讲，这就是我们常说的老来俏。凡事皆需合时，好事坏事都如此。诵读天主经也有不适当的时候，罗马政治家坎梯尤斯·弗拉米尼尤斯就做过这种事情，并且因此被送上了法庭：因为他当年身为军队的统帅，在战斗打响的时候却只顾着向上帝祈祷，虽然他最后打赢了这场仗。

　　即使是为善，智者也讲时节。（尤维纳利斯）

欧德莫尼达斯见到年迈的色诺克拉特急匆匆地来上他的课，大声叹息说："他现在还来读书，什么时候才能读成啊。"

有人高度赞扬托勒密一世，说他每天都操练武器强身健体，菲洛泊曼对此说过这么一句话："一个国王到了这个年纪还在操练，并不是一件值得赞扬的事情；他应该实实在在地使用这些武器才对。"

智者说，年轻人应该充足准备，老年人应该学以致用。他们觉得，我们最大的缺陷是不断地翻新自己的欲望。我们总是追求新的开始，但是，我们的热情和欲望最终都有衰老的一天。

我们的一只脚已经踏进泥土，我们的欲望和企图却仍在不断地诞生：

你在临终前还在刻凿大理石，忘了是在挖掘坟墓，以为仍在建造房屋。（贺拉斯）

我最远大的规划不超过一年，有了规划，我只想如何去完成它；我会摆脱任何新希望新意图，我向已经走过的地方做最后的告别，一天天放下自己手中的东西。

长期以来，我只是慢慢地消耗，不再获取；除了茫茫前路，我的行囊中已经空空如也。（塞内克）

我活过了，走完了命运指定给我的道路。（维吉尔）

我在晚年终于可以松一口气了，老年缓和了许多困扰我生命的欲望和烦恼：为世界的前进步伐烦恼，为财富烦恼，为地位烦恼，为知识烦恼，为健康烦恼，为我烦恼。

有人在应该学习保持缄默的时候却还在学习说话。

一个人在任何时候都可以继续学习，但是学习不等于上学，这是一个临老还在学"牛手刀口羊"这些幼儿知识的人才做的蠢事！

> 人们各有各喜欢做的事情，也各有适当的年龄去做各种不同的事情。（韦加琉斯）

如果真的必须学习，那就必须学习符合我们自身实际的东西，使我们能够像小卡东一样回答这个问题——你在日薄西山的时候还学这些东西到底有什么用处。"使自己走得更好更自在。"小卡东就是这么学习的，他在知道自己的生命已经所剩无几的时候，偶尔得到了柏拉图关于灵魂永恒的对话录。应该相信这一点，他对即将离世的事并没有做过长期的各种的准备，但是，在从容不迫、意志坚定和学识等方面，他都超过了柏拉图在书中所提出的要求，他的学问和勇气也在他的哲学观之上。他读柏拉图的书不是为了准备死亡，因为面对如此重大的决定，他没有失眠，没有做特别的选择和改变，而是继续着他人生中的日常劳作。

在大法官的位置上失利的那个夜里，他和人在玩耍；在行刑的那个夜里，他在阅读：失去生命也好，失去公职也好，他都十分坦然。

论勇气

我凭经验觉得，冲动突发的精神力量和坚定持久的处事风格是非常不同的两回事，我还清楚地知道世界上没有我们做不到的事情，我们甚至可以超过神的力量，有人是这么说的，因为以自己的努力保持沉着镇定，以神的意志和自信弥补人的弱点，这比依靠本能达到这一点更了不起。但是，这是阵发性的事情。在过往著名英雄的传记里，有时候会出现一些远远超过了自然力的奇迹，实际上也只是一些转瞬即逝的行为。很难相信这些极受推崇的处事方式可以影响和浸润我们的思想，从而成为普通和自然的习惯。我们只是一些畸形弱质的人，但是有时候在别人的言语或榜样的激发下，我们的精神会突然超越常态；不过，这只是一时的激情，它推动和鼓舞我们的精神，在某种程度上使我们超越自己，然而在这个旋风过后，我们还来不及去想，这种激情已经平息和松懈，不说完全，起码也不再是原先的样子，以至于在别的情况下，我们又会为一只迷途的小鸟或一个破碎的玻璃杯，像普通的老百姓一样激动不已。

除了秩序、稳健和坚定，对于一个没有才华和充满缺点的人来说，我认为任何事情都是可为的。

因为这个原因，智者说，为了正确地判断一个人，我们应该着重考察他平常的行为，看他日常的处事方式。

庇隆，那个创立了一门非常有趣的以无知为基础的学科的人，他像所有真正的哲学家一样，竭力使自己的生活符合自己的学说。他坚持认为，以人的判断能力之低下，根本没有资格表示态度或倾向，他愿意把自己的看法悬挂起来，任由它摇摆不停，在他的眼中任何事情都无足轻重，据说他从来都是一个姿势一副面孔：他一旦开始陈述一个问题，不讲完就不会停止，哪怕听的人走了，他也会一直讲下去；如果他在旅途中，不管遇到什么障碍，他也会沿着那条路一直走下去，全靠朋友们在悬崖上、车轮下和其他事故中救了他的命。因为，他的信念不容置喙有任何选择和确信的余地，害怕或回避都会猛烈撞击这种信念。有一次，他忍住剧痛接受开刀和烧灼手术，他的态度十分坚决，旁人看到他连眼睛都没有眨一下。让自己的心符合这些思想，不是一件容易的事，使自己的行为符合思想则更不容易。然而，这并不是不可能的。坚持不懈和始终不渝地使行动符合思想，在远离普遍习惯的事情上，确实地把它变成自己的行为方式，能够做到这一点几乎是难以想象的。所以，我们偶尔也看见庇隆在家里和妹妹激烈争吵，当人们指责他违背了凡事不在乎的原则时，他回应说："怎么！难道还要让这个小女人来见证我的原则吗？"另一次，有人看见他想避开一条狗，口中却念念有词："要想一个人完全改变习惯实在太难了，必须行动，努力克服眼前的事实，首先是行动，但是在最糟糕的情况下，也得通过理性和理由。"

大约在七八年前，离这儿十公里的地方有一个村民（他今天仍然健在），长期以来被他爱猜疑的老婆搞得焦头烂额，有一次他收工回家，她又像往常一样唠叨个没完，他一怒之下用手中拿着的镰刀，咔嚓一声割断了令老婆不满的是非根，一股脑儿朝着她扔了过去。也有人说，我们有一位多情活泼的年轻绅士，经过坚持不懈的努力，终于赢得美丽情人的芳心，但是他最终还是绝望了，因为就在他大举进攻的时候，却发现自己软而无力。

令男人蒙羞的是，他只抬起一个衰老的阳具……（蒂卜尔）

他立即知难而退，回家以后就把生殖器割掉，让这鲜血淋漓的牺牲品去抵偿冒犯对方的罪过。如果这是经过深思熟虑和出于信仰的缘故，就像西贝勒的祭司一样，我们对如此高尚的做法又怎么看呢？

几天以前，沿着多尔多涅河溯流而上，在离开我家大约二十公里的伯尔热拉克，有一个在头一天晚上遭丈夫虐待和殴打的女人，她决定寻死以离开生性抑郁、粗暴和难以相处的丈夫。第二天起床以后，她像平日一样和邻居们聊天，在言谈之中留下了如何处置财物的话；她牵着妹妹的手，把她拉到一座桥上，在和她告别以后，好像演戏一样没有表现出任何异常或激动，就从桥上跳进了河里，而且很快被河水淹没了。在这个案子里特别有一点，她的这个计划在脑海里足足酝酿了一个晚上。

印度女人的做法不同，因为按照这个国家的习俗，一个男人可以娶好几个老婆，最受宠爱的那一个将自愿为死去的丈夫陪葬，每一个妻子一生的追求，就是和其他人争夺恩宠及这个特权，她们争着为丈夫做事，唯一所求的报答是得到他的欢心，然后和他一起去死。

当火把终于被扔进木柴堆成的灵床，他的妻子们恭恭敬敬地站在那里；于是开始了决定谁活生生地跟着丈夫共赴黄泉的争斗。得不到这种恩惠是一种耻辱，而胜出的女人则扑向火焰，将火热的嘴唇紧紧地贴在丈夫脸上。（普罗佩尔斯）

有个人写道，他见过这种今天仍在东方民族里流行的习俗：不仅妻子和丈夫葬在一起，而且还有服侍他们的奴婢丫鬟。具体的做法是这样的：丈夫死了，如果未亡人愿意的话——但是很少发生这种情形，她可以要求两三个月的期限来处理遗物。那一天到了，她骑上马，打扮得像参加婚礼一样，面露喜色，用她的话来说是前去和丈夫同床共枕。她左手拿着一面镜子，另一只手拿一支箭，在亲朋好友和喜庆的人群的簇拥下，浩浩荡荡，一直往前走到举行仪式的场所。这是一个大广场，中间有一个堆满木柴的大坑，坑的旁边是一个稍稍高出五六个台阶的平台，人们把她带过来，为她送上丰盛的饭菜。然后，她开始唱歌跳舞，在她觉得合适的时候示意人们点火。接着，她挽着夫家的一位至亲的手往下走，一直走到附近的河里，女人脱下衣服，全身裸露，把身上的珠宝和衣服分送给她的朋友。然后沉入水中，犹如用河水洗刷干净身上的罪恶。她从水里出来，用一条长达二十米的黄色布单裹住身体，继续由那位亲人挽扶着走回土台上，和乡亲们说话道别，如果有孩子的话还要叮嘱一番。土坑和土堆通常用一块布相隔，不让人们看见熊熊燃烧的木柴，不过，也有人不愿意这么做，以显示她们的勇气。她说完话，一位妇女献上一满罐油，让她从头到脚涂抹全身，然后她把罐子扔进火堆，与此同时自己也纵身跳进去。这时，人们把大量的木柴推到坑里，以免她死得过于痛苦，他们的欢乐也变成了哀悼和悲伤。如果死者地位卑微，人们会把遗体送到埋葬他的地方，让他保持坐姿，他的女人跪在面前，双手紧紧地抱着他。她保持这个姿势，等着人们在四周筑起一道土墙；当土墙达到与她并肩的高度，其中一个人从她后面走过来，抱住她的头并且拧她的脖子，直至她断气为止；与此同时，土墙升高并合拢，他们就这样埋在土里了。

还是在这个国度里，裸体修行者也有类似的做法，因为这不是他人压迫的结果，不是突发的情绪冲动的结果，这种死亡的方式是根据明文规定的准则所决定的：年岁增长到一定的时候，或者感觉到疾病威胁到生命，他们会要求别人筑一个柴堆，在柴堆上放一张华丽的床，在快乐地招待亲朋好友以后，他们坚定地爬上床并点上火，我们看不出他们的手或腿脚有丝毫的颤抖。他们中间有一个人就是这么死的，而且是在亚历山大大帝的大军面前，这个人叫卡拉努斯。

在他们中间，如果一个人不是这么死的，没有用火锻炼他的灵魂，没有净化他身上所有凡人的和人间的东西，那么，一般认为这个人不是至福的人，也不是圣人。

人生进程中这种预先筹划和始终如一，是创造奇迹的原因。

在我们所有的争论中，有一个是关于命运的。为了把未发生的事情，甚至包括我们的愿望，和确定的不可避免的必然性联系在一起，人们总是依靠从前的一个论点："既然上帝认为事情应该如此发生，他毫无疑问会这么去做，因此事情将不可避免地如此发生。"对此，我们的神学大师们回答说："事情发生了，我们看到这个事实，上帝也看到这个事实（因为对他来说任何事情都发生在眼前，所以与其说预见，不如说是看到了），这个事实不等于说事情非发生不可。"其实，我们之所以看见是因为事情发生了，不是我们看见了才发生了事情。事件产生认识，而不是认识产生事件。我们看见发生的事情发生了，但是，它也可能以另一种方式发生，而上帝呢，他预知事件的发生，在他记录事件原因的本子里，同样有人们称之为意外的事件，神将意志力赋予我们的自由意志，因而其中也有取决于我们的意志力的人为原因，他知道我们会犯错误，因为我们愿意犯错误。

至于我，我看见许多人用那种宿命的必然性鼓励自己的人马，因为，如果说生死有命的话，不管是敌人的枪击还是我们胆大包天，也不管我们逃跑或者胆怯，都不能延长或缩短生命。说起来容易，但是看看有谁这么做。如果有一种强大和热烈的信仰可以带动相应的行动，可以肯定，我们现在满嘴的信义却是极其轻浮的，除非它蔑视人们的实际行动而不屑为之。

尽管如此，在这个题目方面，可信度不亚于任何人的证人德·茹安维尔先生告诉我们，和撒拉逊人混杂的一个民族贝都因人，圣路易曾在圣地和他们打过交道，他们的宗教坚信每个人的生命自古以来都是不可避免地事前决定和计算好的，因此，除了一把土耳其短刀和身上披的白布，他们赤手空拳奔赴战场。当他们发脾气的时候，嘴里总是同一句话，好像这是最恶毒的咒语："你这个该诅咒的东西，就知道怕死！"这证明他们的宗教和信仰与我们非常不同。

还有一个类似的，由两位与我们父辈同时代的宗教人士提供的证据。他们因为在某个科学观点上的分歧，双方同意在公共广场当着民众的面一起跳进火堆，由此证明各自观点的正确性。所有的准备工作都已就绪，证明工作一触即发，但是被一个意外事故中断了。

一位年轻的土耳其贵族在两军对垒中建立了显赫的战功，一方面是摩拉德的军队，另一方面是让·于尼亚德的军队。摩拉德问他，你这么年轻，又没有经验（这是他第一次亲历战争），是谁使你如此高尚，如此有魄力，如此勇敢无畏？他回答说教他勇往直前的老师是一只野兔："有一天，我在野外打猎，发现一只躲在洞里的野兔，虽然我身边有两条优良的猎兔狗，我还是觉得逮住它的最好办法是使用弓箭，因为我所处的位置十分有利。我开始放箭，把箭袋里的几十支箭都用光了，结果非但没有射中，反而把它惊醒了。我不得不放出猎兔狗，还是一无所获。我由此知道命运在保护它，我们的刀剑和箭镞只有顺应天数才能击中目标，我们无权决定后退和前进。"我们顺带着从这个故事里看到，各种各样的现象可以影响我们的理智。

有一位大人物，无论从年岁、荣誉、地位和学问上说都是一位大人物，他对我夸口说，外部的激励使他的信仰发生了重大的改变，但是，他所说的事情相当奇怪，而且缺乏说服力，恰恰证明了一个相反的事实：他称之为奇迹，我也这么认为，只是意思很不相同罢了。

土耳其人的历史学家们说，他们那里普遍传播的信仰认为生命的长短是注定的、不可改变的，这种信仰很明显地使他们能够临危不惧。我呢，我认识一位国王，如果命运继续助他一臂之力，他将堂堂正正地从中得益。

在我们这个时代，最令人钦佩的坚决行动莫过于奥兰治亲王谋刺案了。简直不可思议，一个人鼓励另一个人去执行任务，前者虽然尽了一切努力，但是对他来说十分不幸。我们看见后者沿着前者的足迹，使用同样的武器，前往攻击一个吸取了最近的教训而十分提防的亲王，大厅里聚集着很多朋友，亲王本人身强力壮，侍卫人员密布四周，加上这是一座所有的人都效忠于他的城市，使他变得尤其强大。可以肯定，行刺者使用了坚定不移的手段，投入了强劲的热情激发出来的勇气。用匕首行刺更有把握，但是它比使用手枪需要做出更多的动作和更强的臂力，因此也更容易出错或受阻。怎么做都不免一死，我对此深信不疑，人们可以认为他大有希望，但是，在一个镇静的聪明人的头脑里根本找不到任何希望的位置，他的行动显示他不乏希望，正如他不乏勇气一样。如此强有力的信念，它的动力可以是多种多样的，因为我们的想象力可以随心所欲地解释它和我们自己。在奥尔良附近发生的谋杀事件是前所未有的，其中有魄力的因素，更有偶然性的因素；命运之神没有插手其中，结果没有造成致命的伤害；从远处骑马射击另一个骑马的人，这种行动是一个宁可事败也不逃跑的人的所为。随后发生的事情证实了这一点：确实，刺客十分慌乱，想到这是一次极其重大的行动，以至于在逃跑和回答盘问时完全失去了理智。除了渡河撤回朋友家里，他还能做些什么呢？我一有危险就会采取这个办法，不管道路多宽多窄，我都觉得是最安全的，只要马匹能够容易地通过，根据河水可以知道容易上岸就行。那个人，当人们向他宣读无情的判决书的时候，他说："我早已准备好了，我的坚毅不屈的精神将让你们吃惊。"

阿撒森为腓尼基的一个独立的教派。伊斯兰教徒们认为，他们有虔诚的宗教信仰和一尘不染的习俗。他们相信进入天堂最可靠的办法是杀掉敌对教派的人。因此，他们藐视个人的安危，努力完成这件大有裨益的事情，常常有一两个人以必死的代价在万人丛中直取敌人的首级。那位雷蒙·德·的里波利伯爵就是这样在他居住的城市里被杀的。

论转移注意力

我曾经受人之托去安慰一位着实悲伤之极的夫人。我之所以说"着实",是因为绝大部分妇人的伤感都是照传统习俗佯装出来的。

> 女人储备了大量泪水,
> 随时等待主人下令;
> 只要命令下达,顷刻滚滚涌出。(尤维纳利斯)

用安慰的办法来劝阻她们的悲伤并不妥当,因为劝阻的结果只能更刺激她们,让她们哭得更加来劲。同样,激烈的争论会把事情搞糟。我发觉在平时说话的时候,可能只是漫不经心脱口而出的一句话,如果遭人反对,我们反而会激动地加以坚持,甚至死死咬住不放。如果与我们的利益紧密相关,我们还会步步紧逼。医生在初次接待患者时必须表现得和蔼可亲、轻松愉快、善于接近,表情难看、满面愁容的医生绝不会马到成功。所以一开始接触患者就应该支持并有利于患者表述痛苦,并表示赞同和理解。同样，以这种方式同情女人，你可以赢得她们的信任进一步靠近她们，然后轻松地、不知不觉地转移话题，进入与治疗相关的深沉思考。

我只是希望面对那位夫人能转移她的思绪，抚平一下她的伤口。还有一种情况，就是因我的经验不足，无法说服她。或者我提出的理由过分尖刻，过分艰涩，过分生硬，过分软弱无力。花了一会儿工夫和她谈论这些痛苦后，我并没有尝试用慷慨激昂的大道理去治疗她，因为我缺乏这些道理，或者因为我更想换一种方式说服她。我也没有选择哲学要求实施的各种慰藉方式，诸如克雷昂特所说"为之哀叹的事并不是坏事"，亚里士多德学派说的"这只是小事一桩"，克里奇普所认为的"怨天尤人的行为既不公正也不值得称赞"；我也没有选择伊壁鸠鲁的做法，尽管他的风格与我很接近，那就是把对不快之事的思绪转移到愉快的事情上去；也没有向西塞罗所说的，把上述克服哀怨的一大堆做法见机行事派上用场。我平静自然地把我们的话锋转移到相近的话题上，再根据她被我感化的程度扯得更远一些，让她在不知不觉中脱离了悲伤，让她的情绪完全平静到和我一样的状态。我使用的这个方法称作转移注意力。在我之后有人继续采用我的方法，却没有使她的状况得到丝毫改善，因为我并没有连根铲除她的忧伤。

我也许在其他地方略微提到过一些公开转移注意力的方法。例如佩里克莱斯在伯罗奔尼撒战役中使用军事上的转移注意力的方法，史书上记载了成百上千个运用此法将敌军驱逐出境的例子，也是屡见不鲜。

这是一种巧妙的拖延手段，安贝尔库领主用此法获救还挽救了众人的性命。当时勃艮第公爵包围了列日城，迫使安贝尔库就范并履行他答应他们的妥协协议。当夜集合起来接受协议的勃艮第人突然反目，拒绝履行协议，很多人决定攻击掌握在他们手中的谈判对手。安贝尔库意识到第一批人会蜂拥而至冲进他的领地，立即派列日城的两位居民（因为当时有些居民是和他们在一起坚守的）来到他们跟前，向集合的人群提出了一些新的较为优厚的条件，这些建议完全是根据形势需要临时编造出来的。这两个人把愤怒的人群带进城堡，听听他们的建议，以便进行磋商，这样制止了第一场风暴。协商没多久，新一轮风暴降临，气势不亚于第一次。安贝尔库又派出四个列日人佯装说情，声言这次会向他们提出更加优厚的条件，定能让他们心满意足，这样众人再次退到议事厅。他们就这样设下骗局，将对方的怒火转移到了毫无意义的磋商之中，最终麻痹了敌人，赢得了时间，保证了全局。

还有一个故事说的也是如何转移注意力。阿塔朗特是位聪明过人、美貌非凡的绝代佳人，为了摆脱成百上千向她求婚的男子，她宣布了一个条件：在赛跑当中能够与她并驾齐驱的人将成为她的丈夫，而其他失败者都将命丧黄泉。不少追求者都认为值得去冒险，宁愿在这场残酷的交易中付出生命。伊博梅纳想最后一个参赛，他向爱情女神求救，爱神满足了他的祈祷，赐他三个金苹果并教他怎样使用。比赛开始了，伊博梅纳感到他倾心追求的姑娘逼近他时，便假装不小心丢下了第一个金苹果。这个美丽的苹果吸引了姑娘的注意力，她毫不迟疑地回身去捡：

　　　　姑娘惊叹不已，向往得到这金灿灿的苹果，她回转身去，捡起滚到脚边的金子。（奥维德）

就这样，伊博梅纳瞅准时机，扔下了第二个、第三个苹果，误导姑娘分心，使自己获得了优胜者的地位。

医生在无法治愈重伤风时，就把它引开，或者转移到身体另外不大致命的部位。我发觉这也是医生治疗心理疾病最常见的药方。"有时甚至应该把思想引向其他思维方式，其他该关注的事、该留意的事、该做的事，犹如久治不愈的患者，往往该在病痛的注意力被转移后才开始治疗。"（西塞罗）绝不该直接向心理病痛进攻，也不要纵容或者回避它的打击，而是将它转移以加以避免。

还有一种训导十分高深，它适用于那些优秀人物，要求他们直面事物，加以思索，作出判断。它只属于诸如苏格拉底式的哲人：面对死亡面不改色，顺其自然，加以蔑视，不寻求于事无补的安慰，视死如归；正视死亡来临，坚定不移，目不旁视。埃热齐阿斯的弟子们却在老师精彩训诫的煽动下绝食死亡（人数如此之多，以至于托勒密国王发出禁令不准他在自己的学派中传授这些置人死地的信条）。他们没有正视死亡本身，没有对死亡作出判断。他们的思想不在这里，他们匆匆前去寻求新的生活，以此作为他们关注的目标。我们看到那些被送上断头台的可怜人，仍旧虔诚之至，竭力调动自己的五官功能：耳朵倾听牧师的训诫，眼睛和双手面对苍天，情绪激动念念有词背诵经文。他们的做法值得赞许，然而也符合一种应予以批评的形式。我们赞许他们的宗教精神，但是论勇气，却不足以称道。他们逃避斗争，不敢正视死亡，这种方式犹如给孩子动手术前，要转移他们的注意力一样。我见到一些人偶然低头看见他们周围令人不寒而栗的刑具时，吓得身体僵硬，会迅速把目光移开；对那些要跨过骇人深渊的人，人们会让他们双目紧闭，或把目光转向别处。

絮布里尤斯·弗拉维尤斯①被内隆将军判处死刑，由尼热将军执行。他被带上刑场时，看到尼热命人为他挖好的土坑零乱不整，就把头转向在场的士兵说："连土坑都挖得不合军规。"又对让他把头摆正的尼热说："但愿你能一刀砍准！"果然不出所料，尼热手臂颤抖，几刀下去才把头砍下来。看来这位絮布里尤斯真正做到了面对死亡勇往直前，无所畏惧。

武器在握却在混战中丧命的人，注意力根本不在死上，他对死既无感觉也无所顾忌，因为战斗激情完全压倒了一切。我认识的一个体面人物在格斗时跌倒，感觉被对手揍了九到十拳，观者喊声阵阵，让他注意凭良心对付敌手，但是他说，尽管他完全听到了他们的话，却丝毫无动于衷，他一心想的就是如何打倒对方报仇。在这场格斗中，他杀死了对手。

有人通知希拉努斯将用极刑处置他②，那人听到希拉努斯的回答是早对死有所准备，但是不能死在罪恶之人手中，便与手下士兵一起冲上去以暴力相加。希拉努斯赤手空拳奋力自卫，在争斗中将施刑者打死，一股旋风般愤怒的情绪驱散了他埋藏已久注定死亡的悲哀。

死亡来临之际我们想到的总是与之不相干的事，对美好生活的向往抓住我们的心，坚定了我们的信念；或者期望我们的子女活得更有价值；或者希望名垂千古；或者希望逃避人世的苦难；或者希望向置我们于死地的人复仇。

---

① 弗拉维尤斯被误解蓄意参与反对内隆将军的阴谋而被判死刑。
② 希拉努斯出身高贵，被推举为反叛内隆将军的首领。

　　我希望，倘若公正的神明能做主，你要不断念诵狄多[①]的名字，忍受世间不尽的煎熬，即便我在地狱深处也会有消息传来，让我尽知人间的一切。[②]（维吉尔）

　　色诺芬头戴花冠正在进行祭奠时，有人来向他宣布了儿子格里吕斯在芒蒂内战役中死亡的消息。听到这里，他摘下花冠扔到地上，但是随后听说儿子英勇战死，他捡起花冠重新戴在头上。

　　伊壁鸠鲁临终之际，想到自己的著述会留传百世，有益于人类，感到欣慰。"伴随着荣耀和名望的一切艰辛都变得可以忍受。"（西塞罗）色诺芬说，同样的伤痛，同样的疲劳，一位将军和一名士兵不会有同样的忍受度。埃帕米农达斯得知胜券在握，更为轻松地接受了死亡的事实。"这是对巨大痛苦最大的宽慰和平息。"（西塞罗）还有类似许多其他的情况都可以分散我们的注意力，让我们把集中于这个死亡话题的思考转移开、回避掉。

　　即便是哲学观点也避免直接涉及话题，只是轻描淡写地触动表面。统领其他学派的首个哲学流派创始人——伟大的芝诺曾这样赞赏死亡："任何痛苦都不体面，死亡却很荣耀，因此死亡并不痛苦。"他批驳醉酒说："谁都不会把自己的秘密告诉醉鬼，而是告知智者，因此智者不会成为醉鬼。"这话应该一语道破天机吧？我不愿意看到这些伟大的思想家脱离我们共同的主题，不管他们多么完美，也要扎扎实实做普通百姓。

　　复仇是一种痛快的激情，会在我们身上产生深刻而本能的印象。我很清楚这一点，尽管我对此毫无经验。不久前为打消一位

---

　　① 狄多为希腊传说中迦太基的建国者，因抗婚当众用匕首自尽。死后被迦太基人尊为保护女神。
　　② 摘自维吉尔的诗。

亲王的复仇念头，我并没有去告诉他，有人打了你的左颊，你该以慈悲为怀，送上你的右颊；我也没有向他列举史诗中描述的因为复仇造成的悲剧。我避开了复仇的话题，让他去体味另外一种截然相反的美好景象：人们的真诚、宽厚能为他赢得宽宏大量和与人为善的品德。我把他复仇的欲念引向远大的志向。这就是我的做法。

哲人们都这么说，如果你的情欲太强烈，请把它分散到别处去。他们讲得很对，我尝试有效。你可以照你的意愿，把它分解成各种欲念，其中总有一个起主导作用的，但是为了不让它残酷地虐待并掌控你，还是要用转移的办法克制它，削弱它。

> **当你被强烈的欲望所困扰……（皮尔斯）**
> **请把你拥有的琼浆玉液抛向第一个靠近你的身体。（卢克莱修）**

请你及早动手，免得一旦被欲望控制备受煎熬。

> **假如你没有新伤口来替代老伤口，假如你没有把新伤口交给一位路经的美人来调理。（卢克莱修）**

我曾经有过一次沉重的不幸，它给了我很大的打击，就我的性格而言，说沉重还远远不够准确。如果我只依靠自己的力量，很可能会在这次不幸中消沉。当时我很需要另外做一件激动人心的事让我脱离困境。于是我施计假装陷入情网，当然我当时的年龄也帮了我大忙①。爱情减缓了我的痛苦，爱情把我从失去友谊的痛苦中解救了出来。其他方面也一样，当我被一个不快的念头所纠缠，我觉得去改变它比驾驭它的效果更好。如果找不到一个与之不同的想法，至少可以用一个与之不同的思想代替它。方式变换可以减缓、化解病痛，驱散烦闷。即便不能战胜它，我也可以躲避它。为躲避它，我使用技巧，改弦易辙：我变换地方，变换手头的事情，变换同伴，在不同的活动和思想之中寻求自慰，以便抹去忧伤的踪迹，让它将我彻底抛弃。

大自然在变化无常的恩赐下造福人类，还给我们送来时间这位神奇的、最终能治愈我们伤痛的医生，因为它不断给我们的思想提供种种其他事情，使我们解脱并中止了先前强烈的痛苦。一位哲人在二十五年以后，对朋友当年去世时的情景仍旧历历在目，照伊壁鸠鲁的说法，甚至是清晰可见，因为这位哲人认为，无论对痛苦的事有所预见还是年代久远，都不会缓解痛苦的力度。然而，当众多的纷扰杂事穿过先前的痛苦思绪后，痛苦会变得疲惫而最终消解。

亚西比德为了转移有关他的流言蜚语，把他可人的小狗的耳朵和尾巴割掉，赶到大马路上，让它成为众人闲扯的对象，人们对他的其他非议因此悄无声息。我也见到一些妇人为了转移人家的闲话和猜测，把谣言者引入歧途，佯装移情别恋，掩盖她们的真实恋情。但是我也见到她们当中的一些人，这样弄假成真，抛弃了先前的恋人，对假情人动了真情。我后来从她们的口中得知：那些自认为爱情坚不可摧、竟然同意这种骗人勾当的人，真称得上是傻瓜。既然伸出双臂畅怀迎接、公开谈情说爱是这些冒

---

① 1563 年的蒙田只有三十岁。

牌求爱者的专长，如果他最终没有将你取而代之，他就谈不上是个高手。这种做法真可谓"为他人做嫁衣裳"。

区区小事足以转移我们的视线，抓住我们的心。我们不大会整体地和孤立地观察事物，吸引我们注意力的往往是琐碎而表面的奇特事物或景象，以及显示事物千姿百态的外包装。

犹如夏季蝉儿蜕下的薄薄外壳。（卢克莱修）

普鲁塔克对女儿的怀念是从她儿时耍的小聪明引起的。记忆中的一件礼物，一个动作，一个特别的恩惠，一句最后的叮嘱都会感动我们。恺撒大帝的长袍震撼整个罗马的情景在他辞世时都未曾出现。我们耳边常常回响着对一些名称的呼唤："我可怜的主人！""我伟大的朋友！啊，我亲爱的父亲！"还有什么"我的好女儿！"这些令人伤感的重弹老调一经推敲便可发现，这纯粹是口头呻吟。正如布道者的声音常常会使聆听者群情激昂，却无道理可言；被我们宰杀供食用的牲口发出可怜的哀鸣令我们心悸，词汇和语调渗透我们的心灵，我们却没有掂量出或者说完全捉摸透这些词语的真谛和实质。

受到这些声音的刺激，悲痛便会油然而生。（卢甘）

这就是我们悲伤的根本原因。

我顽固的胆结石症，尤其是在膀胱部位的病痛使我三四天无法排尿，将我推向死亡的边缘，我极想以死了之，至少是在期盼死神降临以逃避痛苦，因为残酷的病痛太折磨人了。那位把膀胱和病痛联系起来，阻止你无法小便，将你逼近绝境的仁慈君主真是一位精通杀人绝技的大师！由此我想到，我是通过多么轻率的理由、多么无聊的东西维系自己去哀叹生命的啊！离开人世这一庄重而艰难的时刻在我的头脑中又是由多么微不足道的因素构成的啊！在生死攸关的重大抉择上，我们是多么轻而易举就赋予了死亡一席之地啊！一条狗，一匹马，一本书，一个杯子我都想到了，它们的消逝也是很重大的事情哦！对于别人来说，他们看中的是远大理想、财产、学问，对我来说这都是区区小事。当我把死亡从总体上看作生命的终结时，我的态度是无所谓。我从大体上接受它，从细节上它又令我烦恼。仆人的眼泪，分发我留下的衣物，一只熟悉的手的触摸，一番常见的安慰话，想到这里我就心潮难平。

同样，在神话传说中也有很多叹息死亡的故事感人肺腑。维吉尔所写的狄多，卡图卢斯描述的亚利安，他们临死前奏响的死亡哀歌令不相信神话故事的人也为之动容。这里有一个心肠冷漠、毫不动容的典型故事。传说波雷蒙①的大腿被疯狗咬去一块肉以后，脸色都没有变白。没有任何智慧可以深邃到只凭判断，不让眼睛和耳朵这些凭区区细节感觉事物的器官参与，不需通过真实情景的帮助就可以理解形成如此动情悲哀的原因。

艺术利用我们生来的软弱和愚蠢从中获利是否合乎情理？辩术认为，演说家在辩护这个戏剧舞台上会被自己的声调、语词、佯装激动的动作所触动，以致陷入自己假意表现出来的激情。他们通过街头艺人的表演使自己从精神上进入真实而现实的悲伤，又把这种情感传达给那些还没有被感动的审判官。那些在葬礼上被花钱雇来做配角、论斤称两地出卖自己的眼泪和悲伤的人，尽

---

① 公元 3 世纪希腊哲人第欧根尼·拉尔修著作中的故事。

管他们的眼泪和悲伤开始只是表面做出来的，但是在习惯和调整好面部的悲伤表情之后，这种情绪便会完全占上风，从内心深处感受到真切的伤感。我曾和德·格拉蒙先生的生前好友从被围的拉菲尔城，护送他在那里战死的遗体到苏瓦松。凡我们路经之地，都碰到哭天抢地的人群，只是因为他们看到了我们灵柩护送队的盛大场面，因为在我们经过的地方，并没有人知道死者是什么人。

昆体良曾经说起他看到过一些演员，如此投入他们所扮演的悲剧角色，以至于回到家里还在伤心不已。至于他自己，有时为了激发别人的这种感情，也会不由自主陷入悲哀，不仅泪流满面，脸色苍白，而且从行为举止上都像是被悲痛真正压垮的样子。

在我们的山区一带，女人们充当了问答兼顾的神甫马丹的角色。在她们回顾亡夫的种种好处而悲痛不已的同时，还会顺势当众数落他们的种种不是，仿佛为了取得心理平衡，以谴责他们来转移自己的怜悯之心。她们要比我们的做法高明自然多了，我们一旦获悉熟人中有某人过世，便会迫不及待赋予他新的但是虚假的颂扬，夸奖再也见不到的故人会和我们往常所熟悉的那个人判若两人。仿佛哀婉之情具备教育作用，眼泪冲昏了我们的理智，却使故人熠熠生辉。所以从现在起我就谢绝那些仅仅为我之死，而不是因为我值得拥有所准备的溢美之辞。

如果有人向一位攻城者提出问题："你难道想从攻战城池中得到什么好处吗？"他会回答说："我只是想做出表率，服从君王。我个人并不想得到什么好处，荣耀对我这么一个普通人来说无关紧要，我既无激情也无争执。"可是第二天你看到他的时候全变了，在战斗的队伍里，他热血沸腾、面红耳赤，因为刀光剑影、炮火轰鸣、战鼓累累的气氛已经在他的血管里注入了未曾有过的严酷和仇恨。你们会对我说："这只是个微不足道的理由!"要我们心灵激荡难道需要理由吗?一个空洞无物的胡思乱想足以控制和扰乱我们的思想。如果想要建造空中楼阁,那么我的想象力必须在这里创造出种种魅力和乐趣,让我真正在这里享受心旷神怡的意境。多少次,我们让那些虚无缥缈的东西气昏了头脑,心烦意乱,致使我们陷入了无中生有的、有害我们身体和精神的悲哀;我们的脸上浮现出的是怎样魂不守舍、夹杂着恐惧或者欢乐的复杂表情哦;我们的肢体和嗓音充满了怎样的动作和热情哦。如果一个人性情孤僻,会不会是因为与他打交道的人对他有了错觉,或者因为他心中有鬼在庸人自扰呢?你是否扪心自问过这些变化的原因:在大千世界里,除了我们人类之外,靠虚无支撑、被它所支配的还能有什么东西吗?

冈比西斯因为梦见他的兄弟将成为波斯国王而将他处死,这可是他一直喜爱而且信任的兄弟啊!麦西尼亚之王阿里斯托德谬斯不知听到他的狗发出了怎样的哀号,自认为是不祥之兆,因此自杀。米达斯王也是,因为做了一个不愉快的梦心烦意乱而自杀。因为一场梦而抛弃自己生命的人没有看到自己生命的真正价值。

然而也要知道,我们的心灵会战胜肉体的痛苦和软弱,因为它要面对一切病痛和折磨;它完全有资格来谈论这些。

啊,不幸的泥身,普罗米修斯先塑了你!

上帝没有在创作中开动脑筋,他只顾捏揉身体没有顾及塑造灵魂。

他本该先塑造灵魂才会使人类尽善尽美。(普罗佩尔斯)

论交谈（和争论）艺术

我们的一条司法惯例是杀一儆百。

人一犯错就给定罪，正如柏拉图所言，是愚蠢举动。因为已经做过的事不能改正，而惩罚只是为了不再犯同样的错误，或者说不再重蹈覆辙。

不能纠正已经被绞死的人，却可以通过已经绞死的人纠正别人。我的情况类同。我的错误几乎是天生的，难以纠正；然而诚实的人公开这样做的有益之处是让人效仿，我公开这样做的益处则是避免自己重犯。

> 你未曾见到阿尔比尤斯之子的生活多么潦倒，
>
> 巴吕斯有多么惨淡，这些典范告诫我们不要丢掉祖产。
>
> （贺拉斯）

我若公开并责难自己的不足之处，有人便会学着惧怕缺点。我做人最为重视的特点是以责难自己而不是以炫耀自己为荣。这就是为什么我常会去分析错误，而不大会去褒扬自己。总而言之，人们一味谈论自己必然招致损失，在自我谴责不断增加的同时，褒扬自己必然减弱。

可能有些人和我的天性一致，我向来从对立中比从效仿中收益要多，从回避中比从盲从中收益更多。这种教育方式是大卡东注意到的，他曾经说过，圣贤从愚人处受益远比愚人从圣贤处受益要多。珀萨尼亚斯提到过一位古希腊的竖琴演奏者有个习惯，就是强迫他的弟子们去听住在他对面的一个蹩脚乐师的演奏，让他们学会憎恶那些不准确和不合节奏的音调。厌恶残忍反而把我完全推向了仁慈，而这里的任何神圣慈善家都不可能吸引我。让优秀骑手纠正我骑马姿势的效果不如看骑在马上的检查官和威尼斯人的效果好；用错误的语言方式比用正确的语言方式纠正我的说话效果要好。别人的愚蠢举止每天都在提醒我。刺耳不中听的话比甜言蜜语更能打动人、警示人。时间只有向后倒退，更多地通过不协调而不是协调的方式，通过差异而不是相似的方式，才能改善我们自己。范例教给我的东西不多，对比坏典型倒往往让我获得教益。我曾经努力让讨厌我的人看到我的善解人意，从软弱的人那里看到我的坚强，从粗暴的人那里看到我的温和。但是我为自己设定的这个美好前景确实难以达到。

依我看，训练思维的最有效最符合情理的办法是与人交谈。交谈是比生活中任何其他活动都更愉快的习惯，因此如果我在此刻被迫作出选择，我相信我宁可同意失去视力，也不同意失去听力和言语能力。雅典人还有罗马人在他们的学院里就以保留这样的练习为巨大荣耀。现在意大利人还保留了这方面的某些迹象，用他们的智力和我们的智力相比，可以看出这样的做法对他们十分有利。研习书本是一项有气无力、无法令人振奋的活动，交谈却能一下子学到东西并得到锻炼。我若是和一个思想深刻、言辞犀利的辩论者交谈，他会旁敲侧击，他的思维会刺激我的想法。争先恐后、争强好胜和相互争辩会激励我超越我自己，而在谈话中意见一致绝对令人生厌。

与精力充沛、思维规律的人交谈可以振奋我们的精神，反之，和思维平庸、病态的人持续不断地交往，真不知会如何降低思维能力，并使其衰退到何种程度。任何传染病都不会像这种情况蔓延得那么广。我凭经验了解到这多么有害。我喜欢争论，喜欢辩解，但是只限于和少数人，而且只是为了自己才这么做。因为面对贵人作秀，竭力卖弄自己的才智和口才，对于一个体面的人来讲是不大适宜的做法。

说蠢话是生活当中的一件蠢事，但是无法忍受说蠢话，听到蠢话就生气、觉得受折磨，则是另一种毛病，它在令人厌恶方面不亚于说蠢话本身，因此我现在就愿意责难自己。

在与人交谈和争论方面，我很容易自由自在地进入状态，因为任何意见都无法在我身上找到一块适合的土壤深入进去，并且深深扎根发芽。任何意见都不会让我吃惊，让我心烦意乱，别人的信仰与我的信仰无论有多么对立，都不会伤害到我。无论多么无聊荒谬的思想，在我看来，都是与人类思想的产生相符合的。我们这些人不能去否定人家表达信仰和意见的权利，我们应冷静面对别人的不同见解，从容地去听取这些意见。如果天平的两个秤盘中有一个空空如也，我就像那些老妇人的做法那样，任另一个秤盘在想象的负荷下摇晃；如果说我更喜欢星期四而不是星期五，在饭桌上我宁愿坐第十二或者第十四个座位而不是第十三个位置；如果在我旅行的时候更喜欢一只野兔从我身旁窜过，而不是横穿马路；如果我穿鞋子时更喜欢先穿左脚再穿右脚：我感觉这一切都可以得到原谅。在我们周围所有这些有益的遐想至少都值得我们倾听。我认为这些遐想虽只是比头脑空空稍有分量，但却可以给天平增加倾斜度。民众的缺乏深度的言论，就其分量而言，完全不是一无是处，因为它们客观存在。不去倾听这些意见的人，无迷信可言，却可能跌入了顽固坚持某一种舆论的误区。

因此反对的意见既没有触动我也没有伤害我，它们只是启发我并使我有所行动。我们不喜欢人家来纠正我们的言论，但是我们应该主动迎上前去倾听这些言论，尤其是这些纠正的言论以交谈的形式而不是在教师的课堂上出现的时候。每当有不同意见出现，我们往往不看这个意见是否正确，只是想到如何摆脱它；我们不伸出双臂欢迎它，而是张牙舞爪对付它。我将承受朋友们对我的冲撞："你是个笨蛋，你在那里胡说八道。"我喜欢处在文雅人群中，人们能推心置腹表达思想，但必须加强我们的听力并加以磨炼，以抵御过分纵容套话俗语的表达。我喜欢人与人之间的亲密交往牢固而有气魄，喜欢友情在尖锐、严酷的交往中找到乐趣，犹如爱情也会咬伤和抓伤到流血。

谈话如无争执，只是彬彬有礼，只是商商量量、害怕顶撞，只是缩手缩脚，那么这样的谈话就不够强劲，不够庄重。

没有一个争论是不存在激烈冲突的。（西塞罗）

有人与我唱反调时，会引起我的注意，而不会令我发怒：谁与我对立，谁教育我，我就朝他走过去。探索真理应该是双方共同的目的。他能做出怎样的回答呢？愤怒的情绪已经打击了他的判断力，混沌在理性以前已经抓住了他。在讨论的结局上建立赌注，从双方丢失的物质标志上解决矛盾，使我的仆人能对我说："去年，您因为无知和固执，已经有二十次让您损失一百埃居了。"诸如以上的办法对讨论都是有益的。

只要发现是真理，我就会加以庆贺，举起双手表示亲近，投身于真理；当它远远向我靠近时，我会向它缴械投降。只要不是用教师过分盛气凌人的嘴脸指责我的作品，我会欣然接受；我甚至经常会由于客气而不是因为改进而修正我的作品，因为我喜欢用轻易让步的方式奖励并鼓励那些无拘无束的人对我的批评，哪怕这是一种有损于我的方式。然而吸引我的同代人注意这样做又确实很艰难：他们没有勇气批评别人，因为他们没有勇气承受别人对自己的批评，而且他们在有人在场时说话总是闪烁其词。我非常愿意被人批评和了解，因此不管别人用的是批判还是理解的方式对待我，我都无所谓。我自己经常反对自己的思想，做自我谴责，所以让别人这么做对我来说是一回事，主要原因只是把我愿意交付的权利交给了他的批评。我与那种高高在上的人水火不容，比如我认识一个人，如果他的意见没有人相信或者被采纳，他会感到非常气恼；如果人家讨厌随声附和，他就会甩出辱骂之词。苏格拉底总是笑脸相迎地采纳别人对他的理论提出的不同意见，可以说，促使他这样做的原因源自他的力量，既然优势肯定倒向他一边，他便欣然接受这些不同意见并以此作为他获得新荣耀的根基。反之，我们看到，没有什么能使我们如此敏感于从我们的对手那里表现出来的充满优越感和轻蔑感的对立意见，照此推理，心甘情愿接受批评意见的人多是弱者，只有他们从这些意见中得到纠正和改善。事实上我希望经常来探访我的是来责难我的，而不是惧怕我的人。和欣赏我们、给我们让座位的人打交道，必定十分无趣而有害。安蒂斯坦纳命令他的孩子们不要只偏爱并感谢那些夸奖他们的人。在论战到激烈程度时，我让自己屈服于对方论辩的威力，为这样取得的胜利而感自豪，而决不会因为看到对方的弱点并击败他而感到自豪。

总之，我接受并认同各种迎面而来的打击，无论它们多么软弱无力，但是我却难以接受那些看来不符合讨论规则的意见。我并不大看重意见的内容，所有的意见在我看来都是一样的，讨论中某个观点的胜利对我几乎没什么关系。如果辩论程序井然有序，我会整整一天都平静地参与讨论。我所要求的并不是像讲话有序一样的力量和敏锐，我们每天都可以在牧童和小店伙计之间的交流中看到这种秩序，而在我们之间却根本看不到。如果他们的争论出格了，属于粗野，那么我们还算做得不错。然而他们的吵闹和急躁并没有离开他们的主题：他们的话题始终如此。如果他们抢先说话，不等对方把话说完，他们至少相互理解了对方。如果答案对题，我认为那就是最好的答案。但是如果讨论杂乱而无序，我便会离开争论的主题，气恼而盲目地去纠缠形式，一头陷进顽固、狡诈而蛮横的争论形式，事后又为此感到脸红。

与蠢人是不可能推心置腹讨论问题的。在一位无论多么专横跋扈的君主引领下，不仅我的判断力不会变质，我的良心也一样不会变坏。

我们的口头争论恐怕应该像其他口头罪行一样被禁止、被惩罚。争论只是靠愤怒来维持和主宰，会引出并积累起多少弊病啊！我们一旦进入敌对状态，首先受到攻击的是理性，然后才是人。我们学习争论只是为了反驳别人，而且每个反驳别人的人也遭到对方的反驳，争论的结果就只能是毁灭真理。因此柏拉图在他的著作《共和国》里提出，禁止无能和缺乏才智的人参与争论的活动。

为什么你会和一个既不能与你同步又不能与你节奏一致的人走在探讨真理的路途上呢？人们探讨解决主题的办法时会离开主

题，但是却不会伤害主题。我不是说学术上的人为的办法，我说的是一种天然生成的办法，一种属于健全敏捷才智的办法。那究竟是怎么样的呢？一个人往东，另一个人往西，他们便丢掉了本质问题，把它摆在一大堆次要的没完没了的问题之外，经历一个小时的激烈争辩以后，自己也不知道在找什么；一个降低了语调，一个还在大嗓门叫，另一个已经脱离了主题。一个为一个词、一个比喻纠缠不休；另一个只顾着争吵，再也听不进人家反对他的论点是什么，心思只在怎么照自己的想法争下去，而不在你身上；还有一个人腰杆挺不起来，惧怕一切，拒绝所有的事情，一进入讨论的主题便搅浑水，或者见大家争论激烈，自知辩词苍白无力便转为恼怒——因为自己无知而气恼，装出高高在上、不屑一顾的模样，或者愚蠢地作出虔诚谦虚的姿态而逃避争斗。这一位只要出击，如何面对争论对手施展防范似乎对他并不重要；而那一位在陈述理由时逐字逐句都会加以斟酌掂量。这一位在争论中只会运用他的大嗓门和肺活量占据优势，另一位竟然在结论中反对自己的观点，还有一位用他的前言和离题万里的废话震聋了你的耳朵。另外有人干脆用辱骂为武器，用一种德国人的争吵方式（无理取闹的拌嘴）以摆脱与那位令他难堪的机智善辩的人的社交和交谈。最后还有这样的人：完全听不懂对方的意见，却把你围困在论句的形式和（教师）巧妙的套话俗语中。

现在来谈谈知识问题，谁不是从怀疑这些知识开始的？谁不是在考虑运用那些"于事无补的蹩脚文字"（塞内克），疑惑是否能从知识当中汲取坚实有益的东西以应付生活的需要的？谁在逻辑学的实践中获得了聪明才智？逻辑学的漂亮许诺又表现在哪里？既无助于提高生活质量，也无益于有力的推理。（西塞罗）

我们难道能够在长舌妇滔滔不绝的话语中发现比那些专职辩

论家们当众发言时更多模糊不清的内容吗？我宁愿让我的儿子去小酒店也不要去辩才学校读书。你去找一位文学老师，与他交谈，为什么他没有让我们感觉到他的文采，也没有由于欣赏他有力的论据、优美的条理而迷倒女人们和我们这些无知之辈呢？怎么没有如他所愿主宰我们、说服我们呢？一个见解深刻、擅长辩论的人为什么会在唇枪舌剑中加上辱骂和狂怒且毫无节制呢？让他摘掉教授的高帽，脱掉长袍，再放弃拉丁语吧，让他别生搬硬套纯粹的亚里士多德，在我们的耳边喋喋不休地烦人，那时你也许会把他当作我们当中的一员，或者更糟。我感觉他们是在通过策划语言和纠缠不清的方式来说服我们，如同耍把戏一样：他们的机智灵活触动并制伏了我们的感官，但是却无从使我们心悦诚服。除去这些杂耍伎俩，他们只会做平庸无奇的事，因为他们愈是博学愈是愚蠢无能。

我喜爱并敬重知识的程度不亚于那些拥有知识的人。从知识的实用价值来看，莫过于人类最崇高和最强大的获取。但是在这样一些人身上（总有为数不少的这类人出现），是以知识为基础建立自己的基本能力和价值的，他们让自己的聪明才智取决于记忆力，"他们总是躲藏在别人的庇护下"（塞内克），离开了书本就一事无成，要我说的话，我敢说，我厌恶知识，比讨厌愚蠢的程度还要强烈一些。在我们这个国家，我们这个时代，人们教授的知识在相当程度上改善了人的钱包，却很少①改善人的思想。知识若遇到心灵迟钝的人，会加重他们的迟钝，令他们窒息，因为这是一堆生硬而难以消化的东西；如果遇到心智灵敏的人，知识往往会净化他们，令他们一而再再而三地净化，直至筋疲力

---

① 根据 1595 年和 1588 年的版本这里是"完全没有"，在此版本中改为"很少"。

尽。知识是具备品质然而无关紧要的东西，对于能人是极为重要的陪衬，对另一类人却有害而且伤人；或者不如说，知识具备极为珍贵的用途，用贱价是得不到的：在某些人手上，它是君主的权杖；在另一些人手上，它却是宫廷小丑的人头杖。但是我们还要继续我们的话题。

让你的敌手知道他无法战胜你，你还能期待比这更为重大的胜利吗？当你在阐述意见和判断取得优势时，那是真理的胜利；当你在辩论中取得条理和品行的优势时，那是你的胜利。我觉得，在柏拉图和色诺芬的作品里，苏格拉底在争论时考虑的是讨论者本人，而不是讨论的主题，他宁可去教育欧西德莫斯和普罗塔哥拉斯认识他们自身行为不得体，而不去管他们辩术的技巧如何。他抓人身上的首要问题的目的，比阐明这些问题的目的更有益，就是说，他着手打造和训练人的思想，澄清这些思想。争论和追求的正是我们要捕捉的"野兔"①：如果这样的追求做得不好，很不像样，我们是不可原谅的；没有成功抓到"野兔"，倒是另一回事。因为我们生来就是为了探寻真理的，掌握真理属于一种更为强大的力量。正如德谟克利特所说的，真理不该隐藏在深渊之底，而应该提高到无限的高度，为上帝所知。人世只是一所探索的学校，在这个探索的过程中，不是看谁能达到目标，而是看谁跑得最快。傻瓜不管说真话还是假话，都不会有所成就，因为我们谈论的是说话的方式而不是说话的内容。我的偏好是形式和实质都要重视，亚西比德也指出人应该这样做：既要考虑律师，也要考虑案件。

我还要说的是，每天为了消遣我都要读一些作家的作品，我

_____

① 作者在这里指"追寻目标"。

关心的并不是他们的知识，只是在他们的作品里探究他们的写作方式，而不是他们论及的问题。正如我研究一些著名人物的谈话，不是为了接受他的指点，而是为了了解他。

任何人都可以实话实说，但是很少有人说得有条有理、充满智慧和技巧。因此出于无知所产生的错误我并不计较，让我感到恼火的是愚蠢产生的错误。我几次中断了本该对我有益的交易，原因是与我谈判的对手蠢话连篇；一年中我没有一次为辩不过我的人所犯的错误而恼火，但是碰到对手愚蠢、固执的狡辩，愚钝、蠢笨的辩白和防御，我就像是被掐住了喉咙。他们既不懂人家说的是什么，也不懂人家为什么这么说，回答问题时也是这样，这真让人沮丧！我的头只有被别人的头撞击过才感到很痛，我宁愿与下人的缺点妥协，也不愿意为他们的纠缠不休和愚蠢行为而妥协。只要他们有能力做事，让他们少干一点儿也无所谓，你期待着激励他们的意志，然而面对一个老树桩，无所指望也无有价值的东西可取。

怎么，难道我们看待的事物与其本来面貌有所不同？事情可能如此，为此，我责备自己没有能力经受人家对我说的话，而首先认为这种无能对有理的人或者无理的人都一样该受到指责。事实是，不能忍受与自己不同的思想方式本身就是一种专制的坏习气；再者我认为，因为不喜欢别人所做的蠢事就激动发火，真是最常见、最愚蠢、最怪异的了。因为这种无能伤害的主要是我们自己，我提到这样一些古代哲人落泪绝不是没有理由的，长期以来他们那么看重自己。希腊的七贤圣之一米松，是一个兼有德谟克利特和提蒙①性格的人，有人问他在嘲笑什么而一个人傻笑时，他回答道："就是为自个儿傻笑而发笑。"

照我看，我每天不知说了多少蠢话！在别人看来，我的蠢话自然还要多得多。假如我忍住不说，那么别人该怎么做！总之我们要在活人当中活着，任桥下的流水流去，不必我们去操心，或者，至少我们不必为此而过多烦恼。话是这么说，可是为什么我们见到一个天生怪异身材畸形的人无动于衷，而见到一个思维混乱的人就无法容忍乃至怒火冲天呢？这种不大适宜的严苛态度应归咎于判断本身而不是错误。让我们念念不忘柏拉图的这段名句："我如果发现某件事既不正确又不真实，岂不是因为我本身不正确、不真实，我自己就有错误吗？我的训斥难道不该掉过头来针对自己吗？"智慧和神圣的名言不断重复，鞭挞着人类最普遍和最常见的错误。我们不仅在人与人之间柜互指责，在我们的争论当中提出的许多道理和判断也都可以转向批评我们自己，我们在作茧自缚。古代在这方面给我们留下了许多有价值的先例。有人说出这样的话，既睿智又切题：

人人都喜欢自己大便的气味。（伊拉斯谟）

我们的眼睛一点都看不见我们身后的东西。每天我们不厌其烦地嘲弄邻居的为人，其实是在嘲弄自己；我们责骂别人的缺点，其实这些缺点更多地从我们自己身上暴露出来；我们厚颜无耻地为这些缺点感到惊讶时，并没有发现我们自身也存在这些缺

---

① 这两位先哲持有各自的人生观：前者主张通过节欲寻觅幸福，后者因祖国遭难个人财富受损而憎恨人类。

点。昨天我还见过一个聪明人，一位高贵的人物正在友善而中肯地嘲笑另一个人的愚蠢行为，说那个人不厌其烦向人吹嘘他的家族和婚姻，震耳欲聋，然而其中很大部分是假的（只有那些品质最可疑、最没有把握的人才会对这样的吹嘘趋之若鹜）；而这位贵人如果返回到自身看看，不难发现自己也在令人讨厌地在谈话中散播他妻子和娘家如何享有特权。唉，令人讨厌的自以为是却由她的丈夫亲手培育起来！那些人若懂得拉丁语，应该对他们说：

> 加油！如果她认为自己还疯狂得不够，那么再刺激她一下。（特朗斯）

我不认为人不清白就能不去批评别人，但是我要求我们的评价伤及另一位当事人的时候，丝毫不吝啬我们内心的评价。不能去除自身缺点的人却尽力去根除别人身上的毛病，这是尽善尽责，因为在别人身上找到缺点根源比在自己身上找到缺点根源要少些苦涩。对提醒我有缺点的人说他身上也有这个缺点，这样的回答似乎不大适宜。那么不这么做又能怎样呢？提醒人家总是真诚而且有益的。如果我们的嗅觉灵敏，我们在自己身上闻到的气味就会比别人身上的更臭，因为这是我们自己的气味。苏格拉底的意见是，那个和自己的儿子以及一个外人同时犯暴力罪行的人，应该首先将这种违法的行为对簿公堂，接受法律的制裁，请求刽子手为他赎清罪孽，然后为儿子，最后再为那个外人。如果苏格拉底的告诫定位太高，那个罪犯起码应该第一个站出来接受良心的洗礼。

感觉是我们自己的首要的法官，它们只能根据事件的外表觉察到事物。如果说，在负责社会正常运转的所有部门中，都存在着没完没了的客套和表面现象的普遍混杂，从而形成了社会规范造成这种现象的最良好和最现实的一面，那确实不足为怪。我们永远在和人打交道，而人的本质尤为具体化。前些年有人想为我们建立一种纯精神的宗教静修方式，假如修行者中有人认为，这样的静修方式如果不特别重视人的头衔、地位、党派之类的标志，就会从他们的手中逃脱消失，但愿那些人不必感到惊讶。在交谈中也是这样，某个持有庄重的神态、穿着和社会地位的人讲话，话题即使无聊愚蠢，也会得到别人的信任。我们不难想象，一位先生随声附和，胆子又小，却没有与众不同的内在能力；另一位常常被委以重任的人，如此居功自傲，却不如另一位远远向他问好而没有被录用的人能干。不仅仅是那些人说的话，那些人装模作样的表情也深受重视，让别人去考虑，人人都尽心尽力地对那些表情做出精彩而有分量的解释。如果那些人屈尊参与一般性的谈话而人们又对他们不仅仅报以赞赏和尊敬，他们就会以他们经验丰富的权威姿态让你感到厌倦。他们的所闻、所见、所为、所提供的例子，都会压得你喘不过气来。我很乐意对他们说，一位外科医生如果不善于从实践中总结出理论性的东西，也不懂得让我们意识到他的治疗艺术以后会变得更为精湛，那么他的经验成果并不代表他实践活动的历史，只能让他记住治愈了三四个瘟疫患者和痛风患者。因此在器乐合奏中，我们听不到诗琴声，听不到斯频耐琴声和笛声，听到的只是整体的和谐效果。

旅行和公差若是改善了这些人，那么体现这种状况的是他们的智力产品。拥有经验是不够的，还需要加以权衡和对照；需要加以消化和提炼，以便从经验中汲取推断和结论。史学家历来为数不多，听他们讲话总是能够获益的好事，因为他们向我们提供了记忆库里丰富、可贵、值得称赞的教益。当然，这是使我们的生活受益的重要部分，然而现在我们要探讨的不是这个问题，我们研究的是那些撰述者本人和历史资料搜集者是否值得称道。

我憎恨各种形式的专横跋扈在能说会道时表现出来。我习惯于应对那些通过感官蒙骗我们判断力的表面的无稽之谈。在我仔细关注那些非同一般的贤哲贵人的时候，会发现他们至多也是和别人一样的人。

> 的确，地位显赫中罕见常识。（尤维纳利斯）

也许，人们在小瞧他们，因为他们处处揽事，频频露脸，而他们适应不了他们承担的重负。在承担者身上应该具备比重担本身要求更多的干劲和能力。连力所能及的事都做不好，会让人猜想他是否可能有超常的力量，是否已经精疲力竭。不堪承担重负的人，让人看出他能力的低下和肩膀的软弱。由于这个原因，我们看到在学者中比在其他人群中的无能之辈要多得多，这些无能者本可以成为不错的管家、精干的商人、能工巧匠，他们天生的能量正是照此量裁的。而知识的分量极重，他们已经被压垮。他们不具备活跃和灵敏的才思，无法展示和传播这些高尚而强劲的知识，也不可能运用并求助于这些财富。知识只掌握在极具天赋的人手中，但这样的天才极少。苏格拉底说过，头脑不够聪明的人玩哲学是诋毁了哲学的尊严，它一旦被关进匣子（此处指那些愚钝的人）里，便会变得无益。现在我们来看看那些愚钝的家伙如何作践自己而变成傻瓜。

> 犹如猴子学人样，

像一个正在嬉戏的孩子，

披挂昂贵的丝绸，却让后背和屁股暴露无遗，

令人忍俊不禁。（克洛迪安）

对那些管理、指挥我们，操纵世界的人也是一样，只具有平平的智力，只能做我们也能做的事情是不够的，他们如果不能远远超出我们，那么就远远低于我们了。他们既然远比我们负有众望，就应该智力超群。因此保持沉默对他们来说不仅庄重而严肃，而且会起到事半功倍的效果。迈加比佐斯的例子说明了这个问题。他去阿佩尔的画室拜访他，在那里待了很久都没有说话，接下去他开始谈论阿佩尔的绘画作品，但是却遭到了严厉的斥责："在你保持沉默时，你挂的项链和你豪华的装扮还让你显示出一定的风度，可是现在我们听到你说话了，所有的人，包括我画室里的小伙计，无一不小瞧你。"他华贵的装饰，他高高在上的社会地位不允许他像个普通百姓那样无知，也不允许他奢谈绘画；他本该缄默无语，保持被人以为是十分能干的外表。在当代，多少蠢材用冷漠的外表和无语帮他落得了聪明能干的名声！

要获得爵位与公职必须依靠社会条件而不是功劳大小。人们往往指责国王，这是错误的。反之，那些人没有足够的能力却能在这样的选择中获得幸福，这才令人惊异。

君王的最佳品质是能了解他的臣民。（马尔西亚勒）

事实上，他们在本质上并不具备面向广大民众的宽广视野，无法从中洞察人的高明之处，穿透我们的心意，了解我们的心愿和杰出的才华。他们根据猜测对我们进行挑选，根据家庭、财

富、知识以及群众的反映进行试探，但这些依据都很不充分。谁能够找到一个正确判断人的方法，理性地选择人才，谁就能凭这一点构建一个完美的政府形式。

有人会说："不错，这个人在办这件大事上卓有成效。"这说明一定的问题，但是还不够，因为正好有这么一条我们可以采纳的箴言：不该以结果判断意图。迦太基人惩罚军队头目们的坏主意，尽管结局不错。罗马人经常拒绝为伟大而有益的胜利庆功，因为头目的行为方式与他的巨大成功不相称。在人类的活动中，我们往往会发现，命运女神为了让我们知道她掌控事务的巨大威力，很乐意打掉我们的傲气，即便不能使蠢人变聪明，也可以让他们和有本事的人获得同样的成功。她还喜欢奖赏那些命运脉络清晰的行动。因此我们每天都可以看到，我们当中头脑最简单的人无论在公事还是私事上，都能干完一件大事。同样有人不明白，问波斯人希拉奈斯，怎么他的初衷十分明智，办事情的结局却不怎么样，他的回答是：他只能主宰自己的计划，命运女神才能决定事情的结果。我刚才提到的那些人也可以这么回答这个问题，但是得从相反的意思回答。世间绝大部分事情都是靠自身就可以做好的。

命运自有出路。（维吉尔）

结局往往使愚蠢之举合法化。我们的介入几乎只是例行公事，往往考虑的是行为和规范，而不是理由。当我被一件大事的壮举所震惊，我过去是通过做好这件事情的人了解他们的动机和行动的，但我从那里听到的只是一般的想法，而最一般、最常用的见解可能是最可靠、最有益的，即便不适于装点门面，也适于实践。

无论如何，最平常的道理最牢靠，最低微、最无力、人人皆知的道理最有利于事情的操作！为了保持枢密院的权威，外行人没有必要参与，也不需要他们看得比第一道栅栏更远。要想维护枢密院的声誉，它就应该在充分和完全的信任中得到尊重。在行动以前，我简单构思了一下内容，对它的表面现象作了肤浅的考虑；对于事情的核心和原则，我的习惯是寄托于上天：

将其余的留给诸神。（贺拉斯）

运气和晦气在我看来是两种至高无上的力量。认为人类的智慧可以充当命运女神的角色是缺乏明智的想法。推测能把握前因和后果的人的行为是徒劳的，推测能亲手推进事情的进展也是徒劳的，尤其是在考虑战争行动的时候，作这样的推测更是枉费心机。我们从来没有见过比军事行动更为审慎和明智的举动，这或许是因为人们怕半路出事，在保存自身的力量以便找到悲剧的收场吧。

我还要说的是：我们的智慧本身和我们的思考都顺着偶然的痕迹在发展。我的意愿和我的推理翻来覆去地变化，时而这样，时而那样，而其中的许多变化都不是由我控制的。我的理性有它日常和偶然的冲动以及烦躁不安。

人的情绪变化无常，
犹如被大风吹动翻滚的云彩，
内心的激情冲动，时而澎湃，时而平静。（维吉尔）

到城里看看谁最有力量，谁的事情做得最好，我们会发现往往都是那些最缺乏学识的人。曾经有过这样的事发生：一些大国的治理交给女人、孩子和一些疯子去做，结果却与那些最能干的王公贵族治理国家不相上下。修昔底德说，治国成功者，通常是些粗鲁的人而不是什么精明之辈。我们则把本属于他们"好运"的结果归结于他们的聪明才智：

> 在某个领域得到命运女神厚爱的人，会步步高升，而我们都会说这个人精明能干。（普罗特）

因此，不管怎样我都要强调，结局是考察我们的价值和能力的最为单薄的见证。

我要说明刚刚提到的问题，只要去审视一位飞黄腾达的人物就可以了。尽管三天前我们认识这个人时，他还是个能力平平的人，但是当一个伟大强干的形象不知不觉进入我们的脑海，我们就会相信随着排场和势力的增长，他已功成名就了。我们对他的评价不是以他的价值为依据，而是根据他在这个阶层所占有的优势，用计算筹码的方式来评估他。运气也会出现转机，他也会从高处跌下来，重新进入民众的行列，这时人们才会不无惊讶地询问是谁在费尽力气把他抬上高位。人们在说："这是那个曾经担任过要职的人吗？他在位期间难道就只有这些能力？王公贵族这么容易就知足了？我们真是被掌控在这么没有本事的人手里吗？"这是在当代常见的一种情况。连在戏剧舞台上伟人的假象也能震撼我们，在一定程度上欺骗我们。我本人崇尚王族的地方在于他们周围有一大堆崇拜者！各式各样的恭敬和顺从都归属他们，唯独智慧不会对他们俯首帖耳。我受的教育不让我从理性上卑躬屈从，可以弯曲的只有膝盖。

有人问梅朗提约斯对老德尼的悲剧有何感想，他回答道："我没看这出戏，冗长的台词遮盖了全戏。"同样，评价大人物讲话的绝大部分人也应该这样说："我没听懂他所讲的话，但他的讲话笼罩着多么庄严、崇高和威严的口气。"

安蒂斯坦纳有一天试图说服雅典人下命令让驴子代替马去犁地，对此他得到的回答是：驴子天生不是用来做这件事的。他反驳道："不要紧，这只取决于你们的安排。事实是，你们在战争中用最无知最无能的人来指挥战争，不是因为你们使用他们，就让他们一下子变得合乎指挥员的身份了嘛。"

这很像很多民族的做法，他们把自己推举出来的国王视为圣人，不仅要加以赞誉，而且还要崇拜他才能使自己感到满足。墨西哥人在国王完成了加冕典礼以后，就不再敢王视他了，似乎他们在赋予他王权后就把他打造成了神，因为人民让国王发誓维护他们的宗教、法律、自由，做到英勇、公正、仁厚；保证让太阳在它常规的照射下运转，让云层在适当的时机变成水，起誓让江河长流不断，让大地产出百姓们必需的产品。

我对这种大众的判断方式持反对意见，当我看到这样的精明能干伴随着荣耀、社会地位和公众的推崇时，便格外加以提防。我们应加以留意那些重要人物是否在适当的时候说话，如何选择谈话时机、打断谈话或者以权威的口气转变话题，面对一群崇拜到哆哆嗦嗦的在场人，如何用点头、微笑或沉默来反对别人的不同意见，这一切才是最重要的。

一个地位显赫的人在饭桌上参与一个肤浅又轻而易举被驳倒的话题，肯定是这样开始他的谈话的："与我的意见不一致的人估计只是个骗子或是白痴……"想要遵循这样的哲理谈话，请你备上一把匕首！

还有一条我运用得最多，而且从中大为受益的警告，那就是在讨论和谈话中所有在我们看来正确的用语都不可能一下子被全盘接受。很多人的精明能干都不属于他们本人。他们当中有某个人会说出一句精彩的俏皮话，一个恰如其分的回答，一句富有教益的名言，而在说出它们时却没觉察到其中的分量。人不能真正拥有借用的东西，这个事实可能在我自己的情况下会得到验证。不要总是轻信耳闻的一些传言，尽管它们有几分真实或是精彩。或者应该自觉与这些传言作斗争，或者借口没听懂退下来，试着从多方面了解这些传言怎么会进入讲话人的嘴巴。我们有时可能会闭门造车，助对手一臂之力，帮助对方出击我们。过去我曾经强调对对方进行攻击的必要性和紧迫性，运用反击突破了我的意图和希望：我只是在数量上给予进攻，而他们却在分量上接受了这些攻击。同样，我和一个强有力的对手辩论时，我喜欢预期他的结论，剥夺他自我解释的可能，我试着预见他尚不完善的刚刚产生的想法（他的聪明才智足以使他做到准确有序，我早已预料并警觉到这一点）。反之，和其他人辩论时我的做法正好相反：让他们自己去理解，完全不必由我去弄懂什么或者预见什么。如果他们照一般的话语做出这样的判断："这个好，那个不好"，或者他们的论点正确的话，可以看看这种正确的见解是否是偶然形成的。

让他们去划定他们的判断范畴吧：为什么有这种看法，这个论点是怎样形成的。司空见惯的一般性观点一文不值，犹如有些人只会向一个民族进行群体致敬。真正对这个民族有所了解的人，会指名道姓个别向他行礼。但这是一个冒风险的举动。因此我经常会看到思想根基薄弱的人想自作聪明，在阅读某些作品的时候，指出其中的优美之处，但是由于他们的鉴赏能力不足，所指出让我们欣赏的地方不仅没有让我们学到作者的精彩之处，反倒向我们暴露了他们自己的无知。当我们读完维吉尔的一部作品，发出这样的感叹是非常保险的："这才是精彩的杰作！"但要想让他一点一滴去研究作者，作出专门而精辟的评价，一字一句明确指出哪些是精彩的词汇、句子和虚构的情节，在什么地方有所超越，什么地方有所提高，是不可能的。"不仅必须研究每个人说的是什么，而且要研究他想的是什么，为什么会这么想。"（西塞罗）我每天都听到蠢人说的并不愚蠢的话，他们谈到美好的事物，但我们要了解他们是从哪里知道的，看看他们如何聪明地掌握到这一点的。我们要帮助他们使用他们尚未拥有的正确词汇和高明的理论，因为他们一味对它们加以提防。也许他们偶然会摸索着提出这些词汇和理论，我们则要帮他们重视并开发利用这些词汇和理论。

你向他们伸出了援手，但何苦呢？他们丝毫不了解你的好意，他们还会变得更为愚蠢。不要去扶助他们，让他们自己往前走。他们会在怕上当受骗的一些人身上谈及这类问题，因为他们不敢改变它的基础和说明问题的角度，也不会把问题深入下去。还没有怎么开始，他们就抓不住了，他们把问题抛给你，无论这个问题多么强劲而有魅力。这都是些有力的武器，但是没有被妥当把玩。我多次经历过这样的事情！此时此刻，你如果来点拨并坚定他们的决心，他们会抓住你，阻挡你谈话的优势："这正是我想说的，正好是我的想法；如果我没表达出来的话，那是因为我的词汇欠缺。"你缓口气吧。要打掉狂妄自大的愚蠢行为，也该耍点花招。照埃热齐阿斯的信条，既不必仇恨也无须惩戒，只须教育，这在别处有道理，然而在这里，去拯救、引导一个一意孤行、毫无长进的人，则是不公正和不人道的。我喜欢让这些人愈讲愈糊涂，陷入更为尴尬的境地，尽量愈陷愈深，直到最终认清自己的本来面目。

蠢行和头脑混乱不是通过一两次提醒就可以纠正的。想要纠正这样的错误，我们照居鲁士的说法可以准确说明。有人再三请求居鲁士在战争打响时去激励他的部队，而他的回答则是，士兵不会通过一次精彩的训话就变得英勇善战，一个人也不会听过一只美丽的歌曲就即刻变成音乐家。必须经过长期不懈的教育，在行动以前预先学习才成。

我们应该勤勉地这样关照、纠正和教育自己人。对首次遇到的过路人说教，对首次遇到的无知而愚蠢之辈卖弄学问，这样的方式，我十分反感。我很少这么做，即便是在和人交流一些看法的时候，我宁可放弃也不愿意参与这种脱离常规的说教，这种说教充满教师的迂腐之气。我没有兴趣和那些愚昧无知之徒对话，为他们写作。即使是大家广泛谈及的事和别人的什么事，在我看来多么错误和荒唐，我都从来不在言语和行为上横加阻拦。总之，最让我气恼的莫过于愚蠢又自鸣得意，这真比没有任何理由而洋洋自得还令人生气。

不幸的是，睿智阻止你自满、自豪，当那些顽固的愚蠢之辈轻轻松松地让高朋满座充斥着快乐和自信时，你却畏缩不前，总对自己感到不满。无能的人才有权傲视别人，才会从战场回来时总是容光焕发、兴高采烈。更常见的情况是，自负的语言和兴奋的表情只能在通常无力并无法辨识真正优势的听众面前取得胜利。固执并热烈地坚持己见最可靠地见证了愚蠢：像驴子一样自信、坚定、眼中无人，神色凝重、庄严又认真的人，总是有的吧？

　　难道我们不能把尖锐和晦涩的话题放到聊天交流的形式里，把朋友之间轻松友善、相互嘲弄的亲密喜悦之情带进这样的气氛中吗？我乐观的天性让我很适合这样的训练。如果这样做不如我刚刚提到的方式紧张严肃，却同样具有洞察力，同样有创意，也同样大有益处，这就是里古尔格的想法。而我的情况是，在这样的交谈中，多给大家一些自由漫谈，少一些思想辩论，多给一些谈话余地，少一些创造。我任人家对我加以攻击，充分做到宽宏大量，因为我能够容忍人家的反击，不仅包括那些激烈的，也包括那些冒冒失失的，我都不会因此而发火。人家对我发起攻击，如果我不能立即做出激烈巧妙的回答，也不会把时间浪费在令人厌倦又疲沓冗长的辩论中去，这样的辩论真是愚蠢顽固之举。我让对方的攻击慢慢缓和下来，洗耳恭听，把反驳的机会推迟到最佳时机。没有总赚钱的商人。多数人在底气不足的时候，会改变面孔和声音，如果令人反感地去发火，不但不能反击，反而会暴露自己的弱点和自己无法抵抗攻击的事实。在快乐中应对局面，我们有时可以拨动我们不足之处的秘密琴弦，而在我们心平气和的时候去弹拨这些琴弦反倒会受伤。现在我们知道该怎样相互觉察对方的缺点才是有益的。

　　另外还有一些法国式的拳脚相加的游戏，鲁莽粗暴，我恨之入骨。因为我生就一身紧致而敏感的皮肤。我在一生中看到这种游戏埋葬了两位血缘至亲的王公①。在娱乐玩耍中打架实在恶劣。

　　另外，我要评价某个人时，我会问他对自己的满意度，他的言谈举止到什么程度才令他喜欢。我希望避免听到这样漂亮的借

---

　　①　一位是法国国王亨利二世，在1559年的一次骑士比武中身亡；另一位是昂基安公爵，在1545年一次赌博时被飞来的一个银匣击中绝命。

口，比如说："我这么干只是玩玩。"

　　　　作品还在推敲，还只是半成品，就被人家拿去了。（奥维德）

我为此花了不到一小时的时间，以后再也没有见到过它。"我说："那么现在我们把这一部分放在一边，给我一件能代表您全貌的作品，这件作品是您喜欢的，也是可以对您作出评价的。"然后我会问："您作品里最精彩的部分是什么？是这部分？还是那部分？雅致吗？是有内容、有创意、有见解还是知识性强？"因为我常常发现，人在评价自己的作品和别人的作品时，都会有所失误，这不仅因为有感情成分掺和，也因为缺乏认识能力和鉴别能力。作品本身的力量和价值可以依赖作者，还可以超越作者，远远走在他的创造和认知前面。对我来说，我在判断别人作品的价值时不会比判断自己的更隐晦，比如我对这些《随笔》的估价时低时高，采用了一种极不稳定又很不可靠的方式。

　　有很多书大有益处是因为它们的主题好，而作者却并没有因此而获得殊荣，而且一些好书，就像优秀的工程，甚至会让作者蒙羞。我可能会在有一天描述我们的宴会和服饰的形式，而且会写得一无是处；我可能会发表当代政府颁发的告示法令，还有在公众手里流传的王公贵族们的书信；我可能会缩写一本好书（每一本好书的缩写都是愚蠢的缩写），这本书可能缩写失败，或者发生诸如此类的事情，后代却会从这样的版本中特别获益。对我而言，如果不是碰到好运，又有什么体面可言呢？很多名著都属于这种情况。

　　我在好几年前读菲利浦·德·考密纳的书，他肯定是一位优秀作家，我从中读到这样一句非同一般的句子，他是这样写的：一定要当心，为主人服务周到反而会导致人们对你的不公正评价。我本该褒扬的是他的这个思想，而不是他本人，因为我前不久在塔西佗的著作①里读到这样的说法："以为可以从中得到回报的好事做起来会感到愉悦，如果好事做得大大超出了可回报的范畴，那么所得到的回报就不会是感激，而是仇恨。"塞内克说话斩钉截铁："以有债不还为耻辱的人不愿意欠任何人的债。"② 西塞罗说话的口气有所缓和："不以为有债要偿还你的人无论怎样都不是你的朋友。"③

一本书的主题根据其内容，可以让我们看到一位博学而记忆力强的人。然而要在他的作品里判断哪一部分最个性化，哪一部分最令人重视，判断他精神的力量和美好之处，必须了解哪一部分是他个人的思想，哪一部分不是。在不属于他的那一部分思想里，根据他的选材、内容布局、修饰辞藻和语言上考虑有多少贡献应归功于他本人。如果他只是借鉴了内容而歪曲了形式，又怎么解释呢？我们这些人和书很少打交道，当我们看到一位初出茅庐的诗人的绝妙创意时，发现一位传道者十分有力的论据时，我们会处于尴尬境地，因为我们在没有了解到某一位学者的作品是他本人的还是人家的时，绝不敢恭维他们：在审查这种情况之前我始终保持警惕。

我刚刚一口气浏览了塔西佗的史书（我近来不这样长时间读书了，我已经有二十多年没有在一本书上连续花一个多小时来阅

① 《年鉴》第Ⅳ卷，第 18 页。
② 《书简》第 81 集。
③ 拉丁文原著《De petitione consulatu》第 9 卷。

读了），我是听了一位贵族①的建议才去读的，这个人很受法国人的尊重，不仅因为他本人的品格，也因为他和他的兄弟们都始终拥有的才能和善良，他有好几个兄弟。我没有看到过其他作家在众所周知的事件中，如此注重对个人的个性和偏好的描述，我感觉，塔西佗的描述没有他个人的痕迹，而是刻意紧随他那个时代帝王的生活踪迹，涉及极为多样化和新奇的方方面面，尤其是他们残酷对待臣民的突出行为，他有比谈论战事和世界骚乱更加坚实而富吸引力的材料加以叙述和描绘。他略过一些战死的英勇行为，因此我常常感到枯燥无味，他似乎在担心其冗长的叙述会令我们反感。

这种撰史的形式是十分有益的。公众活动愈来愈取决于机遇为它们提供的导向，而个人行为却决定于我们自己的走向。这本书撰写历史的方式与其说是书写历史，不如说是对历史的一种评价；我们从中读到更多的是训诫而不是叙事。这不仅是一本供阅读的书，而且是供研究和学习的书：全书遍布警句，其中有正确的也有错误的。在这本史书里，充满伦理和政治上的思索，直接为操纵世界的人提供了装备和点缀的养料。他在进行辩护的时候总是论据充实而犀利，措词尖锐微妙，符合那个世纪十分讲究的风格。那个时代的作家喜欢夸大其词，当他们在事物上找不到尖锐和微妙的东西时，他们就借助尖锐和微妙的词语。这本书在风格上与塞内克有相似之处，不过我感觉它更为厚实，而塞内克的更为尖锐。这本书特别适用于一种动荡而病态的情势，比如我们国家目前的状况——你们往往可以说，那是在描写我们，批评我

---

① 很可能指居松伯爵和他的兄弟们。在第 1 卷《对孩子的教育》中蒙田曾提到这位伯爵夫人。这兄弟几人都在 1587 年反新教的战役中捐躯。蒙田创作《随笔》时他们尚在人世。

们。怀疑该书忠实性的人，在相当程度上暴露出他们对这本书不怀好意。该书的观点正确，对罗马的各种事件都倾向于好的一面。不过我略感遗憾的是他对庞培的评价，这种评价比与庞培共同生活和共过事的好人们的评价要更为严酷，他认为庞培很像马略和希拉，除了城府更深这一点不像之外。人们并不否认庞培满怀热情治理国家事务中难免心存野心和报复心，他的朋友们甚至担心他在获得胜利时超越理智的限度，但绝不会像那两个人那样达到完全丧失理性的地步。在他的一生中不存在任何对我们足以形成威胁的残忍和专横。全然不必把怀疑和明显的事实相提并论，若不是这样的话，我对塔西佗便失去了信任。塔西佗的叙事平实而真诚，能够证实这一点的事实是：他的叙述不是总能准确地和他论证的结论相符，他的论证依据的是他个人的倾向，往往超出他给我们展示的材料，他不会以任何形式让素材掌控他个人的倾向。他无须为服从指挥他的法律而赞成当时的宗教，但是却为全然不知宗教的真相而感抱歉。这只是他的不幸，而不是他的错误。

　　我十分重视他的判断，但是又不是处处都看得很清楚。比如提比略在年老体弱时写给元老院的一封信里有这样几句话："我会给你们写些什么呢，先生们，或者说不该给你们写的又是什么？如果我能知道这些，那么众神让我丧生的方式比我每天意识到的死亡更糟！"我看不出为什么作者要把这些话确定地列举出来说明提比略辛酸的悔恨，这样的悔恨一直在折磨他的良心——至少我在阅读这段文字时，没有明白作者这样引用的原因。这让我感觉到作者有些怯懦的心态，因为他在说明在罗马做过一些体面的事情之后，接着肯定地辩白，他说这些并不是出于夸耀自己。这一笔似乎对他这样的人来说太蹩脚了，因为不敢坦诚直言自己的人表明这个人缺乏勇气。一个坚实有力、高屋建瓴的判断，都擅长全面利用自我和外界的一切实例，像为其他事物提供证据那样直接为判断提供证据。必须冲破礼仪的常规去维护真理和自由。我不仅敢于谈论自己，而且只谈论自己：我在书写别的事情的时候会经常脱离主题，脱离自己真实的轨迹。我不会不加节制地关爱自己，也不会对自己迷恋到不能像一位邻居看我、我看一棵树那样换位判别和审视自己的程度。看不到自己的价值几何，或者谈论自己的价值时超出人家观察到的实情，二者都是失误。我们应该给上帝而不是给自己更多的爱，我们对爱知之甚少，然而在谈论它时却不厌其烦。

当这部作品没有让我们了解到很多塔西佗的个性时，我们只能说那是一位伟人，喜爱正直，为人勇敢，操行遵循的不是封建道德，而是富有哲理和高贵的品德。我们可能发现作者在提出证据时的大胆，比如他说到一个肩挑木柴的士兵，双手冻僵并且粘在了担挑上，这双手一直粘在那里直至坏死后脱离他的双臂。碰到类似的情况时，我都习惯屈从于敢于确保的伟大证人。

作者还提到了罗马帝王韦斯巴芗，在塞拉匹斯神的保佑下，在亚历山大城用自己的唾沫涂到一个盲女人的眼睛上，治好了她的病。我不知道还有什么别的奇迹，作者写作遵循的是范例和优秀史学家的责任。史学家积累的都是重大事件；在公众事件中，还掺杂着民众的传闻和舆论。史学家的作用是复述而不是修正那些信仰。这项任务关联到神学家和哲人，这些良心的指导者。因此他的同伴，一位和他一样伟大的作者明智地写道："我更注重报道事实，而不在是否相信它，因为我既不能肯定我怀疑的事实，也不能删除从别人那里获取的事实。"他还说："不必费心去肯定或拒绝接受事实，应当对这些事实给予赞扬。"再者，他说，塔西佗处在对奇迹的信仰已经在减弱的年代写作，在年鉴里怀着对远古无比崇敬的心情，不愿意忘记放进从那些善良正直的人那里获得的事实。这样说真是太好了。让史学家更多地根据他们所收集的材料，而不是他们的判断给我们写史吧。我是我自己占有素材的主宰，从不按照别人的意志行事，但是也决不对自己过于自信：我常常会出现连自己都不相信的心血来潮，妙语连珠过后自己都嗤之以鼻。但是我任它们去冒风险。我看到有人却以此类把戏为荣。我的做法不该由我一个人去判断。戎展示自己的站姿和睡态，自己的前胸和后背，左右辗转展现我的全部。人头脑的真实能力即便相同，也不会在判断方式和趣味上完全相投。

以上是我的记忆为我再现的塔西佗的大致情况，相当没有把握。所有大致的判断都很模糊和不完善。

论虚浮①

也许找不到其他同样的词和写法来涉及这个主题了。神向我们如此神妙地表达出的这个词，应该得到有识之士继续周密的思考。

谁没有看到我选择的是这样一条路，只要在世界上有笔墨和纸张存在，我就会不知疲倦、永不停息地走下去？我不可能只用行动记载我的一生——命运将我的行动贬低到很低的位置；我用思想记录我的一生。因此我曾经见到一位贵族绅士，他的一生是用他腹部的动作构成的，到他家你会看到，他家里摆满七八天的便盆，那是他的研究，他的思考；任何其他主题都令他厌恶。他

① 本章遍及题外话和添加的内容，是《随笔》集里很重要的一章，因为蒙田在此表达了他对人类本性的最后判决。如果说以前他十分信任意志和理智的力量，如今在人性中最令他震惊的是虚浮的表现，例如，对旅行的爱好。在一段很有分量的题外话里，他表明了自己政治上保守主义的观点："当今理性主义的觉醒精确表明了保守主义的形成，说明在人类的命运和思维程序中存在着不可抗拒的对抗，这种对抗被带进思想，给法规制度的基本轮廓造成了混乱。"（维莱）。这种状况深深体现在一个基本环境里：自然和艺术的对抗形成了我们唯一的指导，艺术是无能为力的东西，或者说只能稍有成事（如柏拉图和他的共和国都无法生存下去）。——编者注

的腹部动作，说文明一些，就是一位老学究常年消化不良的时软时硬的粪便。既然狄俄墨得斯能用同一个语法主题完成三千部书，我又什么时候才能结束介绍我思想上各种形式的，永无休止的触动和变化呢？絮絮叨叨和结结巴巴的语言尚且让人们感觉到在听觉上的可怕负担而令人窒息，废话连篇又会产生什么样的效果呢？连篇累牍为说而说的废话！啊，毕达哥拉斯，你当时为什么不出面避免这场争论？

有人指责那位古罗马皇帝加尔巴游手好闲，他回答道，每个人都应该清楚自己的行为而不是自己的休闲。但他错了：司法也应该光顾这些无所事事之徒，给他们惩戒。

甚至对那些无能而又无用的作家，也该有些法律上的强制措施，如同对无业游民和游手好闲之辈的惩罚。有人会假大众之手将我和其他上百人驱逐出去。这可不是掉以轻心的事。写作粗制滥造似乎是一个失控时代的征兆。当我们身处乱世之前什么时候有过如此之多的作品？罗马人在帝国崩溃之际，什么时候有如此之多的作品写出来？再者，文人才子图得高雅却并没有让他们在社会上变聪明，他们无话可说却忙于写作，这源自他们在自己职位上的职责懈怠，迷失方向。这个时代的堕落是我们当中每个人的个人贡献促成的：根据各自的强势，一些人献出背叛，另一些人献上了不公正、不信教、专制、吝啬、残忍；最无强势的弱者献上了愚蠢、虚浮、散漫——我便属于这一类。似乎当不幸困扰我们之时正是虚浮之事乘虚而入之际。在作恶盛行的年代，值得称道的事只有碌碌无为。我自嘲道，我将进入最后一批该被缉拿的人。当别人忙于对付紧急事件时，我就有闲情逸致自我修正了，因为我感觉有大毛病侵扰我们时追究区区小错似乎不大合情理。有个人伸出手指请求费罗提摩斯医生包扎一下，但是医生却从他的面色和呼吸中觉察到他的肺部溃疡，他不无道理地说："我的朋友，现在可不是浪费时间护理你的指甲的时候。"

几年前我遇到过同样的情况，有个人在我的记忆中留下了特别难忘的印象，在国家忧患重重，既无法律、法庭也无法官行使职责的时候，他却去颁布一些改革服装、烹饪、诉讼方面的毫无意义的政令①。这些戏弄人的玩意，只能满足一部分误入歧途的老百姓，表明我们并没有完全忘记他们。还有一些人也采取了同样的做法，他们小心翼翼地通过不同的说话方式，锲而不舍地去禁止一部分人跳舞和游戏，而这些却是恶贯满盈而无药可救的人。对发烧的人来说，洗脸去污不是时候。只有斯巴达人才会在生命最危急的时刻梳理头发。

至于我本人，有一个更糟糕的习惯，如果我把浅口皮鞋穿歪了，就让我的衬衫、大衣也歪着穿，因为我讨厌在穿着一半的时候做整理。当我的心境不佳时，我就尽力和自己过不去，我自暴自弃，任自己沉沦下去，撒手不干；我坚持让事情糟糕下去，觉得没有必要再悉心考虑个人的尊严——要不十全十美，要不一败涂地。

国家遭受蹂躏之际②时逢我沉沦忧伤的年龄。我可以比较轻松地容忍自己的悲伤加重，而不能接受自己的安逸因此受到干扰。我面对痛苦表达的言辞皆为愤怒之言：我的勇气不但不会懈怠，反而会奋起。我与别人不同，我在走运之时比在倒霉时日更加诚信上帝，因为我信奉了色诺芬的箴言，而没有完全追随其中的道理。比之向苍天索取，我更愿意温存地面对苍天表达谢意。

———————

① 此处指拉热巴东，时任波尔多最高法院主席。
② 指1586年的法国。

当我的身体处于乐观状态时，我更加注意锻炼身体，而当身体状况不令人满意时，我反倒无心去注意恢复身体了。顺境使我受益并接受教训，别人却是从逆境和遭受攻击中获取教训。似乎好运和良心不能并存，只有逆境才能造就好人，但顺境特别能激励我的节制和谦逊。请求可以征服我，威胁却会遭遇我的严词拒绝。爱悦使我顺从，恐惧则使我强硬。

世间万象，其中有一件事相当流行：关心别人事情的兴趣远远超出对自己事情的兴趣，还有就是喜欢动和变。

白日的阳光令人感到温暖，只是因为时辰随着马匹的更换在奔跑。（佩特罗尼乌斯）

我属于这类人。和我的行为截然相反的人自以为是，认为自己拥有的东西超过别人，不承认有其他比自己所看到的更为美好的事物。如果说这样的人没有我们深思熟虑，却比我们过得幸福，那我不羡慕他们的智慧，却很羡慕他们的好运。

我对新奇和陌生事物的兴趣十分有益于培养我对旅行的渴望，不过还有另外一些情况也有助于我这些愿望的滋长。我自愿放弃治理家务。指挥别人拥有某种乐趣，哪怕是在谷仓里面，家里人能服服帖帖也有乐趣，然而这样的乐趣过分单调而且没有生气，还必然掺杂着许多不愉快的思想：时而是你管辖地区百姓的贫困和痛苦，时而是邻里之间的口角，时而是他们在你的土地上对你令人伤心的侵犯。

不是你家的葡萄园遭冰雹，
就是你家的土地欠收而令你沮丧，

连树木都在抱怨忽而雨水成灾，

忽而干旱引发火势燎原，忽而冬季刺骨严寒。（贺拉斯）

不到半年时间，老天爷勉强赐给了你们一个令人满意的美好时节，而令人担忧的是，季节对葡萄有利了，却伤害了牧场：

不是天空骄阳似火烤焦了收成，

就是突降暴雨和冰雹将其毁于一旦，

要不就是狂风肆虐将其蹂躏。（卢克莱修）

加之弄伤了你的双脚的那双古人制造的外形美观的新鞋，而外人并不了解它让你付出的代价，不了解你付出了多大牺牲才维持了别人在你家看到的井井有条的美观外貌，而你确实可能花了很多钱才买到这些。

我很晚才开始管理家务，那些在我之前出生的人长久以来都在为我代劳。而我已经养成了另外一种更加符合我气质的习惯。依我的观察，家政需投入精力但并不十分困难：能做好其他事情的人都能得心应手做好家政，但如果我想发财，这条路似乎太漫长了。那我该去为国王尽职，因为比起其他任何职业，这都是一份肥差。根据我的有生之年既不适于干好事也不适于干坏事的特征，我只求获得未曾获取也未曾挥霍的名声，我只求得过且过，感谢上帝，我不必投入太多的精力就能做好家政。

最糟糕的情况无非是紧缩银根但是不要让自己受穷。这就是我日常所做的，在穷困没有来到之前就需要自我改进的。总之，我在心里做好了各种思想准备以便应对比我拥有的还要少的情况。我要说的是：以满足的心态应对。"衡量某人财富的多少，不是以计算收入的多少确定，而是根据他日常的生活习惯和需求而定。"（西塞罗）我的真正需求并未精确消耗完我的财富，因而我的生活境遇无法伤害到我的基本财产。

无论我对参与家务多么无知，多么鄙夷这项事务，我还是努力从事这项事务，虽然经常事与愿违。再者，我家的情况是，我在这边节约开支，那边却有另一个人花钱无节制①。

旅行给我带来的唯一麻烦是支出庞大，超出了我的经济能力。我的旅行习惯是不仅携带必需的装备，而且还要适当。因此我必须缩短旅行行程，减少旅行次数，我为此花费的是额外的钱和个人积蓄，而且必须根据这笔收入到账的时间和多少而定。我不愿意让旅途散步的乐趣败坏了我歇息的乐趣，我期待这两种乐趣的相互协调，互为补充。既然在生活里，我的主要职责就是让这样的生活变得疲沓，宁愿松散度日，也不愿忙忙碌碌，于是命运之神帮助我免去了增加财富供养众多继承人的必要。我唯一的继承人②如果对我所拥有的不能十分满足，那就活该倒霉了！她在这方面的愚蠢不值得我想再为她挣更多的钱。每个人都可以效仿福基翁③，有足够的资产供养子女，条件是在子女都和他差异不大的情况下。我完全不赞同克拉特斯④的做法，他把自己的钱交给一位银行家，前提是，如果他的孩子们都是笨蛋，就把钱给他们；如果他们都很有头脑，就把钱散发给百姓中头脑简单的人。

---

① 指蒙田的妻子。

② 指她唯一存活的女儿。

③ 普鲁塔克曾著书《福基翁的一生》提到菲利浦派人赠物给他，他拒收，送礼人说你的儿女都很贫困，他则回答道："如果他们像我，他们在乡间的那笔资产足以构成财富了……"

④ 见第欧根尼所著《克拉特斯的一生》。

何况，因为我不在家引起的损失而我又有能力承担时，拒绝接受可以避免家庭窘迫境遇的良机，似乎不合情理。总有些事情横加一杠子。不是这幢房子就是那座屋子的事情出来扯皮。你每件事都要亲临关照，你常常在别处使用的洞察力在这里却伤害了你。我躲开了令我心烦的事，避免去了解进行不顺利的事，但是我还做不到在家里碰到不顺心的事情时不顶撞人。人们向我隐瞒至深的欺诈行为我却了解得最清楚。因此为了让这些事情少伤害我们，我就得帮助那些人隐瞒那些行为。尽管是无谓的伤害，仅仅有时是无谓的，却总是伤人的。最微小的麻烦是最伤害人的，犹如小小的字体更令人疲劳、更伤害人的眼睛。鸡毛蒜皮的小事也能伤人。宗宗小事比一次凶猛的打击更伤害人，无论这样的打击有多大。家庭的困扰愈繁多琐碎，对我们的刺激愈尖锐，而且我们事先从未感受到这些事情的威胁，它们总是不备而来，突然袭击。

我非圣人。伤害愈重，给我的压力愈大，而实质上的压力比来自形式的压力还更大一些。我比一般人更了解伤害是什么，所以我更有忍耐力。伤害若没有刺伤我，毕竟也惹恼了我。我的这种状况和生命一样脆弱，很容易被干扰。自从我面向悲哀，"当他面向第一次冲动却步时，任何人都无法抵挡"（塞内克）。无论这个原因多么愚蠢，我都会因此激起恶劣的情绪，这种情绪会得到滋养，自动激化，从另一种情绪上汲取并积累物质，得到自我充实。

滴水穿石。（卢克莱修）

这些常见的滴水坑吞噬着我。习惯形成的痕迹从来不在表面，它们不停地出现，难以修复，尤其是在家里的仆人不断出现不可避免的问题时。

当我粗略考虑我的事务时，我发现（也许我的记忆不够准确），它们直至此时此刻还是兴旺发达的，超出了我的账目和预算。我的收益似乎多于账面上的数字，这些收益的成功超出了我的计算。但是当我投入这些事务并且加以管理的时候，当我观察事物进展的步骤时。

那么我们的心就会被种种琐事搅得心烦意乱。（维吉尔）

会有成百上千件事情令人牵肠挂肚，叫人忧心。甩手不干，易如反掌；干而不费心思，则难上加难。待在这样一个你所见的一切都令你牵肠挂肚的家里，十分可悲；而待在一个陌生的房间里，却更加令我兴致盎然，平添乐趣。有人问第欧根尼感觉哪一种酒质地最好，他的回答合乎我的想法，他说："别人家的酒。"

我的父亲热衷于蒙田庄园的建设，他是在那里出生的；在庄园事物的管理中，我乐意效仿他的榜样，运用他的规则，我还要尽我所能让我的继承人也致力于这项工作。如果我能为他做得更好，我会在所不辞。我感到自豪的是，父亲的意愿还在通过我实施，发挥作用。但愿那些我可以回报慈父的美好生活场景不会在我手中流失。我参与完成几根墙木架结构的修复，整理没有修整完毕的房屋，我这样做肯定是出自对他个人意图的考虑，而不是考虑我自己是否满意；我还责怪自己的懒惰，没有继续完善他遗留在房屋中的美好开端。要知道我完全可能是我这个家族财产的最后拥有者，是最后一个对其加以治理的人。因为就我个人的偏好而言，既不是人家所说的饶有乐趣的建筑，也不是打猎、园艺以及其他类型的隐居生活，这些事都不能引起我太大的兴趣，我对这些事情感到自责，对其他对我自己不利的个人见解一样，也会自责。我对观点的力度和强度不大关心，只希望它们容易理解，适合生活的需要。一切见解只要有用而且令人愉快，就是真实而且正确的。

有人一听到我说起处理家务事中的无能，便对我悄悄地说，这是因为轻视它的缘故，不屑于去认识农具、农时、农序，酿酒的方法，嫁接的技术；也不想去弄懂植物和水果的名称、形态以及我生存必需的食品烹饪、我穿着所用料子的名称和价格，因为我全力以赴投入高深的学问，而那些事却让我感到为难。这简直是在说我愚蠢，不是在恭维我，是在骂我笨蛋。我宁愿当个能干的马厩总管，也不想当什么杰出的逻辑学家：

你为什么不去操心一些有益的事情，
用柳条和软灯芯草去编篮子？（维吉尔）

我们经常思考一些一般问题，思考宇宙运作的原因和方式，然而它没有我们的关照也运行得很好；我们却把自己的行为置于一边，把我的米歇尔扔在一边，而米歇尔比其他抽象的人与我的关系更为密切。现在可以说我常常住家里，但我还是希望住在家里能比在其他地方感到快活。

愿我的家让我安度晚年；
愿我的家终结我航海、旅行和军旅生涯的疲惫！（贺拉斯）

我不知道自己能否实现这个愿望。我希望不是去继承父亲的什么遗产，只要把他晚年持家的酷爱传给我就够了。把自己的全部愿望寄托在自己的财产上，并且懂得在自己所拥有的一切中找到乐趣，真是十分幸福。如果我能有一次做到像他一样满怀兴趣操持家务，我就不必担心政治哲学家会枉费口舌指责我的平庸和我的所作所为之枯燥无味了。我同意这样的观点：最高尚的职业是为公众服务，做到对多数人有益。"因为只有和亲近的人共同分享财富，才是享用聪明智慧、道德和优越感的最佳方式。"（西塞罗）我本人则与此相去甚远。部分原因在于良心的不安（因为我看到了这样的职业所承担的分量，也看到我很少有办法做得令人满意；连柏拉图这位主管政治的创作大师也没有参与这项工作），部分原因在于懦弱。我满足于不必操心，优哉游哉享乐人生，过一种仅仅可以得到宽恕的生活，只要对戋本人和别人都不感到劳累就可以了。

我如果有个人能够把理家的事予以托付，世上绝没有其他人会像我这样把一切全盘交给他。目前我的一个期望是找一个可以托付的女婿，他可以令人欣慰地让我安度晚年，最终得到安息。我会把家里的统治权交给他，让他支配使用我的财产，让他像我的做法一样处置财产，在支配财产方面比我更胜一筹，只要他对此付出一片真正朋友式的感激之情。你在想什么！我们生活在一个连自己亲生子女的真诚都感受不到的世界。

在旅行中保管我钱袋子的人，不受任何监督，完全像他自己的一样。因此在结账的时候，他完全可以欺骗我。如果他不是魔鬼，我便给予他完全的信任，迫使他学会诚实。"许多人教唆背叛，因为担心被骗；出于猜疑，允许过失。"（塞内克）我常用的确定我家佣人可靠性的办法是对其错误一无所知。只有在亲眼见到那些坏事以后我才相信它们的存在，我更加信任年轻人，因为他们受坏榜样的腐蚀少一些。我宁愿听人说两个月后我花掉了四百埃居，而不愿意听人每晚唠唠叨叨对我说花掉了三个、五个或七个埃居。照这样的方式，我并不比其他遭此类偷窃的人损失得多。的确我这样做是在助长自己的无知：我故意把自己的钱财搞得有点混乱和不准确，等到了一定程度，我就会满足于可以猜疑人家了。必须给你的贴身仆人留一点儿不忠或者干蠢事的余地。只要剩下的钱财足以支撑我们该做的事情，就可以稍稍任他们随心所欲去摆布我们的财产，那不过是拾穗者的微薄所得而已！总之，我既不赞赏仆人的特别忠实，也不屑于关注他们对我犯下的过失。琢磨金钱，乐于沉溺于把玩、掂量、计算金钱，是多么可耻而愚蠢的行为！吝啬正是通过这条途径占领了自己的地盘。

我理财十八年以来[①]，没有从我这里在财产证书和主要事务上看到进展，这些必须经过我的学识和操心后才可能成就。这并非出自对身边事物和世俗事情的冷漠和蔑视，我没有如此高雅的情趣，我无论如何都很看重这些事情的价值；这完全出自一种不可原谅和稚气的懒惰和疏忽。只要不去看契约，只要不去抖那些积满灰尘的无聊文件，我什么事情不做？操心和辛劳让我付出的是最昂贵的代价，我但求疲沓松弛，随遇而安。

我以为以前我更喜欢做的是依赖并分享别人的成果而生活，如果这样做至少可以既不用承担义务也可以不必卑躬屈膝。而且我不知道，仔细观察我周围的事物，按照我的性格和命运安排，生意、下人以及家中仆从使我忍受的痛苦较之有条件去追随一个比我出身高贵的人所忍受的煎熬还要平庸、艰辛和难堪，让后者来指导我的行为倒会让我感觉舒服一些。"奴役征服的是懦夫、

———————————

① 指 1568 年其父过世以后的 18 年，这也是蒙田创作他的《随笔》的过程。

意志薄弱和无法主宰个人意志的人。"（西塞罗）克拉特斯更糟糕，他为了摆脱家里难堪和操心的事，干脆投入自由自在的贫困境遇。我不会去这么做（我既讨厌贫困也憎恶痛苦），但是我很想改变目前这样的生活，去过一种少些奢侈豪华、少担心的日子。

一离开家，我便摆脱了所有的想法，那时候即便一座塔倒下，我也不会像现在这样连掉下一片瓦都要费心思。当我远离家事独处时，我的心绪就从烦躁中摆脱，变得开朗起来，可是当我一待在家里，便像个种葡萄的人一样忧心忡忡。马缰绳歪了，马镫的皮带打到我的腿一下，都会让我一整天心绪烦躁。我培养了自己不去为小事而忧虑的心情，但是眼睛，我却不能让它们做到。

感觉，啊，上帝，感觉是什么！（佚名）

在家里，我是一切坏事的担保人。很少有这样的一家之主——我指的是中产阶级的像我这样的一家之三，如果有，他们都比我幸运——能够依赖于一个副手，而不去承担大部分事务。做一家之主的操劳通常去除了我的一些待客方式（我留客的方式与其说是靠他们对我招待的好感，不如说是因为我家的烹饪，令人讨厌的人都是这样做的）；这样做同样大大丧失了我在高朋满座中享受到的乐趣。绅士在自己家里最愚蠢的行为是看到他（在招待客人的过程中）忙于组织安排，在与一个家仆耳语的同时，又对另一个使出威胁的眼神——当时的一切都应该不动声色、在日常的程序中进行。在招待客人的方式上，既表示歉意又加以吹嘘，我认为这十分粗俗。我喜欢秩序井然，清爽利索。

　　　　杯盘碗盏映照出我的个人形象。（贺拉斯）

　　同样在需要大笔开销的时候，我在家里，更注重需要，很少去考虑炫耀。如果有仆人在别人家打架，如果有一盘菜打翻了，你只要笑笑；你睡觉的时候，那位老兄正在和膳食管家安排你第二天招待客人的饭菜呢。

　　我说这些根据的只是我自己的情况，然而照一般常理可以推断出，对某些人来说，井然有序地保证一个平和、昌盛的家庭发展，是多么甜蜜有趣的事情。我不想把自己的缺点错误和这些事联系起来，也不想否定柏拉图的说法，他认为，对每个人来说，人该操劳的最幸福的事情莫过于公平正直地做好自己该做的事。

　　旅行期间我只考虑自己和金钱开销：只靠一条箴言就可以解决问题。积蓄金钱，需要很多学问，我一窍不通。使用金钱，我倒略知一二，如怎样使开销更富有价值，事实上，这也是金钱的主要用途。但是我奢求过高，开销过大，造成不平衡，丧失了规律性，而且在节约和挥霍上都无法节制。只要开销显现，有益，我就任它花销下去；如开销不当不顺，我也没什么措施节制自己。

　　无论谁，或人为地或自然地，在考虑人家的舆论中，把这样支配生活的方式强加给我们，对我们弊多利少。我们会丧失自身的优势而从外表上符合公众的舆论。对我们来说重要的不是我们自身的情况如何，实际上是我们在公众舆论面前如何。即便精神财富和才智只是我们个人享用而没有在别人面前表露出来并获得别人的赞赏，便犹如无花之果。有的人的黄金大堆大堆地在地下流淌，却没有人看得见。另外一些人把黄金拉成大小不同的薄片，因而，在一些人那里，里亚（铜币）的价值和埃居（金币）

等同，相反，在另一些人那里，依据人家出示的物品确定花销和价值。对财富过分细心，流露出吝啬，过分有序和人为的大方和分送也是如此。财富不值得那么专心和费劲地去关照。谁想正确地花钱，就要收紧并有所约束。存钱或者花钱的行动与其本身无关紧要，它们要具备正确或者正确的特色，取决于我们本身的意愿。

另一个让我坐长途旅行的原因是我无法适应我们国家当前的世俗风气。我可以从涉及公众利益的腐败中轻松地摆脱出来。

> 几百年比铁器时代还要腐朽的年代，连大自然本身都找不出名词和实质的名称给它下定义。（尤维纳利斯）

然而从我个人的利益而言，我做不到。我对腐败这些伤风败俗的事难以忍受。在我的周围，在国家动荡无度的情势当中，我们当前着实正在变老。

> 在那里，正义与非正义交织错落。（维吉尔）

事实上国家这样的局面能维持下去就算是奇迹。

> 他们在耕地时都是全副武装，他们乐此不疲：
> 不断把掠夺物运回家中，并以此为生。（维吉尔）

我通过我们的例子终于明白人类群居的社会不惜代价在稳定，也在曲肘弯腰。无论将他们放在什么位置，他们都会动来动去，堆积排列在一起，像是杂乱无章被集中堆放在口袋里的物体，自己在寻找相互连接的方式，各自找寻自己的位置，往往比人为的巧妙安排还要合适。菲利浦国王集中了一批最坏的人，把他们安置在使人专门为他们建造的一座城里，城市就以他们这类人的名称而命名①。我认为他们出自自身的恶习，在他们中间建立了一种政治制度和一个适合他们的特殊社会。

我看到的不只是一两种或上百种行为，而是已经成为习惯并且根深蒂固的行为方式，它们是如此丑陋——尤其是在不人道和不忠实这两种在我看来最可恶的缺点上——以致使我一想到这些缺点就不寒而栗，我对这些缺点的惊讶程度简直不亚于仇恨。物以类聚，人以群分，这是必然的。偶然的组合随即形成了法律。有些条款之野蛮，确实是人类的思想所孕育而成的，但却还健康而长期具有生命力地保留了下来，像柏拉图和亚里士多德还参与了其中。

可以肯定地说，对政体的所有描述都是人类设想出来的，它们十分荒谬，难以付诸实践。对于社会的最佳形式以及最适于把我们连成整体的规则的大规模、长时间的争论无非是锻炼我们思维的一种争论；同样我们在"自由艺术"②中所发现的几个主题都是以争论和讨论为核心，除此之外毫无生命力。整体的这种形式描述可能适宜某个新世界，然而我们谈论的是已经属于某个社会形态、形成某些社会习惯的人群；我们不可能像庇拉或卡德摩斯③那样重新塑造这些人。无论我们采取什么方式，尽可能用新

---

① 普鲁塔克说，菲利浦称这座城市为"珀奈罗珀里城"，意为"坏蛋之城"。

② 这是亚历山大所确定的学派，用以奠定古典教学的基础，以修辞和哲学为主，包含音乐、数学、天文学等其他学科。

③ 二者都是神话故事中的人物。庇拉夫妇逃脱洪水后，将石头扔进地里生长出人类。卡德摩斯杀死了吞掉他同伴的一条龙，他把龙牙种到地里生出新人类，这些人相互残杀，只留下五个人成为后来的贵族。

方法校正并驯服他们，我们都不能打破一切，去除他们的所有习俗来纠正他们。有人问梭伦，他是否尽力为雅典人制定了最好的法律，他回答："是的，至少制定了他们可能接受的最好法律。"

瓦隆用同样的方式为自己辩解说，如果他写关于宗教的文章显露新意，他会说出这方面的感想，然而既然宗教已经形成并被人接受，他会按习俗而不是按自然规律说话。

这不只是一种见解，而是事实：最优秀的政体对于每一个民族来说，是能够在它的治理下赖以生存。政体的根本形式和效益取决于其习惯上的举止。我们通常不喜欢目前的一些实质性的做法。但是我认为在一个由人民做主的国家里，希望由少数人来发号施令，或者在君主制国家实行另一种政体，都是严重错误和荒谬的。

> 照你所看到的国家去爱这个国家吧：
> 若是国王的国家，就去热爱这个君主国家；
> 若这是少数人统治的，或者众人共同管理的，
> 也去热爱这样的国家，因为是上帝创造了它。（皮布拉克）

这位善良的皮布拉克先生刚刚离我们而去，这真是一位人品高尚、见解正确、性格温和的精英！他的逝世和同时离我们而去的德·富瓦先生①给我们的王权带来了重大损失。我不知道在法国是否还可能有另外两个人能够替代这两位加斯科尼人，能给国王中肯地提出建议。这是两位方式各异的杰出人才，当然就在本

---

① 全称为保罗·德·富瓦，与皮布拉克同年（1584年）去世。他曾为国王的顾问和波兰大使。以待人宽容著称。

世纪，也是罕见而优秀，每人各具风格的。然而是谁把他们安排在我们这个时代，让他们与当前的腐败和战争风云格格不入呢？

没有什么东西像改革那样使一个国家不堪重负，而只有变革才能形成不公和霸权。当一座建筑的某个部位散了架，我们可以去把它支撑起来：我们可以去抗争一切事物的天然变质和腐败，让这些事物不会远离我们的本源和根基。然而着手推倒一个如此庞大的重物，去改变一个巨大建筑的根基，这等于是为清除一幅图画的污垢却把它全部抹掉——他们想修复局部缺陷却把它整体推翻，想治病却以治死来代替。"不期望改变政府而更愿意把它摧毁。"（西塞罗）社会已经无力做到自我痊愈，它已经完全无法承受给它添加的负担，只想不顾代价如何摆脱重负。我们从成百上千的例子中看到，社会一般在自我治愈的过程中需要作出牺牲，而如果不能在整体上改善国家的状况，只是摆脱当前的灾难不算治疗。

外科医生的目的并不是把坏肉治死，这只是他治疗的一种方法和一个阶段。它的目标更为遥远，他希望天生的肌肉重新生长出来，让生病的肢体恢复到正常的状态。谁只想去除折磨他身体的东西，那就无法达到他的目的，因为好的东西不一定会接替坏的东西；其他糟糕的情况也会接替它，而且更严重，就像谋杀恺撒的人遇到的情况，他们把国家推向那种状况，后来又懊悔自己参与此事。以后有许多人出现过类似的情况，直到近几百年。我们同时代的法国人都知道该怎样考虑这些问题。所有大的变动都会动摇国家，使它发生混乱。

谁直接以治国为目标，在行动之前加以考虑，谁就会在着手之前泯灭热情。帕居维尤斯·卡拉维乌斯曾经以引人注目的先例纠正了这样的革命行动。他是卡普城王族的一位贵族，一天他想出一个办法，把元老院的议员们关进宫里，把百姓们召集到广场上，对他的同胞们说，向长期压迫他们的暴君复仇的日子到来了，暴君们手无寸铁，任人民处置。大家同意根据筛选，让他们一个一个去接受死刑。人们针对每个人做一个个的评价，然后立即照决定执行，条件是同时必须指定一个好人代替被判刑的人，避免这个人的位子空缺。可是人们刚听到一个议员的名字，便不满之声四起，群起而攻之。帕居维尤斯说道："我明白，必须撤掉这个人的位置，他不是好人，我们还是挑一个好议员替换他吧。"紧接着一片肃静，所有的人都觉得难以选择，谁冒昧提出他的候选人名，立即掀起一片拒绝的声浪，提出这个人的种种不是和拒绝的理由。议员相互对立的情绪被煽动起来了。提出第二个候选议员的情况还要糟，接下来提出第三个人的情况也是这样。选举的争吵和驳回候选人的状况同时并存。大家白白劳累了一阵，便开始纷纷逃离集会。人人都在脑子里得出了一个结论，最老的最熟悉的恶人总是比新的未曾感受过的恶人容易忍受。

因为我感觉到我们令人怜悯的不安，原因是我们有什么没有干过？

唉，我们的伤疤，我们的罪过，令我们蒙羞，我们的骨肉残杀令我们无地自容：

> 我们这些蛮荒年代的孩子，
> 在什么样的残暴面前让过步？
> 什么样的神灵没有亵渎过？
> 对神的敬畏何曾约束过年轻人的双手？
> 哪个祭坛幸免于他们的手下？（贺拉斯）

我不准备马上下结论。

　　　　即便萨罗斯女神自己乐意，也未必能够拯救这个家庭。
（特朗斯）

　　然而我们可能尚未处在世界末日。各个国家继续生存的事实看来完全超出了我们的理解力。正如柏拉图所言，一个组织完好的国家是强大而难以解除的政体①。它在维持生存的过程中往往能够应对体内致命的疾病，战胜不公正的法律造成的损害，战胜暴虐，战胜官僚的恶行和愚昧，战胜百姓的放纵和暴乱。

　　无论命运把我们置于什么样的环境，我们都会往高处比，朝比我们运气好的人身上看；我们也可以往下面看一看，比一比，但再倒霉的人也会找出成百上千的例子聊以自慰。我们的毛病在于喜欢往后看而不喜欢往前看。梭伦则认为，如果有人将全世界所有的不幸堆积起来，没有人会选择带走自己的那一份，而是同意接受在合理摊派的基础上，和别人一样，拿走摊派给自己的那一份。我们的国家不够健全，然而却有不少疾病在身的人并没有死亡。众神在利用我们玩滚球的游戏，用尽伎俩把我们抛向不同的方向。

　　　　众神在利用我们，把人当成了球。（普罗特）

　　众星辰根据命运之安排，选中罗马帝国为能够把玩的范例。这个国家包罗了所有可能游戏的方式和一切盛衰成败：一切有秩

_____

　　①　见柏拉图著作《共和国》，第8卷，第546页。

序和混乱的事都会发生，所有的幸福和不幸都会产生。谁会看到罗马帝国经受的动荡和颠覆而对自己的状况感到失望？如果一个国家的统治疆域可以说明其健康状况（我完全不赞同这样的说法，我喜欢伊索克拉特，因为他教育尼科克莱斯不要羡慕那些拥有辽阔疆域的王公，而应该羡慕善于保住到手的疆土的王公们），罗马帝国在它最为羸弱不堪时才达到前所未有的健康。它最得意的时候正是它的生存状态最糟糕的时候。在开始几位帝王的统治下，人们很难辨认出其政体的面貌，这是我们可以想象出的最可怕最严重的混乱局面。然而它熬过了这样的局面，维持得很好，不仅在它的边界以内保持了严谨的专制统治，而且维持了对其他差别很大、十分遥远、完全不服从其统治的所有国家的统治，但这些国家在被非正义的方式征服后，被控制得极为无序。

命运之神不会对任何一个国家加以关照，任它恶意去反对主宰大地和海洋的人民。（卢甘）

摇摇欲坠的东西不一定都能垮塌。一个如此庞大的结构不只是靠一颗钉子支撑，只是依赖其年代的古老也能支撑下来，犹如一座古老的建筑，年代久远已使它的地基下陷，它既无坚固的外壳也没有连接物支撑，然而却能以自身的重量存在下来。

它已经无法依赖坚固的根基生存，而是靠自身的重量。（卢甘）

另外，要了解一个位置的坚固性不应该只是了解其侧面和沟壑是否牢固，要判断其可靠性，要看从什么地方可以进入，入侵者的状况如何。很少有战舰只因为自身的重量而无外界的猛烈攻击就会下沉。现在到处看看：我们周围的一切都在倒塌。看看所有的大国，无论是基督教国家还是我们所熟悉的大国，仔细看看吧，你会发现变化和毁灭显然都在威胁着它们：

这些国家满身疮痍，还受到同样的风暴威胁。（维吉尔）

占星家以其惯用的巧妙手段提醒我们说，不久后会有大灾难大变动发生。他们的预见看得见摸得着，无需升天去探究。

我们不仅需要从这个败坏而且受到威胁的大社会群体中得到慰藉，而且需要对我们国家继续生存下去寄予希望，因为在全部都已塌陷的地方自然就没有什么可垮塌的了。普遍的疾病中孕育着个别的健康：统一性与解体性对立。对我来说，我不会因为这样的形势而陷入绝望，而且似乎从中看到了自救之路。

也许某个神仙回心转意，会把一切事情回归原位。（贺拉斯）

不知上帝是否愿意出现身体在经历长期严重的疾病以后而进入最佳状态？这样的状态使身体比被夺走的健康还要健全清纯。

最令我感到难以忍受的是，在历数我们遭遇的各种症状时，我看到天生的、纯属本人的症状和失常的、不慎造成的情况不相上下。仿佛众星辰决定了我们的生存时间和超出期限的时间。令我感到难过的还有，看到威胁我们的最可怕的疾患并不在我们结实机体的全面衰败，而是肌体消耗和散架。

我还要说的是：在这些《随笔》的胡思乱想中，我担心背叛了自己的记忆，由于疏忽而使一件事重复写上两遍。我厌倦在作品里重新看到自己，一旦作品出手我决不会违心地再去读一遍。除非我有新的东西获得，否则我是不会再加进什么东西了。这都是些一般的想法，也许构思了一百次以后，我还担心是否已经放进我的著作里了。说话重复处处令人生厌，即便是在荷马的作品里也是如此；如果在肤浅和昙花一现的事物中，反复说同样的话题就更是灾难性的了。我不喜欢反复灌输，哪怕是有益的东西。塞内克的作品里就有这样的情况，他斯多噶派的习俗令我讨厌，他对每一个题目都要冗长、宽泛地反复论述一般的原则和公证材料，而且一再引证常见通用的论据。

　　我的记忆力日渐残酷地衰退，正如口干舌燥的我，饮用了来自地狱忘河的催眠之水。（贺拉斯）

　　今后必须在别人寻找时机思考该说什么话的时候，我要避免做自我准备（因为，谢天谢地，直到现在这一刻还没有因此犯下任何错误），以免把自己束缚在不得不服从的义务上。承担义务引我误入歧途，而且我又依赖着如此无用的工具——我的记忆力。

　　我没有一次在读那本历史书①的时候不表现出一种真正感到气愤的个人情感。林塞斯泰斯被指控谋反亚历山大，在他按习惯被带到军队前那天，他脑子里已经准备好长篇演说为自己辩护，可是他说话犹豫还结巴，只讲了几句。由于他越来越慌张，在他

----

　　① 此处指公元1世纪坎特·库尔斯的著作《亚历山大生平》，以下故事见第7卷，第1页。

和记忆力搏斗重新搜索该讲的话时，已经被离他最近的几个士兵用长矛击中致死，因为他们认为他是有罪的。他的慌乱和沉默被看作是在认罪，因为他在监狱里有足够的时间作准备，在那些人看来，不是因为他记忆力丧失，而是受到良心责备，束缚了他的舌头，使他丧失了说话的力量。那些人确实很有道理！地点、在场的人、等待的时间搅乱了那些本来十分想精彩表达的人。当这样的讲演以生命做赌注的时候，人们又能做些什么呢？

对我来说也出现过同样的情况，当我碰到有话非要讲的时候，也会丧失记忆。当我完全信任并完全投入我的记忆的时候，我会完全依赖它以至于让它精疲力竭，因为它不堪重负。因此我越长时间依赖它，就越难以控制自己，以致失去常态。有一天我发现自己很难隐瞒束缚着我的这种奴性，当时我有意在说话间表现出彻底无精打采的样子和毫无准备的偶然动作，可以说是因为当时的情况产生的；我确实喜欢说些废话足以表明我是有备而来，准备做精彩发言的。这样的做法不够恰当，尤其是对于我这种情况的人而言。这样做也过于束缚那些没有长性的人：准备工作给人的希望过多，兑现却不容易。人们往往愚蠢地备好紧身背心上阵，到时候却披上了外套。"诱人对己期望过高以愉悦他人是大忌。"（西塞罗）有人在文献中提到演说家库里奥①时说到，当他陈述自己的讲话提纲时，分成了三部分或四部分，或者列述了他的论点和理由，接着他往往会忘记个中一二，还临时加上一两点。我一再提防自己陷入这种尴尬境地，讨厌预先制定好的大纲。不仅因为我不相信自己的记忆力，而且因为这样的方法过于做作。"面对士兵更应该朴实无华。"（坎梯里安）简言之，我已

———————

① 西塞罗曾著书提到这位罗马帝国的政治家，恺撒大帝的死对头。

经承诺今后不再承担在正式场合讲话。因为照着写好的讲话稿说话，不仅恐怖，而且对那些本来在口头上有所作为的人极为不利。我当然更不会任自己受即兴发挥的摆布——我会把这样的演讲弄得拖泥带水，乱成一团，也不可能应付突如其来的重大需要。

请读者允许这篇随笔随着这第三部集子的出版和自我画像剩余部分的第三次扩展流传出去。我加进了一些内容，但是不修改它。首先，因为既然已经向公众交付了你的作品，我认为可能已无权对它再进行修改。如果有可能，他可以到别处去做更精彩的讲演，但是不要篡改已经卖出去的作品。只有在这样的作家辞世以后才能买他们的作品，让他们在作品没发表以前多琢磨琢磨吧。谁逼他们了？

我的书永远只有一个版本，如果有人要再版，以便读者不至于空手离开，我便冒昧地给书加上一些附加的装饰（因为这只不过是个没有拼合好的镶嵌工艺品）！再版的东西只是有些超出分量，那并不是对初版的指责，而是通过难以琢磨的一些浮夸的东西给后来的每一个版本增添一些特殊的价值。但是很容易产生某些编年顺序颠倒的情况，因为我的叙述往往即兴而发，不总是依据年代而来。

其次，我不加修正，因为就我而言，我担心变动之后会丢失一些东西：我的才思不总是勇往直前的，它也会倒退。我对自己思维的不信任在第二版、第三版和在第一版一样，不相上下。对当前版本思想的不信任也不亚于对过去的版本。我们修改自己的东西和修改人家的东西一样，都是愚蠢之举。我的第一批作品出版于1580年。很长一段时间过去以后，我已经年老，但是我的智慧却没有丝毫见长。目前的我和以前的我判若两人，然而什么时候的我更好一些？我无言以对。如果我们能向改善自我进发，那么上年纪真是件好事。而事实上，我们的行动却像醉鬼一样东倒西歪，晕晕乎乎，一副丑态，像灯芯草一般，随风任意摇曳。

昂提绪斯撰文大力支持柏拉图学园，而到晚年又改弦易辙。无论我跟随他哪个主张，不都是跟从昂提绪斯吗？提出质疑以后，又想肯定人类的舆论，这不是光置疑而不加肯定吗？如果给他机会再活一段时间的话，这不是允许他一直处在变革之中，只求变化而不加改进吗？

公众的爱戴赋予我的勇气有些超出了我的期望，但是我最担心的是自我陶醉：我像当代的一位学者那样，宁愿刺伤别人，也不愿意令人厌倦。恭维听上去总是舒服顺耳，无论来自何人，无论是什么理由。然而要让这样的恭维使你感觉满意得当，就要弄清恭维的理由是什么，因为就连不足之处都有办法获取价值。公众庸俗的评价在有选择的对象中很难被肯定，在当今时代，最拙劣之作若没有得到大众吹捧的话，算我看错了。我一定会感激那些惠顾我微薄努力的名人。方式方法的错误不可能出现在毫无优点可言的地方。请读者不要抱怨我在这里所犯的错误，它避人耳目靠的是忽发奇想和别人的疏忽。我既不参与拼写问题（我只让印刷工人按照传统字体印刷），也不参与标点符号的修改，因为我在这两方面都不十分擅长。即便他们把意思搞得支离破碎，我也不多加过问，因为他们至少卸去了我的负担。但是如果他们照惯常的做法，用一个错误的意义去顶替，按他们的思想来歪曲我的想法，就是在伤害我。然而当这样印刷出来的作品的思想无法和我的想法相符合时，聪明的人就会拒绝篡改的而接受我的。谁了解我多么不勤快，多么天生我行我素，就会轻易相信我宁愿再写出更多的随笔也不愿意因为那些幼稚的修正，屈尊去重读那些句子。

我曾经说过，我处在新时代金属矿的最深处，我不仅不可能和我的行为和言论不一致的人往来密切——他们有自己的一套言行举止而排斥他们圈子以外的人，也不可能处在一伙什么都可以胡来的人当中而无危险。他们当中的绝大部分人在法律的监督下不可能使情况更加恶化，然而这样的处境反而产生了极度的放纵。依据与我有关的所有特殊因素，我在我们这伙人当中找不出一个人会比我保护法律付出更大的代价，正如那些文人学究所言，无益即损。那些冒充好汉，吹嘘自己热情高昂、斗志尖锐的人，虽然经过深思熟虑，反而远远不如我做得好。

由于我家随时出入自由，殷勤对待每一位来客（因为我拒绝别人劝导的把家变成战争的工具①——打仗的地方离我住的地方越远，我越乐于加入），值得周围人的爱戴，所以很难在我的庄园一带听到有人指责我的话。我认为，在我周围一带时局长期动荡不安、风云变幻的情况下，它却免于血腥洗劫，真可谓杰出的典范。因为，说真心话，像我这种气质的人，有可能逃避各种连绵不息、经久不断的危险，但是周围错综复杂的各种侵扰、变化无常的命运和人间沧桑时至今日并没有使国人的情绪得到平息，而是更为激化，也给我平添了难以克服的危险和困难。我在逃避，然而令我不悦的是，我逃避依赖的是运气、聪明谨慎，而不是司法。我不是在法律的，而是在其他的什么保护之下，这一点也令我不快。依据事情的发展，我的生活的一部分不得不依赖他

---

① 蒙田在此指他没有让人在他家周围修筑防御工事，守护起来，而许多人家因为这样做都丢失了家园。

人的恩惠，这一点正是不大光彩的。我既不愿意把我的安全寄托于大人物的仁慈和恩惠——尽管他们对我尊重法律和我自由自在的现状感到满意，也不愿意将其维系在我的先辈和我本人待人亲切的行为举止上。倘若我是另一个人会怎么样？假使我的举止和坦率的人际关系让我的亲戚近邻感到欠了我的人情，他们不对我的生活加以过问，还说出以下的话，那就太残酷了："我们允许他自由自在继续在他家的小教堂里为神服务，因为他家周边的所有教堂都遭摧残变为废墟；我们允许他使用财产以留给他一条生路，因为他在必要时保住了我们的妻子和耕牛。"长期以来我们在家里，得到了曾经赋予阿特尼安·里古尔格的赞誉，他是乡邻们钱财的委托人和保管员。

我认为依赖国家的权威，应该在生活中充分享有权利，而不该靠赏赐和优惠活着。多少高雅人士宁愿丧失生命也不愿意丢弃职责！我却尽量避免屈从义务，尤其是屈从被光荣职责所束缚的义务。什么都比不上人家送给我的东西和以感激为名、拿意志做抵押所得到的东西价值昂贵，而我更愿意接受可以出卖的服务。这一点很容易理解：对于出卖劳力的人我只付给金钱，对于前者我则要出卖自己。用诚实的法律束缚住我的结，给我的感觉似乎比法律规定捆住我的结还要有约束力，还要沉重；用公证员的手来束缚我比用我自己的手来束缚自己反倒温和些。人们只凭信任就可以相信的事，我却大大受到良心的牵制，这难道正常吗？我的良心在其他地方没有任何亏欠，因为人家没有投入什么。但愿人家不要顾及我，凭信任和可靠去互相帮助。我宁愿去打破法律和墙壁构筑的监狱，也不愿意打破话语的禁锢。我坚守言而有信的承诺一丝不苟，竟然到了迷信的程度，对每件事，我都说得不肯定并附带了条件。对并不重要的许诺我都唯恐有失地给它加上本该赋予我的原则的分量：这些原则以其限度制约着我，其苛刻程度使我负担沉重。即使是在完全属于我个人的毫无约束的事物中，只要我谈出话题，似乎就此定下了规则，要让别人了解这个话题，也事先给人家定下了规矩——似乎话一出口就是许诺，所以我很少透露我的计划。

我对自己作出的判决比法官对我作出的判决还要有力坚定，法官只是从公众义务的观点来审视我，而我良心实施的束缚还要紧张严酷。对别人勉强让我行使的，而不是我自愿完成的职责，我做起来总是拖拖拉拉。"在自愿范畴内的行为才是正确的行为。"（西塞罗）行动若没有绽放心甘情愿的光彩，绝无优雅荣耀可言。

很难让我情愿做法律勉强我做的事。（特朗斯）

如果必须强迫我做，我宁愿没精打采去应付。"因为在上司强行的事务中，人们宁愿去感激下命令的人而不是服从命令的人。"（瓦莱尔·马克西姆）我认识一些人，他们接受这样的行为方式简直到了不公正的地步：与其说他们在偿还不如说他们在赐予，与其说他们在出借不如说他们在支付；他们对应该尽义务的人反而精打细算自己的财产。我还没有走到这一步，但是已经接近了。

我很愿意解除义务，彻底解放出来，有时竟然利用了人家对我的忘恩负义、冒犯和侮辱。或出于亲属关系，或出于偶然的情况，我在友情上有所亏欠他们；我把他们犯错误的机会当作我还债的付出和收据。尽管我继续向他们回报社会赋予他们的表面义务，我发现靠公正而不是靠感情办事会省很大力气，而且从内心减轻意愿的紧张和不安的压力，也同样省心很多。"控制友谊的冲动，犹如在赛马中勒紧缰绳，是谨慎之举。"（西塞罗）我费尽心思，有些过分紧迫，起码为的是那些从来对自己没有紧迫感的人。用这种方式调整我的心情对于那些人对我的冒犯起到了安慰的作用。我很伤感，他们为此掉了价，但是至少可以肯定的是，我在履行为他们承担的义务中节省了一些东西。我赞成那些因为孩子是癫子或者驼背就不爱他们的人，不仅是在这些孩子干坏事的时候，而且是在他们不幸或先天不足的时候（是上帝从自己的价值观和本能的评价出发造就了孩子的缺陷），只要那些人在他们的冷淡情感中有所节制，严格做到公平。依我看，亲情非但不能减轻，反而加重了这些缺陷。

总之，在能够以一种难以捉摸和很有益处的感觉评价善举和谢意的必要时刻，我没有见到有人比我眼下更加自在，欠下更少的债。我的债欠在惯有的义务上，没有人能比我还债还得彻底。

贵人的馈赠被我拒之门外。（维吉尔）

王公贵族不从我这里攫取，已经算是给我馈赠了；只要他们不伤害我，已经对我做善事了：这就是我从他们那里索取的全部。啊，感谢上帝，因为他感到高兴的是，我所得到的一切是直接受惠于他的，还因为他特意保留着我欠他的感恩之情。我多么努力地请求他大发慈悲，让我永远不必欠任何人的大恩大德！最令人幸福的是自由自在，它把我带向遥远的地方，但愿这种自在能够结局完美！

我尝试不特别需要什么人。"我的全部希望都寄托在我自己身上。"（特朗斯）这是每个人都可以为自己做到的事，但是对那些天生没有急切需要的人更容易做到。附属别人的命运既可怜又危险。我既准备好足够的勇气——这是最重要的，又准备好物质条件，以便我在别处完全遭到抛弃的时候找到自己感到满意的东西。

希庇亚斯·德·埃利斯①为了能在需要时避开其他所有的女伴而躲进缪斯的怀抱，不仅用科学还用哲学知识武装自己，以便从精神上学会自我满足，在命运要求他的时候奋力摒弃来自外部的优惠待遇；这还不够，他还精心学习烹调，打理胡须，整理衣装、鞋子、首饰，为的是尽力独立完成这一切而避免他人的帮助。

当人的享乐不是受某种需要的牵制，而且按照自己的意志拥有排斥这种享受的力量和方法，那么他就会更加自由自在、无忧无虑地享受那些外来的益处。

我对自己十分了解。我很难想象，因为需要而让我掺进一个人如此纯粹的自由，如此坦诚的友好和慷慨的氛围，却从中感觉到了它们的艰涩、专制和指责的痕迹。给予是一个充满野心和优越感的行动，接受同样是一个顺从的行为。巴雅才对特米尔送给他的礼物通过谩骂和吵闹加以拒绝就是证明。索里曼皇帝叫人给卡里库皇帝送礼，惹得这位帝王大发雷霆，断然拒绝收礼，宣称无论是他本人还是他的前任都没有收礼的习惯，还命人把这些送礼的使者打入了地牢。

亚里士多德说，当海神忒提斯取悦朱庇特，拉塞德蒙人（即斯巴达人）讨好雅典人时，都不重提他们为对方做的好事，因为这是些不大令人高兴的记忆，而是重提从对方接受到的好处。我

---

① 公元前5世纪著名诡辩学家，以记忆力惊人著称。

见到那些频频向什么人索要服务的人，都会欠下人情，如果他们能像一个聪明人那样掂量一下欠情的分量，就不会那样做了。欠情有时可能还清，但是却难以消除。

对于从各种意义上看，行动都完全自由的人来说，欠情就是残酷的绞刑。我的熟人，无论地位比我高还是低，都知道他们从未见过谁能够像我那样从不把我该做的事情推托给他人。如果我能够这样超越其余所有的当代典范，并不令人惊异，因为我性格当中有不少东西有助于这样的做法：一点儿天生的傲气，不忍心拒绝，节制自己的欲望和意图，不能灵活处理各种事务，还有我特别宠爱的处世方式——游手好闲、自由自在。基于这所有的理由，我深恶痛绝欠情于人或者人家欠情于我。无论事情轻重缓急，在我没有利用人家的恩惠之前，我总是尽力用我现有的条件安排好一切。当我的朋友请求我为他们找另一个人帮忙时，我感觉特别烦躁。因为朋友请求帮忙利用人家而解除人家欠我的人情，和要求我为他们向那个并不欠我的人索求帮助，我感觉，所付出的代价相差无几。除此之外还有一个情况，就是我希望我的朋友别让我做过度辛劳和牵肠挂肚的事（因为我已经宣布向那些烦心事作殊死搏斗），除此之外，我都会友善地满足每个人的需要。但是我还是避免接受，而不是寻求给予：照亚里士多德的说法，这样做容易得多。我的命运不大允许我为他人做好事，它允许我做的一点儿好事，又多安排在局促的地方①。如果命运与生俱来就让我出人头地，我就该雄心勃勃让人家爱戴我，而不让人家怕我或者只欣赏我。我是否该说得更直截了当一些？我本应该既重视讨人喜欢也重视利用人家。居鲁士十分明智，他通过一位

----

① 这里指的是那些不大重要的普通人，很难对提供的帮助有所回报。

杰出军师兼优秀哲学家之口，认为自己的善良和善举远远超出武力征服的能力。大西庇翁也是如此，每当他希望得到人家夸奖的时候，必把他的善良和人情味放在英勇善战和战绩之上，他总是把这一句引以为自豪的话挂在嘴边：他给予敌人和朋友同样爱戴他的理由。

因此我想说，倘若必须有所亏欠，应该用比我刚才说的更合法的名义去亏欠，强迫我去以上述名义欠债的是这场不幸战争的法则，而不是一笔类似我一生全部积蓄那样巨大的债务——这样的债务会叫我不堪重负。我在家就寝时千百次想象人家可能背叛我，会在某一个晚上击毙我，那时要和命运女神达成协议，不要死得那么恐惧，也不要忍受煎熬。我在念诵主祷经之后曾高喊：

渎神的士兵将拥有这片精心耕耘过的土地！（维吉尔）

有什么补救的办法吗？这里是我出生的地方，也是我大多数祖先的出生地，他们为这片土地付出了爱，还取了这些土地的名称为姓氏。我们顽强应对已经习以为常的恶劣条件，习惯麻痹了我们的感受，因而让我们经受了多重苦难，成为大自然对我们最有利的馈赠。内战是所有灾难中最为糟糕的一种，它让我们每个人都警戒着自己的家园。

需要一扇门和一堵墙来保卫生命有多么悲哀，只是勉强信赖家园的稳固有多么凄凉。（奥维德）

在自己的家里和家居安宁时也受到折磨，这样的灾难太过分了。我家居住的地方在战乱时首当其冲，也是最后逃避灾难的地方，在这里从未呈现过和平的全貌。

> 即使是在和平时期也因为惧怕战争而战战兢兢，每当命运之神打破和平的宁静，便有战争之神光临。命运之神啊，你真该在东方之国或冰天雪地赐予我们漂泊栖身之所。（卢甘）

我有时从惰性和疏懒中寻求办法，以便在抗拒这样的思想时变得坚强，因为这种思想有些时候会把我们引向坚强。我常常带着几分欢乐想象那些致命的危险并且向往着它们的到来：我会不知不觉一头栽进死亡深渊，既不去观望它，也不去辨认它，犹如栽进一个寂静黑暗的深渊，它瞬间将我吞没，即刻用一种沉睡将我制服，无感觉，也无痛苦。在迅猛而短暂的死亡中，我预见到的后果让我得到比现实所加给我的混乱更多的安慰。同样，生命并不是最好的，因为它延续得很久；有人说，死亡也是最好的，因为它延续时间短暂。我不逃避死亡状态，也对死亡行动抱有信任。我被卷进了环绕我的这场风暴，它使我目眩，并在猝不及防的一刹那，在我毫无知觉的时候，让疾风暴雨把我带走。

在我身上会突然发生花匠所说的发生在玫瑰和堇菜类植物上的事：这两种植物若生长在大蒜和大葱旁边的话，香味会更加浓郁，因为葱蒜吸走了上面两种植物散发在土壤里的臭味。如果事实果真如此的话，那些道德败坏的风气也该来吸收我周围空气环境里的毒气，使我在这样的环境里变得更为善良，更为纯洁，不至于丧失一切。这样的事实不可能存在，但是也可能会产生一些效果，因为当善良变为稀罕物的时候，显得更为美丽迷人；冲突和差异却会僵化和限制我们身上行善的意志，让对立面的妒忌和渴望行善荣光的愿望煽动这种意愿。

盗贼出自他们的本意不特别怨恨我。我不是也从本意上不恨他们吗？如果我不是这样做的话，我必将有很多可恨的人。类似的意识在不同的机遇下隐藏了各式各样的相似的残忍，相似的不正直、同样的偷窃行为在法律的庇护下，越加怯懦，越加安全，越加隐蔽，就越加成为令人憎恶的缺点。较之公开的、不讲道理的、疾风暴雨式的伤害，我更为憎恨隐蔽的、不动声色的损人。高烧突发时，还没有完全在身体上蔓延开来，但只要身体之火一点燃，火苗便会腾腾升起；舆论四起之时，则恰是损害微小之际。

我对那些问我为什么爱旅行的人回答：我很清楚自己在逃避什么，却不清楚自己在寻找什么。如果有人对我说和我们相比，外国健康的人不如我们的多，世俗风气没有我们高尚，我会首先回答说，比别人更糟也不容易。

犯罪的形式不计其数！（维吉尔）

其次，将不利情况变为不确定态势，总是一种收获；再者，别人的灾难不会像自己的疾患那样痛苦地伤害到我们自己。

我不想忘记说出：我气恼法国真是白费功夫，我始终用深情的目光仰望巴黎，这座城市从我幼年起就赢得了我的心，杰出的事物总让我想到这座美丽的城市，我看到的其他美丽城市越多，巴黎的美越让我动情而且占上风。我爱巴黎本身，更爱它的本来面目而不是外来的过于豪华的装饰。我柔情蜜意爱着巴黎，连它的缺陷和瑕疵也在内。我成为真正的法国人，凭借的就是这座伟大的城市：城市因人民而伟大，因地理位置优越而伟大，消遣娱乐的变化多端、丰富多彩更是无可比拟。这座城市是法兰西的光荣，是世界上最典雅高贵的装饰之一。愿上帝把我们之间的分裂远远赶出巴黎！但愿巴黎这个整体不要分裂，这样它就会把自己保护起来，免受任何外来暴力袭击。我向这座城市发出警告，在所有的党派中，最坏的莫过于使它纠纷不断的党派。我为巴黎担惊受怕的是巴黎本身。我为它担忧的程度肯定和担忧这个国家的其他部分一样。

这并不是因为苏格拉底曾经这样说过我才这么想，而是因为这是我的爱好，也许是由于有些过头的情绪造成的：我认为所有的人皆是我的同胞，我在拥抱波兰人的时候就像在拥抱一位法国人，因为我把国籍关系置于对待所有人的普遍公共的关系之后。我从不醉心于家乡的甜美气息。我新认识的人和所有熟人及那些邻居一样可贵。纯粹由我们个人获得的友谊往往会超出由共同的地方或者血缘关系凝结而成的友谊。人天生就自由自在毫无关系，是我们自己把自己封闭在某个地区，我的做法和波斯国王一样，他们除了饮用乔阿斯拜斯河的水，其他地方的水一概不碰，他们愚蠢地放弃了其他河流的使用权，愚蠢地认为世界其余地方的水都干涸了。

苏格拉底在接近生命结束的时候，认为判他流放比判他死刑还要糟糕。我想我决不会因为年纪大和多病而绝望，也不会因为对家乡狭隘的眷恋就流连忘返。去理解卓绝人物生活的方方面面，我更多的是出于尊敬而不是出于爱。他们的生活如此高不可攀，如此非同寻常，即便出于尊敬，也无法理解，因为我根本无法想象。苏格拉底的这种态度对于一个四海为家的人来说难免太脆弱了。他确实蔑视长途跋涉，从未走出阿塔克这片土地一步。朋友为他花钱解救他，他感到惋惜；他拒绝通过别人的调解出狱，以不违反当时已经极端腐败的法律。这些都说明什么呢？这些例子对我来说属于一类范例；还有一些属于二类的范例我还可以在他一个人身上找到。许多这类罕见的例子都超出了我的行动能力，但是有些例子也超出了我的判断能力。

除了我提出的理由以外，旅行对我来说是个有益的锻炼。在这个时候可以不间断地思考，发现陌生而新鲜的事物。正如我常说的，除了不断地让丰富多彩的别样生活、言论、习俗呈现在我们眼前，让它品尝大自然永恒变化的形态，我不知道还有什么更好的学校能这样培养生活能力。旅行中的身体既不懒散也不疲劳，适度的活动使其处于良好状态。尽管我患有腹泻，也坚持骑在马上不下来，即便待上八到十个小时都不会感到厌倦。

即使超越了一个老年人的力气和状态①。（维吉尔）

除了似火的骄阳火烧火燎，什么样的气候我都能对付，因为意大利从古罗马时期开始使用的遮阳伞只会让手臂感到沉重，而不会让头部感到轻松。我倒想知道色诺芬所说的，古代波斯人从诞生奢侈开始，采取怎样的艺术技巧随心所欲地制造凉风和阴影。我像母鸭般热爱雨水和泥泞。环境和气候的变化对我没任何干扰，什么样的气候对我都无所谓。只有我自己在自身制造的内心烦躁会困扰我，然而这种烦躁情绪在我旅行的时候不大会出现。

我不大容易被人说动，但是在旅途上，就会由人家摆布。无论是小的还是大的举动，我都难以自作主张，也难以上路走上一整天去拜访朋友。我学会西班牙式分段行程的办法，每一段路程

① 蒙田从 1580 年 9 月份开始长途旅行，时年 47 岁，他却自称年老了。

都不短但很合理，天气酷热的时候，我就在夜里行路，从太阳落山直至太阳升起。但一路上匆忙赶路，中途用餐，尤其是在日短夜长的季节，确实让人不舒服。照我这个方法赶路，我的马感觉也好许多，从未遇到一匹马随我登上第一段路程以后给我找麻烦。我到处给它们找水喝，只要一看到它们饮水时溅起的水花就知道它们还可以走多远。我赖床晚起倒给那些跟班们提供了足够的时间用餐。至于我吃得倒不算太晚：我是愈吃愈有胃口，别的吃法都行不通，只有上桌才觉得饿。

有些人抱怨说，我都结婚了而且年事已高还在乐于这样的锻炼。他们错了。离家的最佳时刻就在将家里的事情安顿好，没有我们也能继续下去并井井有条的时候。但是离家时在家里留下的是一个不够忠实的看家人，这个人又不大关照你的需要，这就太不谨慎了。

对于一个妻子来说，最有益的知识和最令人尊敬的工作就是擅长管理家务。我见过某个妻子十分吝啬却不善于管家。管家是女主人的首要素养，是我们优先要考虑的长处，这是她们唯一必须带过来的陪嫁财产，它可以使我们的家庭破产，也可以拯救家庭。但愿别人不要总跟我谈论这件事，根据我在这方面获得的经验，我要求一位已婚女人压倒一切的品德应该是理好家。我愿意不在家的时候让我的妻子显示这方面的才能，把全部理家的事情都交给她本人。但是让我感到气恼的是，很多人家的先生临近中午回到家中，却家里乱成一团，因为夫人此时此刻还在梳洗间忙着梳妆打扮。这是皇家贵妇们的生活，我简直不敢相信那些女人的做法。妻子游手好闲全靠我们的汗水和劳动来维持，这既滑稽又不公平。我不会把处理财产的事宜交给一个依赖我，能够比我更自由自在、更心安理得、更不操劳事务的女人。丈夫为家提供物质，妻子自然应该在形式上把家管起来。

至于丈夫在感情上应尽的义务，有人认为，会因为他们不在家有所损害，我不这样认为。恰恰相反，一直待在家里，厮守着夫妻关系，反而有损于这种关系的维持，常常会使这种关系冷淡下来。人家的妻子在我们看来都是贤妻。每个人都凭经验知道长相厮守感受不到若即若离的快乐；断断续续的相处则使我对家人充满全新的爱，使我在家里重新体验到快乐和温馨。出门旅行和留在家里，无论做哪件事，都能使我产生热情的欲望。我很清楚，友情的手臂可以伸出很远，使人凝聚，使人从世界的另一头走到这一头会合，尤其是这样一种持续交流：相互帮助，令人记挂友情的温暖。斯多噶派说得好，他们说在圣贤之间保持着一种密切关系，一个人在法国用餐，也供养他在埃及的朋友吃上这顿饭；谁只要伸伸手指，无论伸到哪里，可居住地的所有圣人都会感觉到他的帮助。享乐和占有主要属于虚幻行为。这种虚幻强烈而且持久束缚的是它寻找的东西而不是我们触摸得到的东西。计算一下你每天的活动吧，你会发现当你的朋友在你的身边时，你反而觉得他不在场，因为他在场放松了你的注意力，使你自由想象他随时随地都有理由不在场。

远离家乡，我从罗马也可以操持我的家，照料着它，也留意着我留在家里的财产：我看到墙垣增高，树木长大，固定收入也在增加；我也看到它们在缩减，就像我在家里一样。

眼前掠过我的家院，掠过每块地方的情景。（奥维德）

假若只享受摸得着的东西，那就只有向存在钱盒里的埃居告别，向跑出去打猎的孩子们说再见。我们都希望钱和孩子们离我们近一些。在花园，算远吗？在半天可以走到的路程以外呢？比如说十里路外，算远还是近呢？如果说近，是十一、十二还是十三里呢？距离就是这样一步步走出来的。妻子若真的会精心向她的丈夫指出走到哪一步算"近"哪一步算"远"的话，我赞成妻子让他停在远和近当中：

> 让最终的数字来结束这场争执。否则我就利用你给我留下的空间和从马尾巴上揪马鬃的办法，一个数字一个数字地拿掉，直到所剩无几，你完全被我的连锁推理愚弄为止。（贺拉斯）

我也赞成她们大胆求助哲学挽救她们。某些人会谴责哲学不能肯定判断中间地带，因为哲学既看不到多和少、长和短、轻和重、近和远连接处的头也看不到尾，也不承认有开头和结尾。"大自然没有让我们认识到事物的极限。"（西塞罗）。难道那些亡灵之妻、亡灵之友因为亡灵在世界的另一端而她们在这一端，她们就不是亡灵之妻友了吗？我们要眷顾曾经和我们相处过的人和还未曾相遇的人，而不仅仅是那些不在我们身边的人。我们在结婚的时候并没有定下保证我们永远依恋对方，婚姻必须持久的协议，犹如我们见到过的什么小动物或者像克伦提的那些中了邪的人，和小狗一样相守依恋，寸步不离。妻子不该用贪婪的目光死死盯住丈夫的正面，否则在必要的时候，她就看不到丈夫的背面了。

不过有位优秀画家在下面的一席话中谈到女人们的性格时，是否能在此处说明她们抱怨的理由呢？

如果你迟迟回到家中，你的妻子会想象你另有新欢纵欲，或者另有其他女人找你作乐，想象你独自一人趁着浓浓酒兴为所欲为，而她却在忍受痛苦的煎熬。（特朗斯）

也许，她们自己在唱反调、闹别扭自娱自乐借此打发时间，要不就是只要给你找了麻烦她们就很坦然？

我十分擅长维持一种真正的友情，我宁愿为朋友献身而不是把他吸引到我身边。我不愿意只是在他为我做了好事以后我才为他做得更多，而是在他只为自己而不是为我做好事的时候也能这样做——他做好事，正是为我做了最大的好事。如果他不在我身边对他来说更好或者更有益，对我来说则比他在我身边更加富有温情。如果有办法互通信息，最终就谈不上原本意义上的不在身边了。以前我就曾经利用过并得到过我和拉博埃希分离时的益处。我们分开后各自拥有一份更为充实更为宽松的生活：他活着，享受着，他见到什么就等于我也见到了；反之亦是如此，我的生活也十分充实，犹如他在我身边一样。当我们在一起的时候，我们两个当中的一个就会悠闲自得，因为我们分不出你我。分处两地使我们的情感结合得更为多姿多彩。渴求对方的身体在你身边暴露出在精神交往上欠缺乐趣。

有人以年老为由让我打消旅行的念头，我的回答是：正好相反，人在年轻的时候才会屈从于公众舆论为别人克制自己的行为。青年人可以使别人和自己双方都得到满足，我们则只能更多地靠自己去做。随着先天优越条件的逐渐丧失，就让人为制造的方便来支撑自己吧。为年轻人追求欢乐而辩解，却不允许老年人寻求享乐，这不公平。年轻时，我在聪慧的掩饰下掩盖着自己享乐的情趣；年老了，我以精神上的放松化解悲哀。再则，柏拉图的法律禁止四五十岁以下的人去旅行，以便使旅行更为有益更富于教育意义。我更赞同的是他同一部法律的第二条规定：禁止六十岁以下的人去旅行。"但是您到了这个年龄，再长途跋涉，肯定回不来了。"这与我无关！我作长途旅行既不是为了返回家园，也不是为了达到终点，我只是在乐意活动的时候去活动，为散步而散步。追求利益和目标的人不会跑；玩捉人游戏和练习跑步的人才会去跑。我的旅行计划随处可见，因为我不在这个计划上寄于过高的希望，一个阶段就是一个终了。我生命的旅程也这样进行。然而我处处可见许多遥远的地方，希望那里有人留住我。既然克利西波斯、克雷昂特、第欧根尼、泽侬、昂提巴特等属于阴沉学派的不少哲人都不是因为嫌弃家乡，而只是为了换换空气而舍弃家园，为什么我不能这样做？当然，我在旅行中也有最不痛快的事，就是我下不了决心，走到哪里就在我喜欢的那个地方安家，我总是必须做出返回的决定以迎合大家的感受。

如果我害怕客死他乡，如果我考虑远离亲人不会安然逝去，我恐怕很难跨出法兰西这片国土；就是跨出我的教区一步，都不可能不诚惶诚恐。我感觉到死神不停地在掐我的喉咙，伤害我的腰。然而我生来就是另类，无论死神在哪里擒拿我都是一样。然而要我做选择，我认为，在床上咽气不如远离家乡，远离亲人，死在马背上。向朋友告别得不到什么安慰，反而令人心碎。我宁愿忽略客套应酬那一套义务，因为在对友谊应尽的义务当中，最让人讨厌的就是客套，所以我宁可自动忽略这种庄严的永别。如果在那一刻要从到场的朋友们那里捞取什么好处，那么只有百害而无一利。我见到许多临终的人被这样的仪式纠缠不清，真是怪可怜的，人群的拥挤令人窒息。我觉得这样的行为与义务背道而驰，证明他们并不爱你，也没有顾及到让你安安静静去死：这个折腾你的双眼，那个折腾你的耳朵，还有人折腾你的嘴巴（让你说话）。没有一处感官、一处肢体没有受到摧残。你的心会在听到朋友们的呜咽时因自怜而难过，也会因为听到另外一些人假惺惺的哭泣而愤怒。谁一向多愁善感，在虚弱不堪时就更需要温情关照。在这样一个不幸的时刻，应该伸出一只温暖并让他的情感能接收的手恰如其分地搔动他的痛处，否则就干脆不要去碰它。如果我们需要接生婆把我们接生到这个世界上，我们也需要一个更为明智的男人帮助我们脱离这个世界。一个能这么做的男人，称得上是我们的朋友，恐怕要为他付出高昂的费用才肯为我们在这样的场合提供服务。

我还没有蔑视外力而自强的魄力，这种魄力既不接受任何帮助，也不受到任何干扰。我处在一个较低的层次。我正在设法逃避这样一个过程，不依赖恐惧而逃避，而是依靠预谋。我的意思并非在这个行动中表现或者炫耀我的坚韧。这可能为谁呢？到那个时候我对自己的名声应有的权利和兴趣都会停止。我满足于一种集中自省、安静、孤独的死亡，我独享其中，隐居在个人生活范畴。罗马人认为谁在去世时没有说话，谁在这个时候没有亲人为他阖眼，谁就是不幸的。和这种迷信相反，我有足够的事情要做以便自慰，没有必要去安慰别人；我有很多事情要考虑，没有必要让周围的人给我提供信息和素材，没有必要借助人家的东西来思考。生命的这个阶段不是几个人可以参与的场面，它纯属个人行为。让我们在自己人当中去生活，去欢笑，到陌生人当中去死亡，以表示对人的厌恶。我们发现在付账的时候，有人把头别转过去，有人拍你的马屁，有人给你施加的压力恰到好处，摆出一副漠不关心的面孔，任你照你的方式思考和抱怨。

我每天一想到这些幼稚而不够人性化的情调就感到释然，因

为我们总希望用我们的痛苦去刺激朋友们的同情，激发他们表达
自己的悲伤。我们过分强调自己的不幸好招惹出他们的眼泪。看
到有人能够承受逆境，我们总会赞赏他的坚强；可是当我们遇到
这样的厄运的时候，我们就去非难和谴责亲人们的坚强。看到他
们对我们的痛苦有感觉，但是不因此而悲伤，我们就会不满意。
应当扩展欢乐，但是要尽量克制悲伤。谁无缘无故让人家同情自
己，在真正有理由让人同情时，也不值得去同情。总是诉苦绝不
值得人同情，经常装出一副可怜相的人，也没有人会可怜他。谁
活着却装死，当他临终时，会被人看作死去的活人。我看到有人
在别人发现他容光焕发、脉搏跳动正常时就会发火；有人压抑自
己的欢笑，因为会暴露出他们已经治愈；他们憎恨自己的健康，
因为得不到别人的怜悯。更有甚者，有这些表现的人都不是
女人。

　　我最多是照本来面貌介绍自己的疾病，避免悲观预见病情的
言论和故作惊讶的呼叫。即便不是兴高采烈，至少应该用平静的
态度才适合探访那些明智的患者。因为他已经感觉到自己不符合
健康的状态，他不会和自己的健康过不去；他喜欢在别人那里欣
赏到健康完美的状态，因为他至少可以与他共享健康。因为他感
觉到自己正在入土，还没有完全放弃生命，也不回避日常交谈。
当我还健康的时候我喜欢研究疾病；真的生病了，疾病给我的是
实在的印象，就用不着靠想象了。我们在旅行之前已经事先有所
准备，我们出发的决心已定，我们把必须上马的那一刻交给我们
周围送行的人，为了让他们高兴而拖延这段时间。

　　我发现公开我的生活方式对我来说有意想不到的好处，因为
这种公开可能成为我的生活准则。有时我也考虑过不要暴露我的
生活情况。这样的公开声明逼迫我坚持走自己的路，不去违背我

自己描绘出的生活方式。一般说来，所受到的歪曲和误解比如今恶意和反常的评价所招来的曲解会少一些。我单调俭朴的生活方式精彩勾勒出一幅便于诠释的景象，但是由于这些方式有些新颖并较为少见，很容易招来恶意伤害。简言之，事实上对那些欲正大光明辱骂我的人，我的形象，在我看来，足以从公认的、我加以承认的不足之处加以中伤，而且可以攻击得痛快淋漓，而不至于无的放矢。由于是我率先披露并批评自己的缺点，如果他觉得是我折断了他伤人的牙齿，他利用权力扩大和引申我的缺点（冒犯行为有权无视公正）；他抓住我的缺点枝节（我曾经向他挑明这些缺点的根子），将它们夸大成林；他不仅在自己的行为中利用我已有的缺点，还有那些不过是对我有威胁的毛病：这一切，都不无道理。无论从质量还是数量上说，有这么多害人的毛病，他都足以把我打倒！

我将坦诚接受哲人庇翁①为榜样。昂蒂戈诺斯想从谈论庇翁的出身入手攻击他，庇翁截然打断他说："我是农奴的儿子，父亲是个屠夫，身上有烙铁留下的印记，母亲是个妓女，父亲因为她出身卑微而娶她为妻。他们二人都因为不当行为受到过惩罚。一位演说家见我长得可爱，在我孩童时期买下了我。他在临终前把他的全部财产都留给了我。这些财产运到雅典后，我便潜心于哲学研究。但愿历史学家放手去寻求关于我的新闻，对他们要寻找的话题，我一定有什么说什么。"庄重而无拘束的告白使责难变得软弱无力，也平息了辱骂。

总地计算起来，我感觉在有人称赞我的时候就有人无理和不

①　庇翁（Bion）是公元前 3 世纪的一位哲学家。他曾被安提柯二世宫廷接纳，成为马其顿王国的国王。见 3 世纪希腊作家第欧根尼·拉尔修的作品《著名哲学家的生平、学说和格言》中的一节"庇翁的生平"。

公正地贬低我。同样我也感觉，自我幼年开始，大家就在家庭地位和荣誉上把我捧得过高，从不低估我拥有的一切。

我更喜欢待在一个社会等级问题已经解决或者受到轻视的地方。在男人们当中，关于多人行走分前后或者上桌排位分上下的争论经过三个回合以后，这个位子就不那么讲究了。为躲避这些令人腻烦的争执，我不在乎退让几步，或者违背我的权利让人家居于上位；再说，没有得到我的允许，从没有人想抢占我前面的位置。

我写这部关于我自己的散文除了想得到第一个好处之外，还想得到另一个好处，就是在我去世之前，若我的情感和言论还中某人之意的话，他就来找我吧。我会提前告诉他许多事情，因为要经过相识良久和长期亲密接触了解到的东西，得让他花上好几年。而在这部集子里了解这一切，只需三天时间，而且更准确牢靠。一个有趣而怪异的念头是：有许多我不愿意告诉别人的事，却告诉了大众；而有关我最隐秘的认识和思想，竟然把我最亲密的朋友打发到了一家书店。

我们把内心最隐秘的情感交给他们来审视。（皮尔斯）

倘若有足够的证据使我认识到有某个人的性情和我相投，我肯定会不远千里去找他，因为一位情投意合的朋友，在我看来，是千金都难买来的。哦，一位朋友！这句古老的格言多么真实，它道出了人情世故远比水与火的使用价值必要而且温柔！

言归正传，常听人说在远离家园和亲人的地方辞世没有多大痛苦。就比较而言，我们认为与我说的方式相比较，用不那么令人讨厌的、不那么令人憎恶的合乎天理的活动孤身离去，是我们的义务。再说，那些已经到了临终时刻的人长时间体弱多病，似乎也不该用自己的痛苦去影响一大家子人。因此印度某些省份的人认为杀掉那些进入这种痛苦的人是正确的；在另外一些省份，人们抛弃了这样的人，让他独处，尽自己的能力去小心自救。那些病歪歪的老人在弥留之际会去屈就谁呢？即便是平时在效力也不必走到这一步。你应该强使自己学会残忍地去对待好朋友，让你的妻儿长期习惯拥有坚硬的心肠，不再对你的病痛有所感觉，也不再怜悯。我因肾绞痛发出的呻吟不再令人感到不安。即使我们还会从朋友的来访中获得一丝乐趣（这种情况不常发生，因为身体健康状况的差异很容易对什么人都蔑视甚至忌恨），岂不是长期在利用甚至滥用他们的情感？我愈看到他们好心为我而勉强自己，就愈加怜悯他们付出的辛苦。我们有权依赖别人，但是无权躺在别人身上，给人造成沉重负担，也无权靠摧毁人家来支撑自己：这样的话，岂不成了让人掐死儿童，用他的血来治疗自己疾病的人，成了有人在半夜里奉献少女温暖他衰老的躯体，他把姑娘口中的香气掺和在自己酸腐口臭中的那种人。我宁愿规劝自己去威尼斯隐居起来，也避免出现这样的状况和如此脆弱的生命。

衰老是一种需要孤独的状态。我却广为交际到了过分的程度。我觉得从今后我不能在众人面前让人觉得腻烦，要像乌龟一样紧紧蜷缩在龟壳里，这样才算是明智的做法。我学习看人而不是依赖人：在一个陡峭艰难的路程上，这将是一种欺骗。转身不理睬同伴的时候到了。

"然而在一个如此漫长的旅行途中，你会滞留在一个简陋的小破屋里，断绝你所需要的所有东西。"但我身边带足了绝大部分必需品。再说，如果命运女神坚持跟我们过不去，我们想躲也躲不掉。当我生病的时候并不需要什么特别的东西，因为自然都对我无所作为的事情，我也不指望东方土地上的一粒神药能够做到。在发烧和疾病开始伤我元气的时候，我还接近健康，我便按基督教徒最终应尽的义务和上帝和解，我因此感觉更为自在更为宽松，好像这样就更容易觉得自己的疾病是理所当然的了。有公证人还有法律顾问在，但我更需要的是医生。当我身体健康的时候都没决定处理的事情，不要期待我生病的时候还会去做。我愿意为死神效劳的事情一直在做，从不敢有一天怠慢。如果一事无成，说明要么是犹豫不决推迟了我的选择——有时不选择就是最好的选择，要么就是我根本不想干任何事情。

我只为少数人写书，而且不会花很多年时间。如果书的内容需要耐久，似乎就应该用一种更为稳定的语言（拉丁语）去写。时至今日我们的语言一直在变化，根据这一点，谁能指望当今的语言形式到五十年以后还时兴呢？语言每天在我们的手上流动，从我生来到现在，已经有一半发生了变化。可以说我们的语言目前还很完美。每个世纪都在谈论自己那个时期的语言。我坚持将语言看作它本来就该有变化，会照它应有的形式变化。优秀和有益的作品的作用就是把语言固定在它上面；语言的信誉也会随着我们国家的命运而上升。

为此，由于那样的作品不需要一种持久不变的语言，我并不害怕把好些私人问题交给我们的语言，因为它们只对当今时代的人有用，而且与某些擅长从中汲取特殊知识的人相关，因为他们从中会比具有一般理解力的人看得更为深远。无论如何我不希望像我看到有些人搅混对逝者的回忆那样开始争论说："他评论，他以此为生；他喜欢这么做；要是他临终还要说话的话，他会说，也会赠予；我比谁都了解他。"现在，按礼仪规范允许我做的，我让人在我的作品中了解到我的倾向和我的感情，不过我更愿意自由自在用嘴巴对着某个希望了解我的人的耳朵侃侃而谈。再说，谁在这些回忆录里仔细观察，谁就会发现我已经和盘托出该说的和该指明的。我不能表达的东西，就用手指点明：

不过你是明察秋毫的智者，你足以从蛛丝马迹觉察到一切。（卢克莱修）

我不留下任何让人期待我、猜测我的东西。倘若有人坚持这么做，我希望采取一种符合真实的精准的形式。我很乐意从另一个世界返回揭穿歪曲我形象的人，哪怕这种做法是为了给我争光。我发现有人在谈论活着的人的时候也总是不符合实际，如果我竭尽全力都未能挽留住我失去的朋友（拉博埃西）的本来面目，他们就可能在我面前将他诋毁得矛盾百出，面目全非。

以谈论我性格和思想上的弱点作为结束，我承认在旅行途中，我每住到一个地方都会在脑海中闪现可能在那儿生病和死掉的念头，担心在那里是否能安然死去。我真希望住进一块属于我自己的、清静的、不十分肮脏，没有烟熏火燎也还透气的地方。我设法用这些微不足道的环境去吸引死神，说得更确切些，尽量摆脱别的麻烦，以便只关注死亡，它可能会给我很重的压力，而我就顾不上什么其他负担了。我希望死神分担我生活中的舒适和安逸。死亡在生活中占了很大位置，但愿今后这个位置不会与过去的经历不相称。

死亡有它一个比一个轻松的形式，它根据每个人的思想状况而采取的形式不同。在自然死亡的形式中，我认为来自衰弱而迟钝的死亡形式似乎徐缓又温和；在暴死的形式中，我想象跳崖比被折磨而死更艰难，被一剑刺死比被火枪打死更痛苦。我宁愿喝苏格拉底的饮料去死，也不愿像小卡东那样拔剑自刎而死。尽管都是死，我在想象中还是感觉跳进炽热的火炉而死和跳进平静的河流而死，有生与死之间的重大区别。因为我们的恐惧心理让我们愚蠢地认为死的方式比效果更为重要。虽然死亡只在瞬间，但是它十分重要，我宁愿赋予它生命中的岁月，依我的方式度过那一刻。

　　既然每个人都在想象死亡有多少酸甜苦辣的感觉，既然每个人都在死亡的形式上做出某些选择，那么让我们试着把我们的探求再推进一步，从中找出一种让人愉快的死法。能不能像安东尼和克娄巴特拉的"群体死亡"① 那样，赋予死亡一种快感？我把哲学和宗教制造的艰辛而典型的死亡行为搁置一边不提。但是在那些无足轻重的人物当中，可以找到像罗马的佩特罗尼乌斯和提格林努斯，他们虽然被迫自杀，但是由于做了平静的准备，虽死犹如入眠。他们让死亡在平常消遣的温馨环境里，在姑娘和好友的陪伴下，自然过去。没有安慰的话语，没有遗嘱，没有故作坚强，没有对未来生活的感言，只有赌博、盛宴、嬉戏、众人参与的闲聊、音乐和爱情诗句的氛围。我们难道不能用更为体面的行为去模仿这样的决定吗？既然有适合疯子的死法，有适合圣贤的死法，那就让我们去寻求一种适合这两种人以外的人的适当死亡方式吧。我在想象中已经出现了某种简便的死亡方式——既然死是必然的，这样的方式一定令人向往。罗马帝王认为只要让罪犯选择死亡的方法就是给予他们生命。但是泰奥弗拉斯托斯，这位

━━━━━━━━━━━━━━━━

　　① 发生在公元前 3 世纪埃及亚克兴角战役后的死亡形式，这两人战败享乐一番后自杀。

品质那么优秀，那么谦逊，那么智慧过人的哲学家不是也为理性所迫，敢于说出了西塞罗这样一句拉丁化的诗句吗：

操纵我们人生的不是我们的智慧而是命运之神。（西塞罗）

命运之神给我的生活带来了多么有利而又简便的生活环境啊，因为从今后我的生活处在了一个既不需要人来关照也用不着去麻烦别人的境地！这是一种原本在我生命的每个阶段都可以接受的条件，然而在眼下，该收拾我的零碎物品打包，备好行装准备出发的时候，我却特别希望在死亡来临之际既不让人高兴也不让人讨厌。命运之神用精打细算的补偿方式，让那些能够从我的死亡当中获得物质好处的人连带获得的却是物质损失。死亡往往对我们来说更加难以承受，因为它对别人来说十分痛苦，我们感受到它给他们和给我们一样，造成沉重的损失。

我寻求（旅行期间）住所的舒适，既不需要排场也不需要宽敞（不如说我对这两方面都很厌恶），只要是那种简单清爽，不加雕琢，以纯天然方式给它增光添彩的地方就好。

还有，对于那些拖着行李在严冬季节穿行在瑞士东部小山村的人来说，会猝不及防陷入极端艰难的境地。而我往往是为自娱自乐而出行，绝不会陷入这般困境。如果右边气候恶劣，我就往左边走；如果遇上不宜骑马的情况，我就停下来。照这样旅行，我没有发现任何不如在家舒适自在的事情。我确实觉得多余的东西总是多余的，即便是在讲究和富足当中，我也看到了让人不舒服的东西。我是否在身后留下了值得回顾的东西？若有，我就返回，那都是我该走的路。我从不预先设定路线，无论是直线还是曲线。要是在去的地方没有发现人家对我说过的东西呢？由于经常发生别人的判断不符合我的判断的事情，而且我还经常发现他们的判断是错误的，我并不后悔花力气白跑了一趟：因为我弄清楚了他们所说的事情纯属子虚乌有。

我生性随和，什么都能接受，与许多人都谈得来。一个国家和另一个国家民俗的多变仅仅因为我对这些不同变化的兴趣而对我产生影响。每一种风俗都有它存在的理由。不论是锡制的、木制的还是陶制的碟子，不论是煮熟的还是烤制的食物，不论是用奶油、核桃油还是橄榄油烹制而成的，不论是热的还是冷的，对我来说都是一样。上了年纪以后，我竟然开始指责自己这种天生广泛接受的能力，我倒需要自己的口味娇气一些，有所选择，以阻止毫无节制的胃口，不时地让自己的胃放松放松。我离开法国来到国外时，为了对我表示礼貌，总有人问我是否愿意吃法国菜，我对此不屑一顾，总是扎进外国人居多的餐桌上吃饭。

看到我的同胞自我陶醉于一种愚蠢的怪癖——看到人家的习俗与自己的习惯不同就有气——我感到羞愧。他们似乎一离开家乡，就脱离了适合自己生存的环境。无论他们走到哪里，都要坚持自己那一套生活方式，憎恶外国的习俗。他们在匈牙利不是碰到一位法国人吗？于是他们庆贺这种奇遇，集合在一起嬉戏嘲弄，谴责他们见到的人家的野蛮习俗。既然这都不是法国人的习俗，怎么能不野蛮呢①？再说发现这些问题的人都是最聪明的人哦，他们才有资格说三道四的喽。绝大部分人出发旅行都是为了返回家乡。他们旅行的时候把自己隐藏封闭起来，小心谨慎，沉默无语，不与人交流，保护自己免受陌生气氛的污染。

---

① 蒙田在这里显然使用了嘲讽的口气讽刺那些看不起外国习俗的法国旅行者。"野蛮"二字借用了希腊人嘲讽外国人的说法。

在议论他们的这些事情时，让我想起我从一些年轻廷臣们那里观察到的类似事情。他们只和自己阶层的人密切交往，怀着轻蔑和怜悯把我们看作另一个世界的人。除去他们掌握宫廷秘密的特长之外，他们缺乏能力和志趣，我们看他们笨头笨脑，就像他们看我们一无所能一样。有这样一个说法千真万确：可以肯定，一个"诚实正派人"，必然是"集各类知识于一身的人"。

与我们的同胞相反，我在旅行当中对我们那一套生活方式已经腻烦透顶，我到西西里去不是为了找加斯科尼人（我们国土上的加斯科尼人已经够多了），我宁愿找希腊人、波斯人交往——我与他们接触，观察他们——这正是适合我做并努力要做的事。对此我不便再多说了，因为我的视线刚刚离开我屋顶上的风标不远①。

不过，你在旅行途中偶然碰到的一些伙伴，大部分让你感到不快，令你快乐的只是少数。我并不依赖他们，眼下更不依赖，因为年老让我喜欢独处，与日常的行为方式格格不入。你会因为别人而痛苦，别人也会因为你而不舒服：哪一种不快都让人难受，后一种似乎比前一种更为严重。有一位杰出、聪慧和你性情投缘的人愿意伴随你的左右，这样的机遇很少，却会给你带来无可估量的慰藉。我在每次的旅行当中都遇不到这样的人，因而这样的伴侣必须在家就选好说定。没有交流，任何乐趣对我来说都索然无味。只要我的脑袋里产生了什么愉快的念头，我会因为是我独自想出来的，又无人可以奉献而恼火。"有人给我智慧，却让我禁锢在自身，不与他人分享，我会拒绝这样的智慧。"（塞内

---

① 蒙田想告诉我们，由于他去意大利的旅行十分短暂，没有深入了解那个国家，不便妄加发表感言。

克）还有一位哲学家在这个问题上提高嗓门大声宣布道："如果一位圣贤这样生活：他拥有丰富的物质财富，能够随意深思熟虑，研究他认为值得认识的东西，但他深居简出，不可能见人，他定会舍弃生命。"（西塞罗）

我欣赏阿齐达斯的说法，他说，如果升天，在伟大而神圣的宇宙中漫游却没有一个同伴相随，他肯定会毫无兴致的①。

然而倘若和无趣而愚蠢的人为伴，不如单独一个人更好。阿里斯迪普就喜欢像一个陌生人一样到处旅行②。

我呢，就看命运是否恩准我随心所欲度过一生。（维吉尔）

我会选择在马背上度过一生的：

渴望探访地球上那些地方：时而骄阳似火，时而云雾弥漫，阴雨连绵。（贺拉斯）

您不是很容易打发时间吗？您家里还缺什么？您的家不是安在一个漂亮又有益于健康的风景区吗？您不是样样具备吗？连国王陛下都不止一次和他的随从来过这里吃住呢③。您家族的良好行为品德是不是不如另外一些家族？在当地是不是有一些不寻常的想法刺伤了您，让您难以忍受？

什么样的想法植根于你的心中，在折磨你，在消耗你的

① 阿齐达斯为公元前4世纪一位毕达哥拉斯学派的哲学家。
② 阿里斯迪普是一位享乐主义者，他以寻欢作乐为幸福，满足个人愿望为准则。
③ 亨利十四曾于1584年和1587年两度来蒙田庄园居住。

精力？（恩尼尤斯）

您认为什么地方会没有任何令您心烦和不安的东西？"命运之神从来不会顺顺当当惠顾你。"（坎特·居尔斯）您要明白只有您自己才和自己过不去：您走到哪里抱怨到哪里，因为人世间知足的人只有野蛮人和圣人。当一个人有和您一样充分的理由心满意足的时候却没有，他会想到什么地方得到满足？如果都具备您的条件，多少人可以确定梦寐以求的目标？您只要自我改良一下就行了，因为对此您可以竭尽全力，而面对命运之神，您只有忍受的权利。"只有理性安排下的安宁才是真正的宁静。"（塞内克）

我明白这样的提醒必有道理，而且有深刻的体会。但是最好对我切题地说出一句话："明智点吧。"人们提醒我具备这样坚定的信念已经超出了明智。这种信念是明智的产物和杰作。提建议的人和医生一样行事，不断对一个日渐虚弱的患者嚷嚷，好高兴地看到他健康起来。如果他能对患者说"健康起来吧"，也许就没有那么愚蠢了。我不过是个精力不那么旺盛的人。这样的训诫肯定有益于健康，准确而容易把握："你高兴怎么做就怎么做吧，就是说，照理智去做吧。"然而那些比我理智的人执行起来不会比我强。这里有一句极为通俗的话，但是流传甚广，可以说包罗万象："一切进入可支配范围的事都会被修正。"

我很清楚，严格照这句话去看的话，旅行的快乐证明了不安和易变的心态。这是我们主要的占优势的品质。是的，我承认，即便是出自梦想和希望，我也没有什么东西能坚定地加以牵挂：当至少有点儿什么可高兴的事的话，唯一让我感到高兴的只有真实，还有把握多样性。旅行的时候，真正让我感到满意的是，我停下来不会遗憾，哪里舒服，我就有可能去哪里。我喜欢有自己的私生活，因为这是照我的喜好自己选择的，并不是因为我对公众生活不感兴趣，就我的本性而言，可能还是有与我相投的地方。因此我很愉快地为我的王公效力，因为这是根据我的理智和判断自由选择的，并没有特别勉强自己；也并非我不被任何一个派别看好而被迫投靠它。在其他事情上也是一样。我讨厌出于被迫把自己分割得七零八落。如果只依赖于某种机遇，那么定会被掐住喉咙无法呼吸：

> 但愿我的两只桨中有一只拍打浪花，另一只拍打岸上的沙。（普罗佩尔斯）

一根绳子永远拴不住我，您说过"消遣当中有虚浮"。可是哪里又没有虚浮呢？漂亮的格言是虚浮，一切智慧皆虚浮。"主很清楚，一切圣贤思想皆虚浮。"（圣经）这种微妙的洞察力只适合于布道：散布这样的判断是希望我们到阴间后成为极为无知的人。生命是有形体的物质的运动，其活动的本质是不完美的，不规则的，我努力按照生命的本质为生命服务。

> 人人都在经受生命之苦。（维吉尔）
> 我们的行动应该与自然的普遍规律没有任何对抗，一旦这些规律得到尊重，我们就该服从自己的本性。（西塞罗）

那些人类无法停留的哲学巅峰有何用？超出我们的习惯和力量的规则又有何用？我常常看到有人建议我们照某种生活模式去做，但连建议者本人和听到建议的人都无望效仿，更没有想去效仿。在一张刚刚写过通奸罪判决书的纸上，法官取下一块纸给他同事的妻子写情书。刚刚和你发生过不正当关系的女人，事后立即在你面前大喊大叫去反对她的女友所犯的同样错误，甚至比波尔西叫得还要凶[1]。还有人去判决在他看来并不能构成罪行的人死刑。我在年轻的时候见过一位著名的高雅人士，一只手向公众介绍优美而热情洋溢的卓越诗篇，另一只手却同时向公众推出最有争议的神学改革方案，而世人很长时间都在享受着这个改革方案。

人们的行为就是如此：大家让法律和训诫自行其道，而我们却另有一套，这不仅仅因为存在伤风败俗的行为，而往往是因为存在违背法律和训诫的舆论和判决。你听听人家念的哲学陈述吧：它的构思、说服力和贴切程度会立即冲击你的思想，令你激动，但是里面没有任何东西能够触动或者刺激你的良心，因为他的演讲并不是针对良心的。难道这不是事实吗？因此阿里斯顿说，无论洗浴还是训话，如果不能清洗或者去除污垢，都毫无效果。我们可以停留在事物的表面，但是以后就要汲取其精华；同样，喝完一只漂亮酒杯盛的美酒之后，我们会欣赏酒杯的精美工艺和雕花。

在古代所有的哲学流派当中，我们发现同一位作者在发表节欲规则的同时，也发表爱情和淫秽作品。色诺芬就曾经躲在克里尼亚斯的怀抱里[2]，撰文指责阿里斯迪普的嗜欲行为。这并不是因为一时的迷幻冲动促使哲人们心神荡漾。梭伦时而表现自我，时而以立法者的形象出现，时而为大众说话，时而又为自己说

---

① 波尔西是小卡东的女儿，布鲁图斯的妻子。布鲁图斯是企图刺杀恺撒的杀手，当波尔西得知丈夫被杀死后便自杀了，成为了忠于丈夫的象征。

② 拉埃尔斯曾经在《色诺芬的生平》这本书里说，色诺芬曾经爱上这位雅典的统帅和政治家。

话，他对自己采取了无拘无束、顺乎自然的原则，从而保证了自己健全的人格。

让那些危重患者去求助大名医吧。（尤维纳利斯）

安蒂斯坦纳允许圣人去爱，而且允许他们以自己的方式做他们认为可以做的事，不必顾及法律，因为他们比法律更有见地，更加了解德行。他的门徒第欧根尼说自己是以理性对付精神错乱，以信赖和勇气对抗命运的打击，以顺其自然应对法规。

胃部娇气的人，应该有精细严格的膳食安排；胃部健康的人只须顺应自己胃口的自然要求就可以了。因此我们的医生就这么做：他自己吃生瓜喝冷酒，却强迫他们的患者喝糖浆和面包汤。

拉伊丝①说过，我不知道那些雅典哲人读什么书，有多少智慧，有什么哲理，但是他们和其他很多人一样经常来敲我的门。因为我们的放纵经常逾越被允许的范围，于是大家经常缩小普遍原理不想涉及的生活中的训诫和法规的范畴。

谁都不认为自己的错误是违规的。（尤维纳利斯）

也许应该指望命令和服从之间有一个准确的距离。达不到的目标似乎就不是准确的目标了。没有人，即便是个好人，将自己一生的行为和思想付诸法律的检验时，不会被判处十次绞刑的，尽管对这样的人，无论是惩罚他还是将他打入地狱确实都是非常

---

① 拉伊丝是公元前 410 年左右出生的一位著名交际花，是安蒂斯坦纳和第欧根尼的情妇。

令人遗憾和不公正的。

　　奥吕斯，无论他还是她如何处置自己的生命，干你何事？（马尔西亚勒）

　　但是有这样一种人却可能完全没有触动法律，虽然他们完全不值得被人称作有德之士而获得好名声，且完全可以受到哲理的点评（法律和道德之间的）。我们不必担心做好人要由上帝决定，我们做好人完全取决于自己。人类智慧永远完不成自己给自己规定的义务，一旦完成，还会定下更高的目标，人类的智慧永远在向往、期待达到目标，因为我们的情况与稳定状态势不两立。靠自己安排自己的人难免出错，不按自己的本意而按别人的意愿为自己制定的义务并不完美。自己预计无人能做的事情，该由谁来做呢？不做不可能做到的事情，这有什么不对吗？判定我们有所不能的法律本身，却在指责我们的无能。

　　最糟的是，有一种双重人格的自由表现出两面性，言行不一，这对谈论其他事物的人行得通，但是对像我一样谈论自己的人却不行。公众的生活应该和别样的生活相关联。小卡东的气度非凡，超越了他那个世代的范畴，但是作为一个参与管理别人，为公众服务的人，与其说是一种正义，不如说是不当的，至少是徒劳无益、不合时宜的。我的生活方式与当下流行的一指宽的生活方式并非格格不入，但有时却让我变得愤世嫉俗，无法与人交际。我不知道我对经常来往的社交界感到厌倦是否正确，但是我知道我如果抱怨社交界讨厌我，而不是我讨厌它，会毫无道理。

　　面对对社会事务假装勇敢，是一种在实践中多皱褶、多拐弯的勇气，却能与人类的弱点相协调，它掺杂了其他因素，包含着造作，并非一种直接、明确、稳定的勇气，也并非完全无害。历史至今还在谴责某国王过分天真地听从了他的忏悔神父的认真劝说。有关国家事务的训诫更为大胆：

意欲正直者远离王室为上。（卢甘）

以前我曾经试着在处理公务时运用生活的理念和规则，它们既新颖又粗线条，保持本色，未加玷污，好像它们天生在我家，从我受教育开始就已经接受；虽然运用起来不那么得心应手，但是起码在我的私事中是稳妥的——这是一种带有学究气却又是初出茅庐者的勇气。我发现这些理念和规则既无法实施又危险。走进人群里的人偏离自己的路线，躲躲闪闪，抱紧手肘，或后退，或前行，甚至根据他所遇到的情况离开了正路。他既不是根据自己也不是根据别人的意志在生活，不是按自己想做的去做，也不是人家叫他干什么就干什么，他是根据时机，根据人，根据事务生活。

柏拉图说谁若有幸逃脱社会事务的操纵，靠的是意外。他还说当他把他的哲学家推到国家首脑的位置时，他不愿意与一位像雅典政府首脑一样的腐败国家的首脑对话，也不愿意与我们国家的首脑对话，面对这样的人，聪明智慧都会被搅糊涂的。"犹如一根草被移到与它的习性截然不同的土地上，会很快适应那块土地，却不能让土地适应自己。

我感觉如果我要完全适应这样的公众生活，就必须做出很多的改变和修正。即便我能依靠自己做到这些（我为什么不能花些时间和力气做到呢），我也不愿意去做。在这方面我略有尝试就会感到厌倦。有时候我感到在头脑中萌生过一些雄心壮志，但我却硬是顶住，坚持反其道而行之：

喂，你呀，加图尔，你就顽固坚持下去吧。（加图尔）

没有人叫我这样做，我也没有坚持这样做。自由自在和闲散度日是我的主要生活方式，与那样的职业是针锋相对的。

我们不擅长识别人类的才能。才能的各个部分和差别微妙而难以界定。在个人生活当中拥有才能，就下结论说在公共事务中也有才能，是不对的，因为行为自律的人不一定能引导别人，会写《随笔》的人不一定会做事情，善于解围的人不一定会部署战役，在私下里夸夸其谈的人可能会在大众或王公面前表达混乱。也许这是对那些会做这件事而不会做那件事，或者会做那件事而不会做这件事的人的最好考证。我发觉才智超群的人处理细小事物的能力并不亚于智慧平平的人处理大事物的能力。能否相信苏格拉底给雅典人留下笑柄？因为他根本不会计算他所在部族的选票并向委员会作出报告。可以肯定，我对这类人物完美无缺的崇敬应归功于命运提供了一个优秀范例，以此原谅了我的主要缺欠。

我们的能力被分割成细小部分。我的那一部分十分狭窄，在数量上也十分微弱。萨图尔尼努斯对那些赋予他指挥权的人们说："伙伴们，你们失去了一位优秀的上尉，却造就了一位糟糕的将军。"

在如此病态的年代，谁吹嘘自己用真诚朴实的道德为世人服务，要么因为他不了解道德是什么，因为思想与道德正在同流合污（确实，听听他们如何描绘道德，听听大部分人如何津津乐道于自己的行为，确立自己的行为准则：他们不谈道德，却大加渲染完全的不公和邪恶，在王孙们的教育中，竟然将道德视为虚伪），要么虽然他了解，却乱加吹嘘，无论他说什么，做出的一桩桩事情却都是遭良心谴责的。我倒是很乐意相信塞内克在类似的环境下对这个问题的体验，既然他愿意与我坦诚相谈。在如此艰难的环境里最诚实的道德标志是坦然承认自己和他人的错误，尽自己的全力抵制偏向邪恶的倾向，推迟它的出现，在不得不随波逐流时加以抵抗，更为期待和指望。我看到在法兰西被肢解，我们陷入分崩离析的情况下，人人都在辛苦坚守自己的事业，但是连那些精英们，都会掩饰或者撒谎。谁直言不讳撰文加以评论，就会被认定轻率，方式有问题。最正确的那一部分还是被虫蛀坏的那一部分肢体。但是在这样的身体上，病得较轻的肢体就能称得上健康，而且完全有理由这样说，因为我们做人的方式只有在比较中才说得上名正言顺。

我很高兴看到色诺芬向我们这样夸赞阿热齐拉斯：一位和阿热齐拉斯交过手的邻近亲王请求让他通过他的国土，这位斯巴达国王同意他穿过波罗奔尼撒半岛，在他可以任意支配这位亲王的时候，他不仅没有监禁或者毒死他，反而以礼相迎，没有对他有任何伤害。由于当时的风俗，他这样做没有任何异议，但是如果换个地点和时间，就会对他这种行为的正直和大量另眼相看了。我们学校那些披披风的小鬼可能会对此嗤之以鼻，斯巴达人和法国式的道德相比，确有天壤之别。

我们不断出现拥有高尚道德的人，但只是和我们比较而言。如果谁的行为规范超出了他那个时代的人，那他只好歪曲削弱他的规则，要么退避三舍，不和大多数人为伍。他能在我们这里得到什么呢？

倘若我看到一位品德卓绝出众的人，对我来说犹如看到了一个双体童子，犹如一位耕地人在他的耙犁下惊讶地见到了鱼，或看见一头母骡正在产崽。（尤维纳利斯）

人可以怀念已逝去的时光，然而却无法躲避当前的时日；人可以期望另外的官员，但是还必须服从现有的长官。没准服从赃官比服从清官还更有好处呢。在某些地方，给人的印象是，君主政体认可的古老法规还在重放异彩，这将是我赖以生存的一片土壤。如果这些法律之间不幸相互矛盾相互干扰，并出现两派让我们难以做出抉择，我决定自愿逃避，避开这场风暴，而自然或者战争的偶然机遇会适时向我提出援助。我会在恺撒和庞培之间明确表态。但是对后来出现的三个奸贼①，就必须加以躲藏或见风使舵，在理智不能引导的情况之下，我认为这样做是可行的。

你从何处步入歧途？（维吉尔）

这里节外生枝有些离题。我陷入歧途了，但是由于放纵而不是疏忽。我的思绪不断，从远处而来，相互关照，视角偏斜。我的视线投向了柏拉图的对话集，它被分成两部分，鱼龙混杂，开始谈爱情，其余部分谈修辞。古人们并不担心这些多变的内容，并且儒雅惊人，任自己随波逐流，或者貌似随风而行。我的各章随笔的名称不一定囊括全部内容，往往通过几个标志性的材料点明了内容，比如还有其他人的一些标题，如《安德里亚娜》《宦

---

① 这三个人指奥克塔维尤斯、安东尼和李必达。

官》①，还有给人另外起的别名，如希拉、西塞罗、托尔加图斯②。我喜欢诗蹦跳雀跃的韵味，如柏拉图所云，那是艺术，轻盈，飘逸，超凡脱俗。在普鲁塔克的有些作品里，他竟然忘记了主题，信手拈来一些话题加以论述，塞满了新颖奇特的内容。看看他在《苏格拉底魔鬼》里如何运用笔调写作。哦，上帝，看他变化多端、大胆离题的美妙处处可见，越似漫不经心、信手而就越是精彩！丢失我的文章主题的不是我，而是漫不经心的读者。他总会在某个角落里发现足以说明主题的字句，尽管十分简捷。我会不加拘束，变得无序，来变换主题。我的风格和我的思想一样，飘忽不定。需要少许奇思妙想才不会变得愚蠢，大师们用箴言还有他们个人的榜样，说明了这一切。

不少诗人运用写散文的闲散风格写诗，颓废无力，然而古代最优秀的散文（我在这本《散文集》里当作名言处处引用，并没有想把它们和诗分别开来）处处闪烁着诗的强劲和大胆创意，处处散发出诗的灵感。当然，散文应该在话语艺术上放弃诗的掌控和优势。柏拉图说："诗人坐在缪斯们的三角鼎上，谵语狂言，倾吐着刚刚才到嘴边的千言万语，犹如喷泉的出口，不加斟酌，不加掂量；脱口而出的这些内容，色彩各异，内容多变而矛盾，奔涌不息。"学人们都说，诗人充满诗意，古老的神学也是诗学，也是一流的哲学。这是诸神们的原话。

我喜欢内容本身存有差异。内容应充分表现出在哪里有所变化，在哪里下结论，在哪里开始，又在哪里重新起头，用不着我引进相互关联的词汇，穿针引线，加以编织，以便为那些听觉不

---

① 特朗斯的两部喜剧名称。

② 希拉意为"酒糟鼻斑"，西塞罗为"鼻上疣斑"，托尔加图斯为"戴项圈的人"（这是他在战场上获得的战利品）。

灵、漫不经心的人服务，也用不着我做自我诠释。宁可不让人读他的书，也不愿意让人边读他的书边睡觉，或者逃掉。"没有任何东西说有用就可以拿来用。"（塞内克）如果说拿起书就是学习，看见书就是在看书，浏览书籍就是在领会，那么我可能陷入了我说的如此无知的境地。

"既然我不能用我的著作的影响抓住读者的注意力，如果偶然靠我的杂乱无章来吸引他们也不错。这不假，但是以后他们会后悔丢失了宝贵时间——当然，以后他们还会这样消磨时间。"再说，确实有这种脾气的人在，对他们而言，自以为是招惹而来的是蔑视，但是他们却特别能引起我的重视，因为他们不会明白我说的是什么：他们认定我的晦涩表达正是我见地深奥所在，虽然我坦诚宣布，晦涩令我深恶痛绝，能回避我就尽量回避。亚里士多德在某个地方吹嘘自己故作晦涩，而这样的造作应该受到谴责！

开始由于我经常在章节里使用删节的方法，当读者还没有注意并消除这样的删节以前，注意力就已经被打断了，读者讨厌集中阅读这么一点点东西，于是我把这些章节拉长，这样他们就赢得了在上面停留更长时间的意图。只有在做其他事情的同时才为人家做点事的人，一无所成。加之，我也许还有某种特殊义务说话吞吐，模糊不清，前言不搭后语。

我要声明我厌烦那些令人扫兴的道理，不喜欢那些与之相关的荒谬的搅乱生命的计划，那些精明的思想，即使内中包含真理，这样的真理在我看来仍代价过高，也不令人喜欢。相反，我努力抬高虚浮还有愚蠢的价值，如果它们能给我带来快乐，我会随心所欲，绝不严加控制。

我曾在别处（指罗马）看到残垣断壁、雕塑、天空和土地，那里总有人居住。这一切千真万确，然而如果我没有赞赏和尊敬之情，就不会经常再看到这座伟大而富强城市的坟墓了。对死者的关照、呵护令我们称道，而我从童年起就受到这座城市里的死者的熏陶。在我了解家事前很久就知道了罗马的不少事情。在我知道卢浮宫之前就知道卡皮托利山丘和它的位置，在知道塞纳河之前就知道台伯河。我对吕古律斯、梅代吕斯、西庇翁的生活状况和他们命运的想象超出我对家里任何人的考虑。故人已逝，我的父亲也已不在人世，他和他们一样已经荡然无存。父亲远离我，远离生命十八年和他们远离一千六百年毫无差别，这并不妨碍我怀念并纪念我的父亲，记得他的爱，与他的社交圈子保持紧密而热烈的交往。

我甚至会说，出于个人的爱好，我变得愈来愈操心对古人尽义务，他们再也不能互助，因此他们似乎更需要我助一臂之力。感恩之情恰恰可以在此大放异彩。凡要求互利和回报的事情，恩德都没有圆满。阿尔塞齐拉斯在造访病中的克特西比乌斯时，发现他的家境贫寒，便把送他的钱塞在他的枕边，这样偷偷地送给他钱，免除了患者对他表达感激之情的机会。那些本该得到我的友谊和感激的人永远都不会丧失这份情意，因为他们已经不在人世：我为他们尽量付出，一旦他们不在了，我会更加尽心，虽然他们也无从知晓我做的事情了。当我的朋友已经没有办法知道事情的时候，我谈论他们时更为深情。

现在我还要说的是，我上百次地和人争辩维护庞培，支持勃留都斯的事业。这种亲善之情现在还在我们中间延续。对眼下发生的事情，我们只能凭想象掌握。我自觉在自己生活的这个年代是个无用之人，于是我投身于另一个世纪，我的迷恋程度到了这种地步，包括古罗马这个国家，它的自由、公正、繁华都让我产生极大的兴趣和热情（因为我不喜欢它的诞生阶段和衰老期）。

在我的头脑中不大会经常重现那些街道和房屋的位置，萦绕脑际的却往往是深入到遗址的废墟。看到那些我们知道经常有要人频繁进出并居住的地方，我们对他们崇敬的回忆令人激动的程度，超出阅读他们的事迹和他们的作品，难道不是自然而然，或者出自想象的谬误吗？

"地域召唤的威力多么巨大！而这座城市所拥有的威力更是无穷无尽：无论走到哪里，我们都实实在在踏在历史上。"（西塞罗）我喜欢观赏古罗马人的面孔，欣赏他们的姿势和衣装。我默念着他们伟大的名字，让这些名字在我的耳际回响。"我崇敬那些伟人，我总是朝这些名称鞠躬致敬。"（塞内克）事物有某些伟大和值得崇尚的部分，我欣赏的则是那些普通的方方面面。我宁愿看到他们争论、漫步和晚餐！忽视众多高尚人士的遗物和形象是忘恩负义的行为，无论他们活着还是逝去，他们在我眼中都是那么勇猛，如果我们懂得追随他们为榜样，这些榜样给我们的是良好的教益。

再说，我们现在看到的这个罗马也值得人们爱戴，因为它从远古以来就结为城邦，为帝国赢得了众多荣誉称号：这是唯一的普天下百姓共有之城，那里最高的执政官指挥一切，他名扬天下。那是所有基督教国家的大都会，不论西班牙人还是法国人，人人在这里都有宾至如归的感觉。要想成为这个国家王族的一员，只须来自某个基督教国家，无论这个国家位于何处。除了这个地方以外，没有其他地方能得到上天的接纳和源源不断的厚爱。连它的废墟都显现出荣耀和伟岸，它在坟墓中还保留着帝国首脑的标志和形象。

它壮观的废墟使它尤为珍贵。（普林尼）

"因而，显而易见，在这个独一无二的地方，大自然洋洋得意于自己的杰作。"（阿波利奈尔）有人可能会被一种如此无谓的快乐触动后感觉高兴而自责并气恨自己。我们的感情如果令人开心，就不能算做无谓。无论拥有什么样的情感，如果能持续让有共同感受的人感到满意，我就不忍心抱怨他。

我还欠命运女神的情，因为直至目前，她还没有过分为难我，起码没有超出我的承受能力。也许这是让那些并不遭命运反感的人安然度日的一种方式？

> 每个人对自己愈苛刻，他从诸神那里得到的愈多。当我一无所有时，我便进入了无欲者的行列。欲求旺盛者贫乏。（贺拉斯）
>
> 如果命运女神继续这样对我，我一定会心满意足被她送入天国，我决不会向诸神提出过多要求。（贺拉斯）

但是当心别碰壁。有成千上万的人功败垂成。当我不在人世后，对这里即将发生的任何事情都会心安理得。当前的事务已经足以让我应付。

> 我将余下的事情托付给命运之神。（奥维德）

我没有这样一个强有力的联系，把人类和未来连接起来，即能够继承他们的姓氏和荣耀，他们倘若真的那么令人向往，我就更应该对他们少抱期望。我留恋世界和生命全是因为我自己。我满足于在与我紧密相连的偶然情况下与命运之神相遇，并不想让她对我格外行使权力，我从不认为没有子孙是一种欠缺，不认为这样就一定让生活变得不圆满，不幸福。不育也有它的优点。儿孙数量没有必要成为格外想得到的东西，尤其是在难于让他们成为好人的今天。"今后不会有良种产生，因为胚芽已经腐烂。"（代尔图里安）但是对得而复失的人来说，有充足的理由为子孙的丧生而伤心。

把家留给我打理的人预言我必将毁掉这个家，因为他们认为我的性格不大适合管理家务。他搞错了，我现在像我进入这个家庭时一样，如果谈不上稍好一些，也没有承担什么服务或者尽管理人的义务。

总之，如果说命运女神没有猛烈和特别伤害我的话，她也没有给我什么恩惠。她早在一百多年前就惠顾过我们。我个人并没有什么重大而实在的财富回报她的慷慨恩赐。她送给我的一时的实惠包括荣誉和称号之类的，没有什么实质上的东西，而且这些东西是赠予我而不是授予我的，天知道，她赠予的是我这样一个实实在在的人，一个只在乎实惠的人，一个愿意得到丰厚实惠的人。我这个人，只要敢于承认，就不会看不到：吝啬与野心一样都可以得到原谅；痛苦与耻辱都难于避免；健康与知识，财富与高贵，都值得期望。

在命运赐予我的虚浮恩宠当中，只有一件东西满足了我愚钝的偏好，那就是一张罗马市民身份证书。我不久前在罗马时，接受了这份授予，证书上饰有字体和玺印，豪华别致，他们赠送这份礼品的态度亲切大度。由于书写证书的笔法不司，好恶有异，由于在这之前我看到过一份，又特别喜欢得到这样一份证书，因此我愿意满足某些像我一样拥有病态好奇心的人，把这份证书的内容形式抄录如下：

　　鉴于世界之都行政长官奥拉齐欧·马希米，马尔佐·赛西欧，亚历山德罗·穆梯提交给元老院的关于授予声名卓著之士米歇尔·德·蒙田圣米歇尔骑士团骑士、虔诚基督教皇宫内侍及罗马公民权的报告，元老院及罗马市民代表会议特颁布以下决定：

　　根据已成定规的古老习俗，出身高贵的有德之士均被我们热忱接纳，他们已经或者即将为国家效力，扬名增光，遵循先辈的威望及范例，我们应效仿并保持这一优良传统。

　　为此，鉴于声名卓著之士米歇尔·德·蒙田，这位圣米歇尔骑士团骑士、虔诚基督教皇宫内侍，热诚向往罗马市民称号并具备崇高声望，显赫家境以及本人之优良品质，罗马市元老院和罗马市民代表会议经最高裁决和诚挚拥戴接纳其为罗马市民，元老院和罗马市民代表会议欣然将功勋闻名遐迩、深受高贵罗马市民爱戴的声名卓著之士米歇尔·德·蒙田本人及其后代录入罗马市民名册，他将与在罗马出生的或以最佳称号成为罗马市民和贵族的人士享受同等声望和特权。

　　元老院和罗马市民代表会议在此认为，他们与其说是授予了市民权利，不如说是偿还了一笔欠债；与其说是为施德者效力，不如说是这位获得公民权利的人士，为罗马城邦增添了威望和光彩。

　　元老院咨询法院以及行政长官已责成元老院和罗马市民代表会议书写此文件并将其保存于卡皮托利山元老院，此文件将制定成文书并加盖城市日常公章。

　　神圣元老院与罗马市民代表会议秘书文森特，马尔托利
于罗马城历 2331 年，耶稣诞生纪年 1581 年 3 月 13 日

　　我不是任何一座城市的市民，我十分乐意成为过去和将来都是最高贵城市的市民。别人若是像我一样注意审视自己，他们也会像我一样，发现自己充满虚浮和愚蠢。我不摆脱自己就不可能从这种状态中解脱出来。我们个个身陷其中，但是否有人感觉受害不多，我还没有多大把握。

　　只看别处不看自己的态度和习惯十分有益于我们的事业。我是令人不快的自我观察对象，我们在自身看到的只是卑微和虚浮。为了不让自己自暴自弃，大自然便存心把我们的视觉引向外面。我们顺水向前漂流，但是如果转身面向自己行动，就会十分艰难：当海水退潮时，海浪会变得混浊，阻力重重。每人都会说：“看，天空在移动呢，去关心关心大众吧，那个人怎么在吵架，这个人的脉搏如何跳动，另一个人的遗嘱是怎么写的。总之，总是要向高处看看，低处看看，旁边看看，前前后后都看看。”古代德尔斐神殿的英明之神对我们的告诫非同寻常，他说：“看看你自己吧，认识你自己吧，牵挂你自己吧，你的精力和意志如果分散在别处，就把它们收回来；听听你自己的声音，对你自己作出回答；把精力集中在自己身上，坚持住。有人背叛你，有人分散你的注意力，有人让你逃避自己。你没有发现世人在审视自己时的目光多么短浅，而欣赏自我时的目光又多么贪得无厌吗？无论目光向内还是向外，对你来说都是虚浮的表现，但是目光愈不贪婪，就愈少虚浮。”“啊，人啊，除了你，”神继续说，“所有造物都首先研究自己，他们都根据自己的需要限定自己的工作和欲望。你操心全世界，可是他们当中没有一个像你一般空虚而贫乏。你做的是无知的探索，一无所知的判断，总而言之，你在扮演闹剧的小丑。”